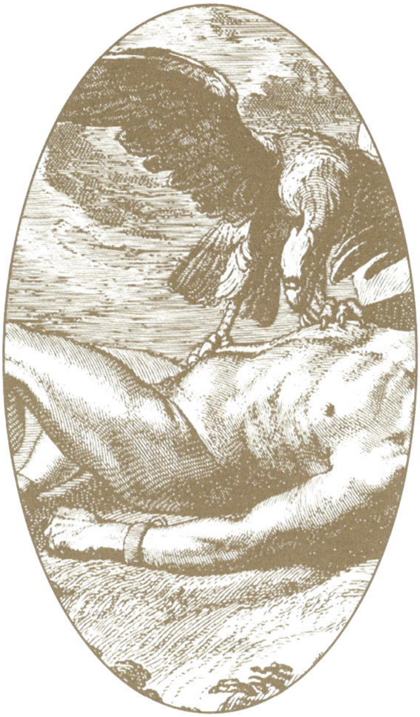

和唯一知道星星为什么
会发光的人一起散步

蒋方舟 著

中信出版集团｜北京

在海边放了一颗巨大的蛋
2

和唯一知道星星为什么
会发光的人一起散步
30

在威尼斯重建时间
178

边境来了陌生人
214

后记
289

01

在海边放了一颗巨大的蛋

"啊，上帝，即便我困在坚果壳里，我仍以为自己是无限空间的国王。"

《哈姆雷特》
第二幕第二场

人们眷恋某个地方,常常是因为城垣里藏着古老的秘密,可这个故事里的海边小镇却没有秘密。它敞开在明媚的苍穹下,每当人们有了忧愁,有了疑惑,有了要冲出胸膛的、尚未得到满足的欲望,他们就会走到镇子的尽头。在那里,大海如一块巨大的镜面,当人们看到无边世界里自己的身影是那么渺小,一切不安都成了虚妄。人们心满意足地回到了自己的日常生活中。

然而,也有人没有回到镇子上,他们扬帆起航,驶向太阳沉没的彼方,他们的消失会引起短暂的混乱,可就像船在水面上留下的划痕很快消失一样,镇子上的人不再提起他们的名字,不再说起和他们有关的记忆,他们就像从未在这里生活过。

直到有一天,这块大石头——在弄清楚它是什么之前,姑且称它为大石头——的到来,打破了这里的平静。

石头来的那一天没有太阳,天和大海连成一个灰茫茫的混合体,以至于第一个出海的渔夫远远地看到海陆交界处的这块大石头的时候,以为那是一团雾气。等他走近了,才发现那高耸入云的青灰色是从来没见过的东西,它比镇上的任何一个建筑都要高大。渔夫想要知道它有多大,他小心地沿着它的外沿走,初冬的早晨,他走得头上冒了汗才走完一圈。

很快,全镇的人都来了,人们惊愕地绕着它,热烈地讨论。

"很明显,这是一块陨石。"镇上最有知识的智者说,"从太阳系掉下来的天体碎片,穿越大气层掉下来了。"

人们恍然大悟，称赞智者的见识。

一个调皮的孩子第一个伸手摸了它的表面。"是滑的！"他大声说。人们这才敢上前抚摸它，冰凉的触感像石头也像金属，人们开始猜测它是从哪颗星星上掉下来的。

"这不是……"人群中有个微弱的声音，没有人注意到这个声音，声音又大了点，"这不是陨石。"

说话的人叫普修，是镇子上的怪人，没有人知道他从哪里来，只知道他曾经是个水手，某一天从某一艘船上下来，就再也没有离开过。但他从来不提自己当水手的经历，看起来也缺乏远离故乡的探险者的那种好奇心，又过于沉默，就像被碰到触角就缩回坚硬的壳里的蜗牛。如今，他在镇子东南角打磨镜片，但镇上没几个近视眼，有人劝他改行做鞋子或者结渔网，他却不愿意，说几百年前，有个大哲学家也成天打磨镜片。

"你为什么说这不是陨石？"智者问。

"如果是天上掉下来的陨石，这么大的石头，它一定会在地上砸个坑，可是你看——"普修指着地面。

海陆交界处的土石地非常平整，这块巨大的石头不像是从天上掉下来的，而像是一个疲惫的旅人，在荒无人烟的地方进行了漫长的跋涉之后，蹑手蹑脚地走到有人烟的镇子旁边，轻轻地睡去。

"它的确不是陨石。"镇上年纪最大的长者在众人期待的眼神中说，"它是蜣螂滚出来的。"

调皮的孩子问：“蜣螂是什么？”

"就是屎壳郎。"人群中有人小声说，大家迫于长者的威严不敢发笑。

长者严肃地说："是神话里的圣蜣螂，它力大无穷，每天的太阳就是它推上天的，它一定是迷迷糊糊地把海底的土滚成了一个大圆球。然后它又回到了海底。"

"不是，它是月亮。"镇上唯一的诗人说，"月亮本来离我们很近，后来被海浪推得很远，现在它掉下来了，又被海浪送了回来。"

诗人与长者辩论不休，诗人逐渐占了上风，那块石头的圆润与硕大确实像月亮，直到天色越来越晚，月亮从海平面上升起，银辉均匀地铺在黑沉沉的海面上，诗人才沉默了。

聚集的人群渐渐散去，人们咽下心中的疑问。调皮的孩子悄悄地拽普修的衣角，问："你觉得它是什么？"

一阵沉默之后，普修说："它是礼物。"

第二天，人们再次来到了大石头面前，这次聚集的人群少了些，智者和诗人都没有来，讨论也显得索然无味。第三天，人更少了，他们不再讨论这块石头究竟是什么，有情侣想在石头的表面刻下自己的名字，但是任何尖锐的东西一在它的表面着力就会滑开，就像在水上写字，无法留下痕迹。

又过了几个月，人们还是没想出能拿它做什么。有人说它太大太碍事，挡住了人看海的视线，想把石头推进海里，但全镇的人无论是一起用力推,还是绑上绳子往海里拖,它都纹丝不动,像是牢牢地长在了地上。

几个月之后,人们几乎忘了大石头的存在,他们把大石头看作是自然现象的一种——就像风雨、老树和落日,它们独立于人赋予的意义而存在。只有普修会在每天清晨到这块大石头旁边,仔细地打量这个庞大而无瑕的存在。

一个阳光充沛但不灼人的下午,普修第无数次检视这块石头时,忽然发现它并不是无瑕的:在它背对着海的一面,大概两米高的位置,有一个极小的孔,直径不到一厘米。普修踮起脚,刚好能用指尖感受到:一个浅浅的小孔,像是鸟停驻在上面的时候用它的喙不小心啄出来的。

普修飞快地取来扁头錾子,没有任何犹豫地冲这个小孔凿下去。青灰色的粉末从小孔里四溅开,这个小孔变得更大了一些。第一次,人在它的表面留下了痕迹。

"你这样会带来厄运的!"当长者颤颤巍巍地赶来的时候,已经到了晚上,普修在石头的表面凿出了碗一样大小深浅的洞。

"圣螳螂会诅咒你的。"长者说。

"你不能改变大自然留下的东西,它的智慧不是我们可以想象的。"智者沉稳地说。

"快停下!"人群迸发出尖叫,好像已经看到了普修给全镇招致的灾祸。

只有一声声錾子敲击的声音作为回应。

"普修凿了半米多深!""他的手流了好多血!""他半个身体都探进去了!"调皮的孩子每天从海边为镇子上的人带来消息。

"他这是要把海水装进有裂缝的麻布口袋。"长者说。

人们渐渐忘记了普修,他们把他每天敲石头的声音看作是自然现象的一种——就像风雨、老树和落日。

"他把自己装进石头里了!"有一天孩子说。

那天,全镇的人都惊诧地聚在石头旁围观,但是普修并不知道。他在石头里凿出了一个仅仅够他一人容身的空间,他像是被怪兽吞食之后迷失在它的身体里,他以为听到了怪兽的心跳,半响,他才意识到那是他自己的心跳。他在石头里沉沉地睡去,就像滑入沼泽一样平静。

但睡眠仅仅是短暂的休战,第二天清晨,凿石头的声音又响起了。

几个月之后,镇上的人发现凿石头的声音变了,好像混合进了某种回响,他们一开始以为自己出现了幻听,后来才发现海边凿石头的人变成了两个,镇上唯一的诗人也加入了。

"我在石头里睡了一晚,困扰我二十年的失眠被治好了。"诗人如此解释。

智者不相信,觉得石头那么硬,怎么可能睡得着,但是当他也在石头里睡了一晚,他获得了此生最甜美平静的一觉。

"一定是因为这个石头隔绝了光,能促进人分泌松果体素。"智者如此解释。

越来越多的人加入了凿石头的行列,他们都想在石头里获得一个睡觉的位置。睡眠对人们来说是一种众生平等,无论年纪、地位、贫富,在睡觉的时候,都被流放于现实之外。

石头很快被凿空了一小半空间,镇上一大半的人都舍弃了自己的床,晚上排着队钻进石头里睡觉,睡醒之后,他们相互交谈,交换着自己的梦境。有人开始把自己的梦境凿成浮雕,一只飞鸟、一朵玫瑰、一艘船、一场暴风雨。当人用手触摸着别人的梦境,那梦中之物也来到了他们自己的梦中,有了种种奇异的演化,他再将这演化之物雕刻出来,所有人的梦如涓涓细流在石头上汇到一处,这里成了梦的庙宇。

"你也把你的梦凿出来吧。"有人对普修说。

他却依然像没听见一样,只是执着地扩大石头里的空间。

"你是要把石头凿空吗?"有人问他。

回应的依然是敲击石头的声音。

"他每天敲石头,耳朵已经被震聋了吧。"镇上的人说。

一年之后,石头岩壁上总是游走着微弱的照明光束,人们迷上了在石头里雕刻出属于自己的空间和图案,就像是重拾了小时候用沙堆出城堡的快乐,但不同之处是石头凿出的事物不会被海浪带走。

人们在石头里待的时间渐渐多过了在石头外的时间,石头里是一个没有时间的世界,没有刻度,万物尚未起名,人便充当了造物主,造出了没有长满了树的海底、没有枝丫的树,没有花瓣的花和没有花的花园。

一个聪明的穷人从中看出了商机,他凿出了一个杂货铺,把水和食物搬进石头里卖,这样凿石头的人就不用每隔几个小时就回到镇子上吃饭喝水。

石头里的杂货铺生意很好,老板雇用了更多的人帮他凿出更大的空间,杂货铺越来越大。镇上最有钱的商人看着曾经的穷光蛋现在财富要超过他,非常眼红,便把自己镇上商店里的高档货也移进了石头里,高档店铺门口挂了鲜艳的霓虹灯,在黯淡如魆夜的石头里显得格外刺眼。

石头里不再有人们交换梦境的交谈,整天是此起彼伏的叫卖声,人们不堪其扰,还是智者先想出了办法,他在石头里凿出了一个图书馆。图书馆里每层分隔出许多正六边形的房间,六边形的每一边都是书架,门厅放着一面镜子,无限复制这些空间,图书馆看起来就像是蜂巢一样。无论叫卖商品的声音怎样在石壁上撞击回荡,躲在图书馆里的人都沉浸在书的包围中。

在这之后,诗人开辟出了自己游吟踱步的空间,母亲为孩子们凿出游乐场……石头里的空间似乎无穷无尽,可也有敏感的人发现彼此的距离变得越来越狭窄,人们要小心翼翼地才能不让自己的锤子锤破别人的空间。直到有一天,当普修敲击石头,发现触感有些不对劲,原来他已经触碰到石头的边缘——这个石头被凿空了。

普修从石头的底部一层层向上走,他发现此时的石头已经像一个城市一样,一个比原来的镇子更大、更繁荣、更先进的城市,人们的劳动与欲望不断塑造彼此的形态,每个刻凿的痕迹都是那么精美,每个空间都实用且充满了想象力。

"这还不够。"普修说出了他在石头上凿出第一个痕迹之后的第一句话。

"可石头已经被凿空了,没有多余的空间了啊。"镇上的人惊讶地说。

普修抬头望向石头的顶部,笼罩着一片深灰色,他说:"我要把它变成透明的。"

"你怎么把它变成透明的?"

"就像把木头变成纸一样,把里面的色素洗掉。"普修说。

"你为什么要把它变成透明的?"

普修已经开始用砂纸打磨顶部的石头,就像没有听见这个问题。

一开始,镇上的人很喜欢这个主意,他们相信普修一定有他的道理——就像是他一开始凿石头那样。人们开始帮他把石壁磨薄,调制能把石头里的色素提取出来的化学药水。

"我没法睡觉了,石头开始透光,它变亮了。""化学药水太臭了,我受不了了。"越来越多的人开始抱怨。

逐渐有人开始回到镇子上生活,人们发现他们忘了镇子上的生活是多么宽广,多么平静,他们不再去石头里了。

依然有很多理想主义者愿意和普修一起把石头"洗"成透明的,但是把石头变透明可不像是把石头凿空那么简单,化学药水总是出问题,有时候它会把石头变成红色,有时候它会在石头上留下白色的泡沫。每到这时,人们就感觉到普修散发出一种深沉的沮丧和痛苦,他依旧沉默不语,但石头里总是回响着不绝于耳的叹息。

"放弃吧,现在这样已经是最好的了。""把石头变成透明的有什么好处,仅仅是为了更好看吗?"一起"洗"石头的人也开始劝说普修放弃,在得不到任何回应之后,他们悄悄说普修成为第一个凿石头的人只是靠运气,他其实是个单纯的妄想狂。

和普修一起工作的人越来越少,有一天,石头里终于只剩下普修一个人,镇上的人一起创造出的世界就这样轻易地被遗弃了。

"石头的顶变成透明的了!""普修的胳膊整个被灼伤了!""他差点把石头烧出个洞!"依旧只有调皮的孩子每天给镇上的人带来新的消息。

"他这是要把沙子变成麻绳。"长者说。

人们不知道普修是怎么忍受那种困苦的,日复一日,无论酷暑还是严冬,他始终在空洞的石头中消耗自己的生命。石头逐渐从青灰变成灰白色,像一块尚未完全溶化的药片,它依稀透出了普修的身影,他消瘦了不少,如同一个游移的影子。

不知道过了多久,风雨摧残大地,落日余晖来了又走,老树死去之后,同样的位置长出了新的树。镇子也发生了很大的变化:长者去世了;第一个在石头里开杂货铺的穷人挣得盆满钵满,离开了这个小镇;诗人已经写不出新的诗,只是不断地吟诵着他二十年前的句子。

"普修把石头变成透明的了!"当调皮的孩子向镇上的人说时,已经有很多人忘了普修是谁,而此时,传话的孩子也已经长成了壮硕的青年。

镇上的人聚到海边。阳光照射下,石头远看像熠熠发光的一颗大钻石,走近看,所有人们雕刻过的痕迹都一清二楚。

普修站在石头前面,瘦削、虚弱,几乎赤身裸体,他做出邀请的手势,邀请大家到石头里面看看。

走进石头里,所有人都惊呆了。当他们站在石头里往外看,他们发现远方的一切都变得大而清晰,他们可以看见海面海鸥的翅膀,可以看见远方的帆,甚至可以看见镇上某家后面晾晒的衣服被吹到了地上。

——原来普修把石头的表面打磨成了凹凸两面,把整个石头变成了一个巨大的望远镜。

人们再次爱上了石头,它是视力的延伸,诗人因为看清了轻薄的海雾而获得了新的灵感,他教会了更多的人如何通过看一朵云而获得灵感,镇上多了更多的诗人。智者通过望远镜看到了世界更细密的构造，看到了自己的知识体系里那些残缺的部分，他给孩子们讲这个并不神秘的世界，镇上将会多更多的智者。

而那些对艺术和知识并没有兴趣的人也喜欢在石头里待着，他们搜寻着那些离开镇子的人，发现他们并未消失，而是在彼岸的大陆生活着，这给了其他人扬帆远行的勇气，他们去寻找新的奇迹和发现。但镇上的人口并没有锐减，为了这个巨大的望远镜慕名而来的人越来越多。

而普修已经不太爱在石头里待着了，他只有在偶然的夜晚会来到石头的顶层，他看的东西始终只有一个，那就是遥远的星辰。

星星的闪烁看似只有明暗之分，其实大有不同，有的星星散发出光芒照亮周围无限空间，试图看清黑暗中的未知；而另一些星星像海绵一样，把周围的光吸收进自己的收集器。

遥远的南十字星座就是后者，这里的行星对于照亮和探索外部世界没什么好奇，已有的文明足够他们享受，他们已经在智性和快乐之间取得了完美的平衡，不想做一丝一毫的改变。

此时，其中一颗行星正在庆祝他们的传统节日。在这个日子，行星的居民要聚在一处，拿出他们一年中从别的星系收集来的好东西，当作礼物交换。

名叫罗米斯的居民确信他带来了最好的礼物，在所有人都到齐的时候，他在手心里变出一个透明的球。

"这有什么好看的？"其他居民说。

"你们凑近看。"罗米斯说。居民们发现球里竟然有生物在活动。

"哇!他们动起来的样子真可爱!"

"这是什么?你是怎么把他们装进去的?"居民们惊讶地问。

"它原本是我下十字棋的时候不小心掉下的一颗棋子,掉到了地球上。"罗米斯说。"十字棋"是南十字星的居民发明的一种以银河为棋盘的对弈游戏,曾经是行星里的高等文明最喜欢的游戏,但现在已经落伍了。

罗米斯继续说:"没想到地球上的一种生物把它变成了透明的,我也不知道他们是怎么做到的。但现在,你看,它成了多生动的摆设。"

"这真是最好的礼物!"居民们大声地称赞,笑声回荡在星与星之间的每一个缝隙。

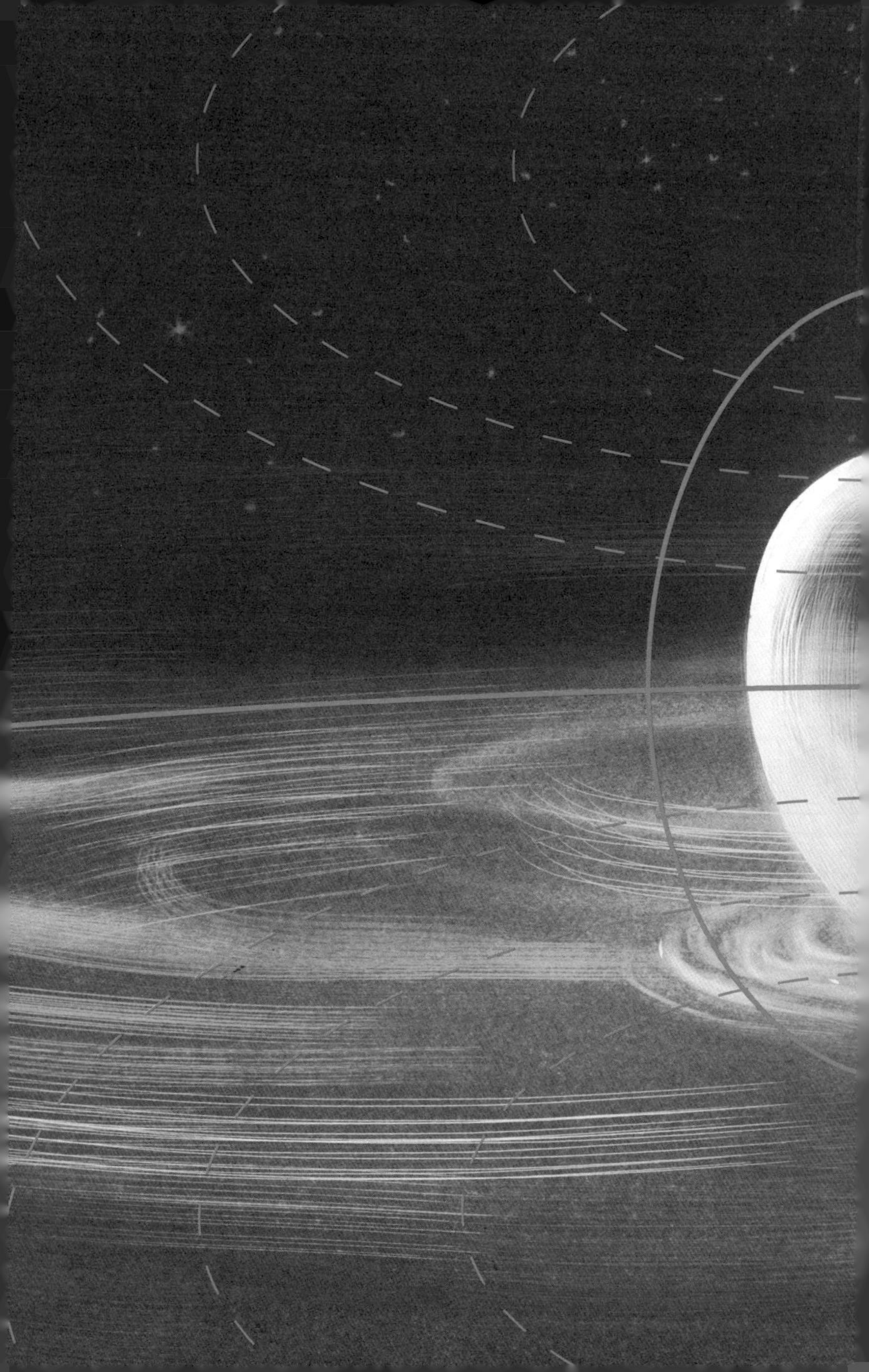

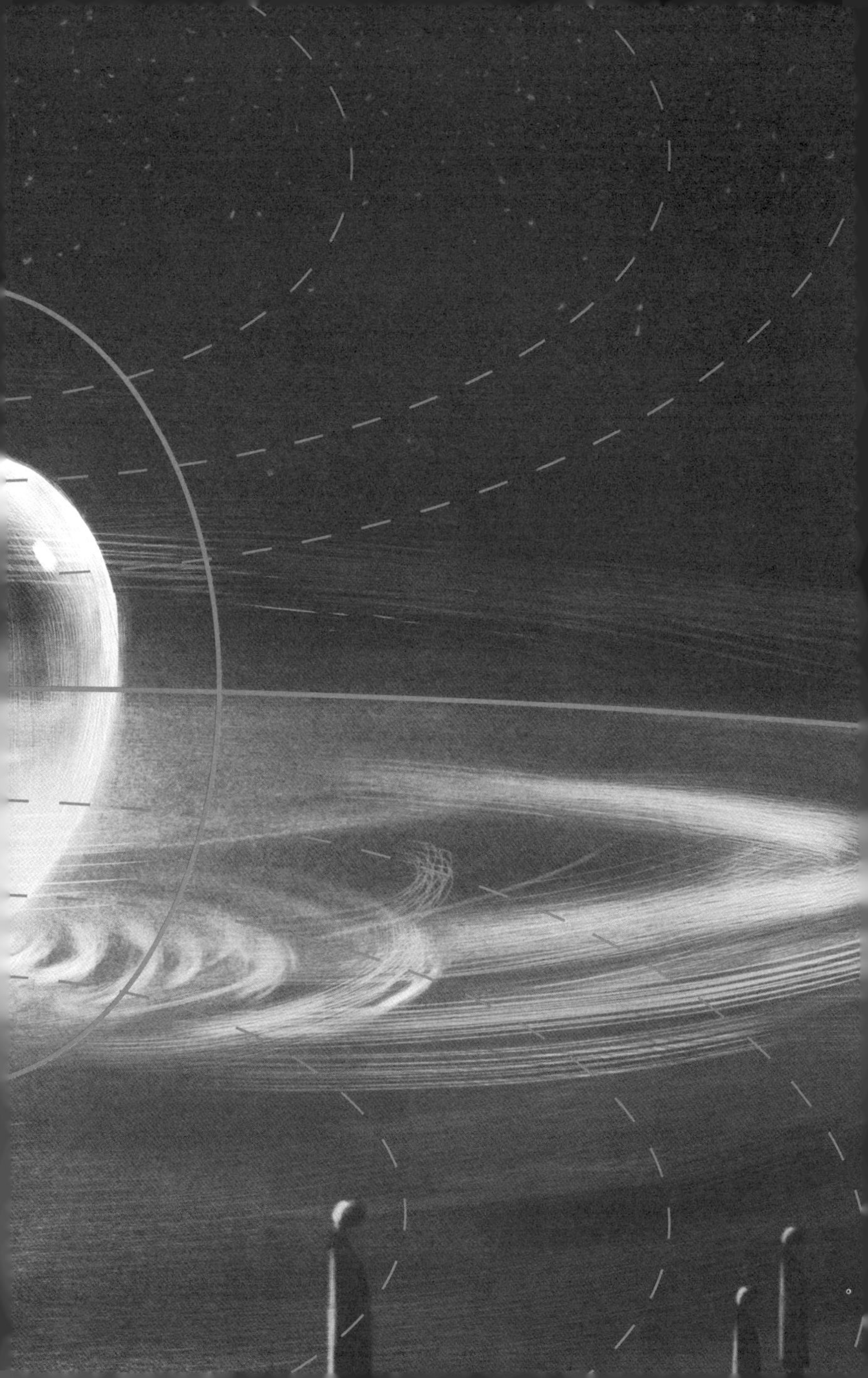

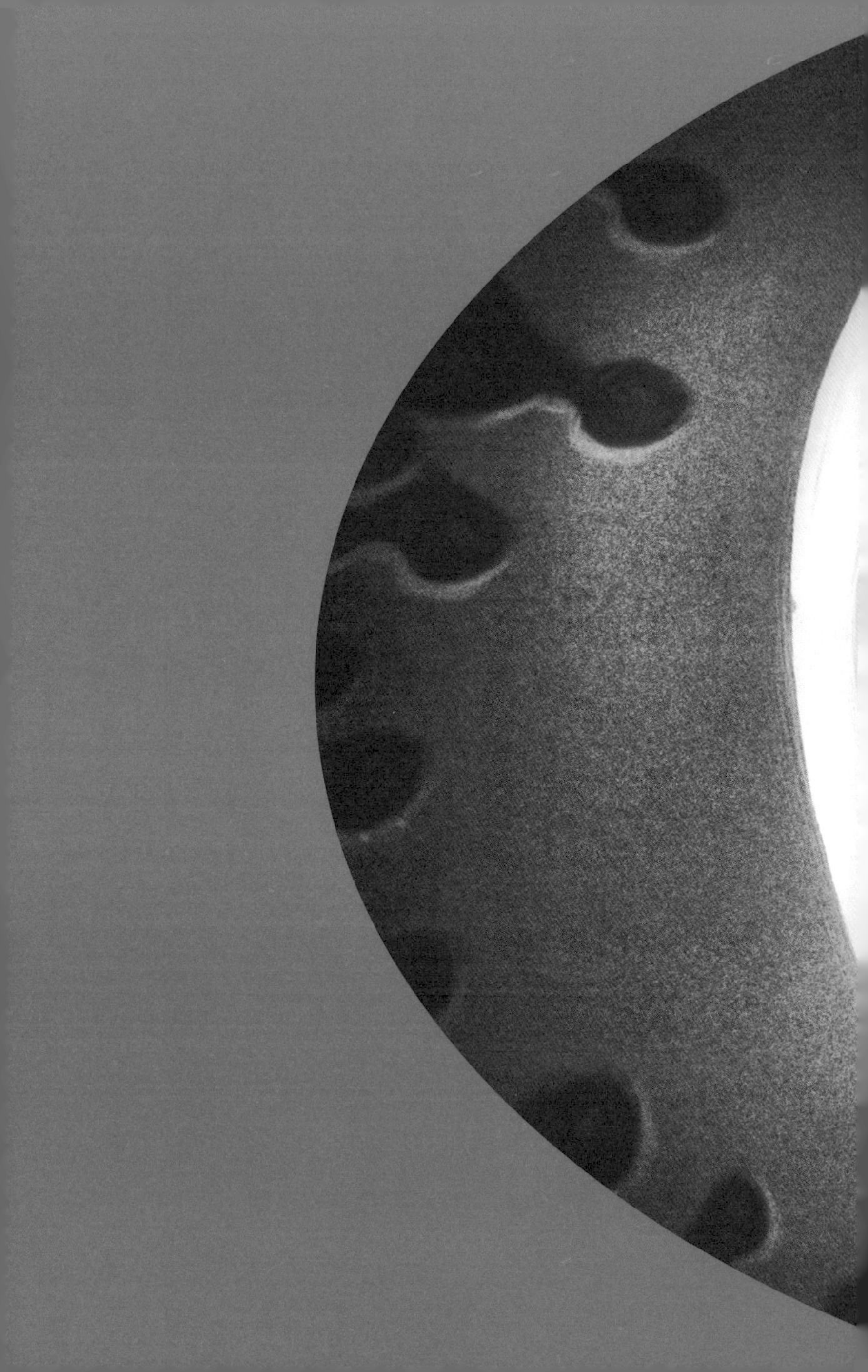

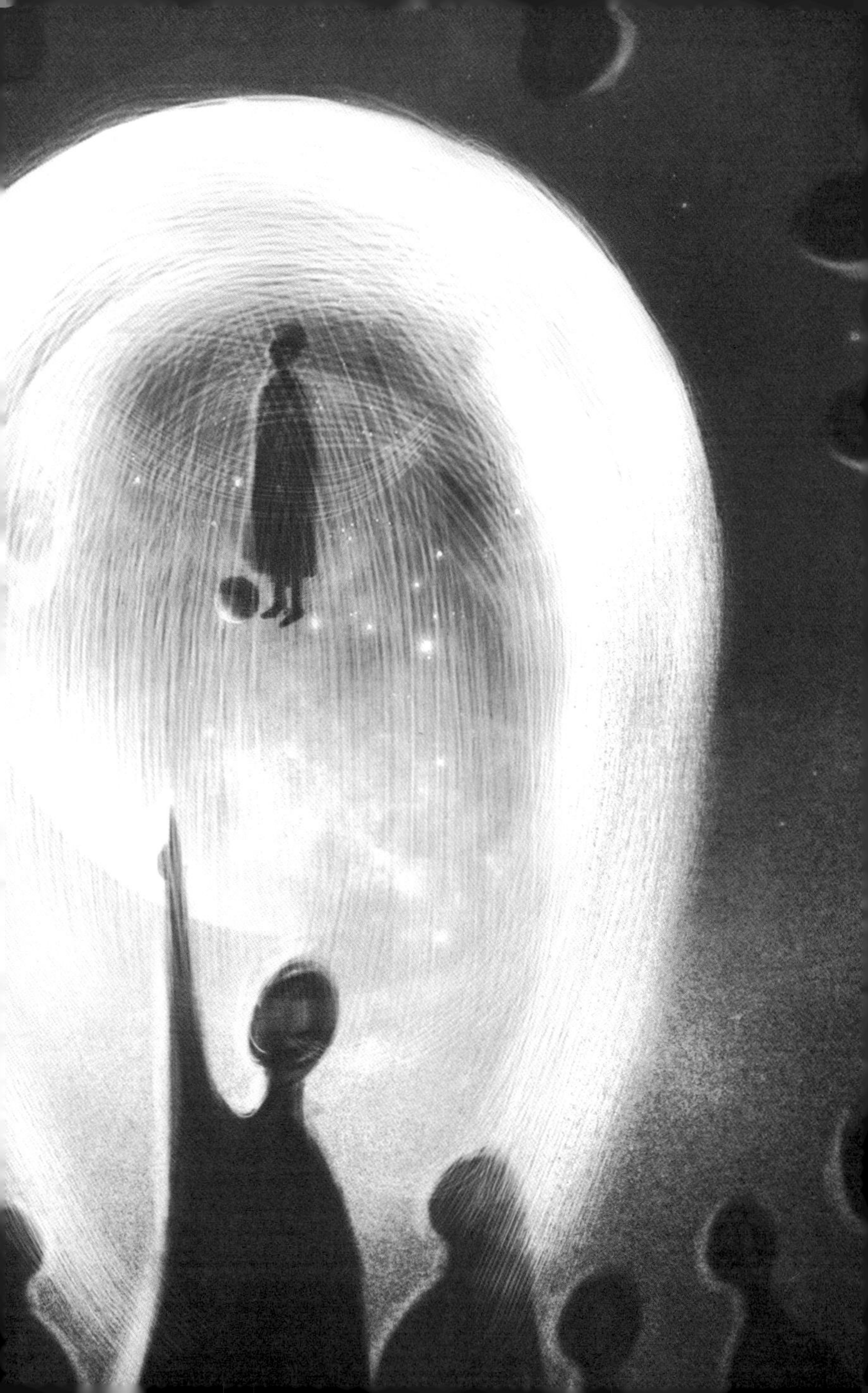

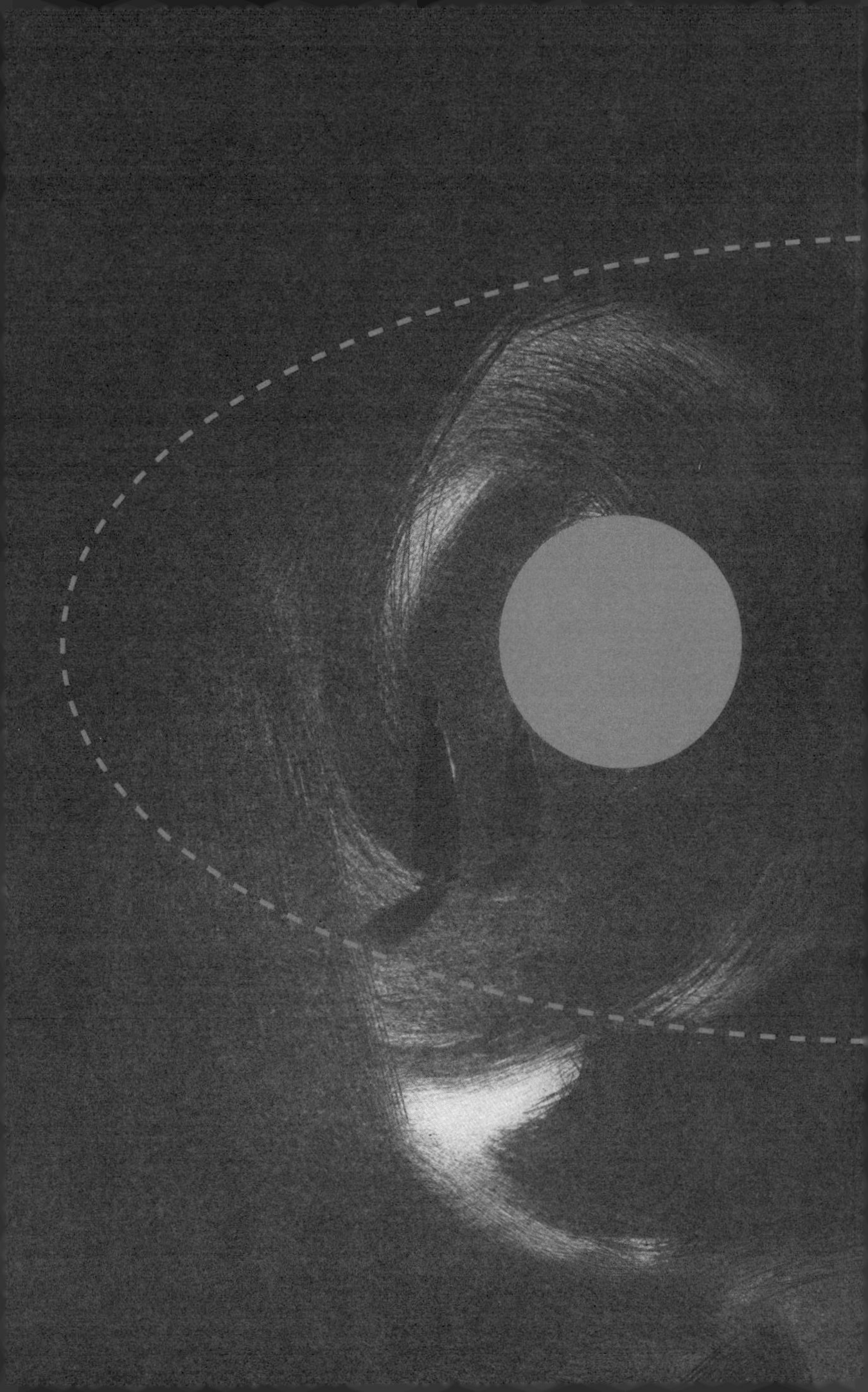

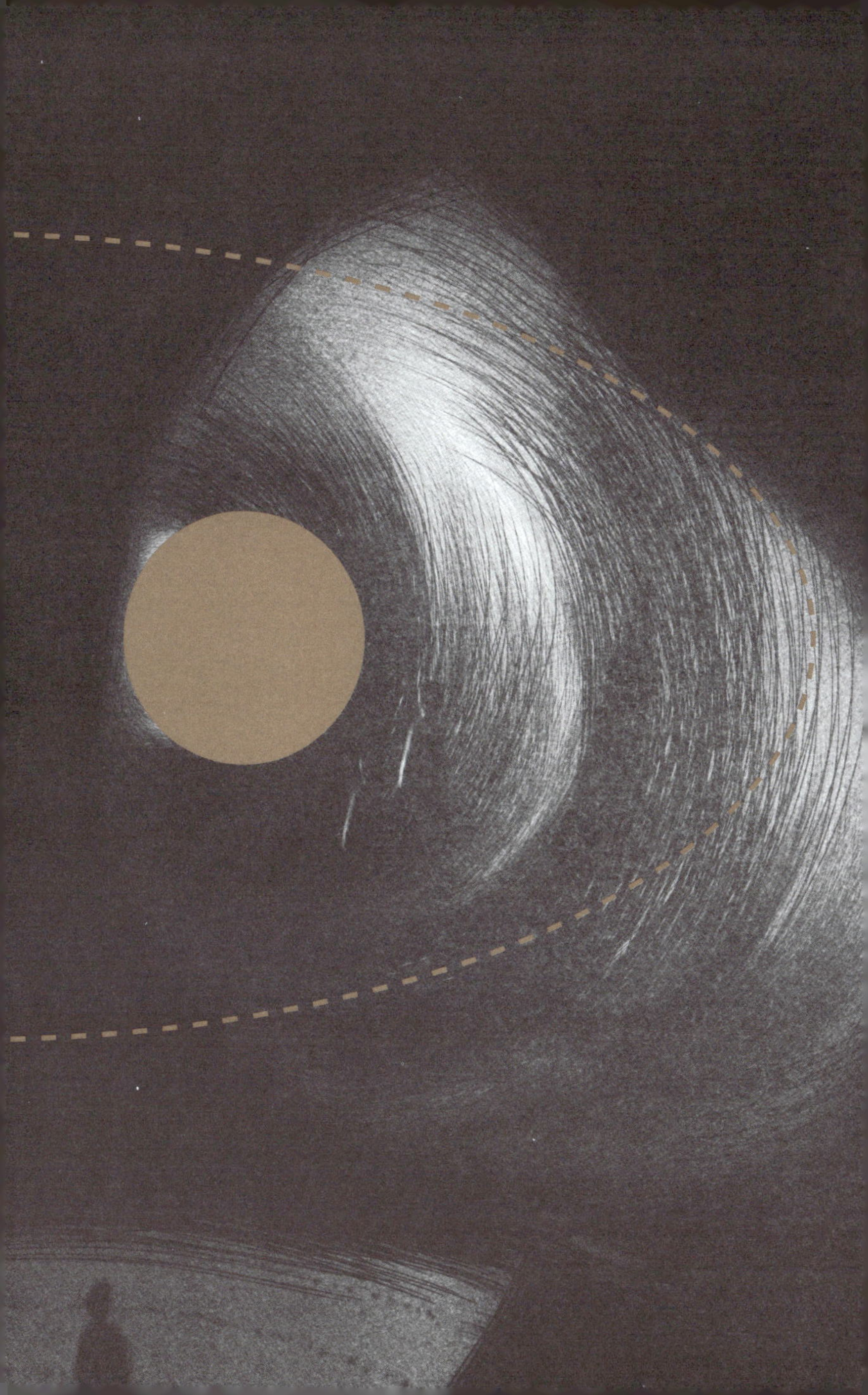

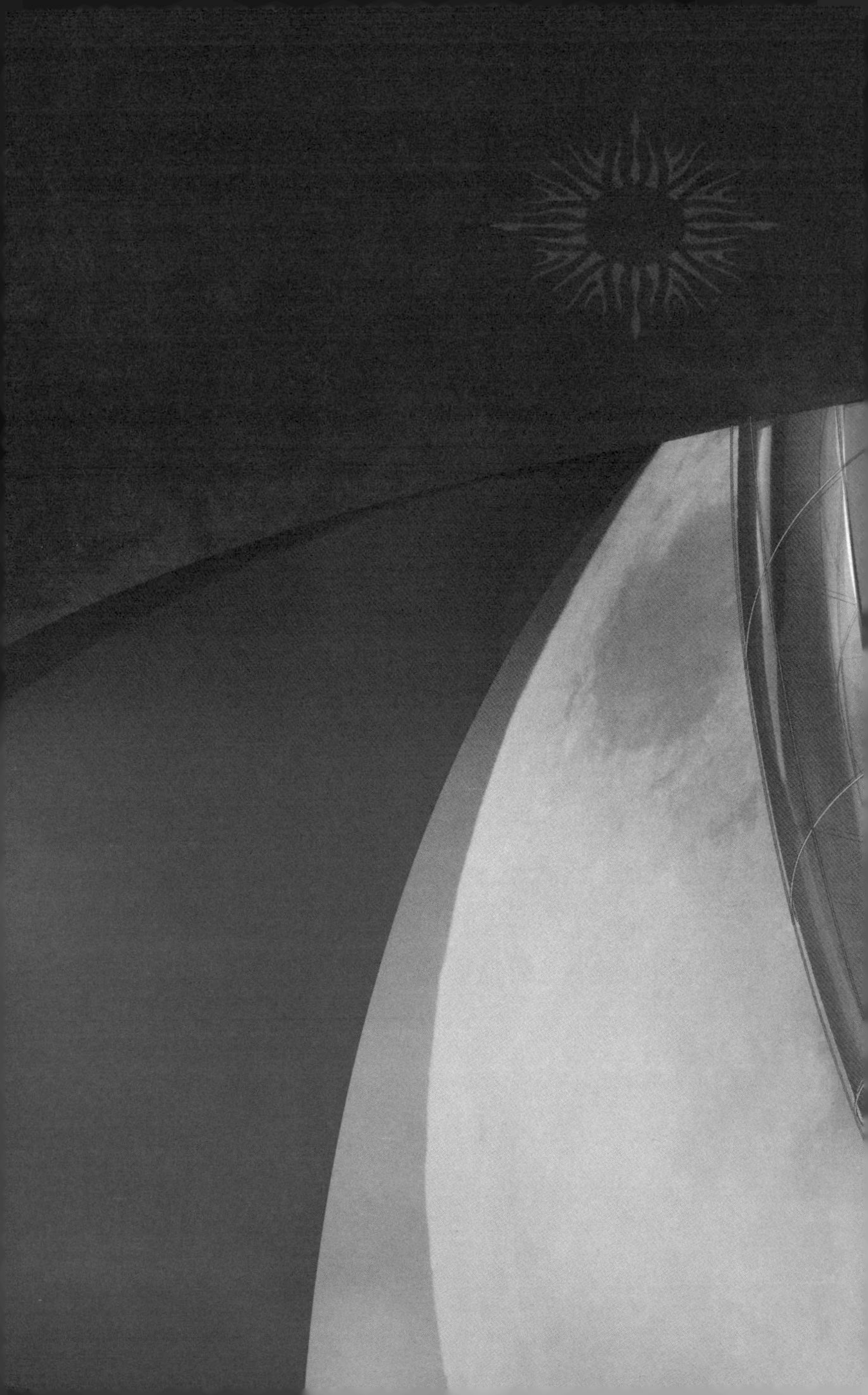

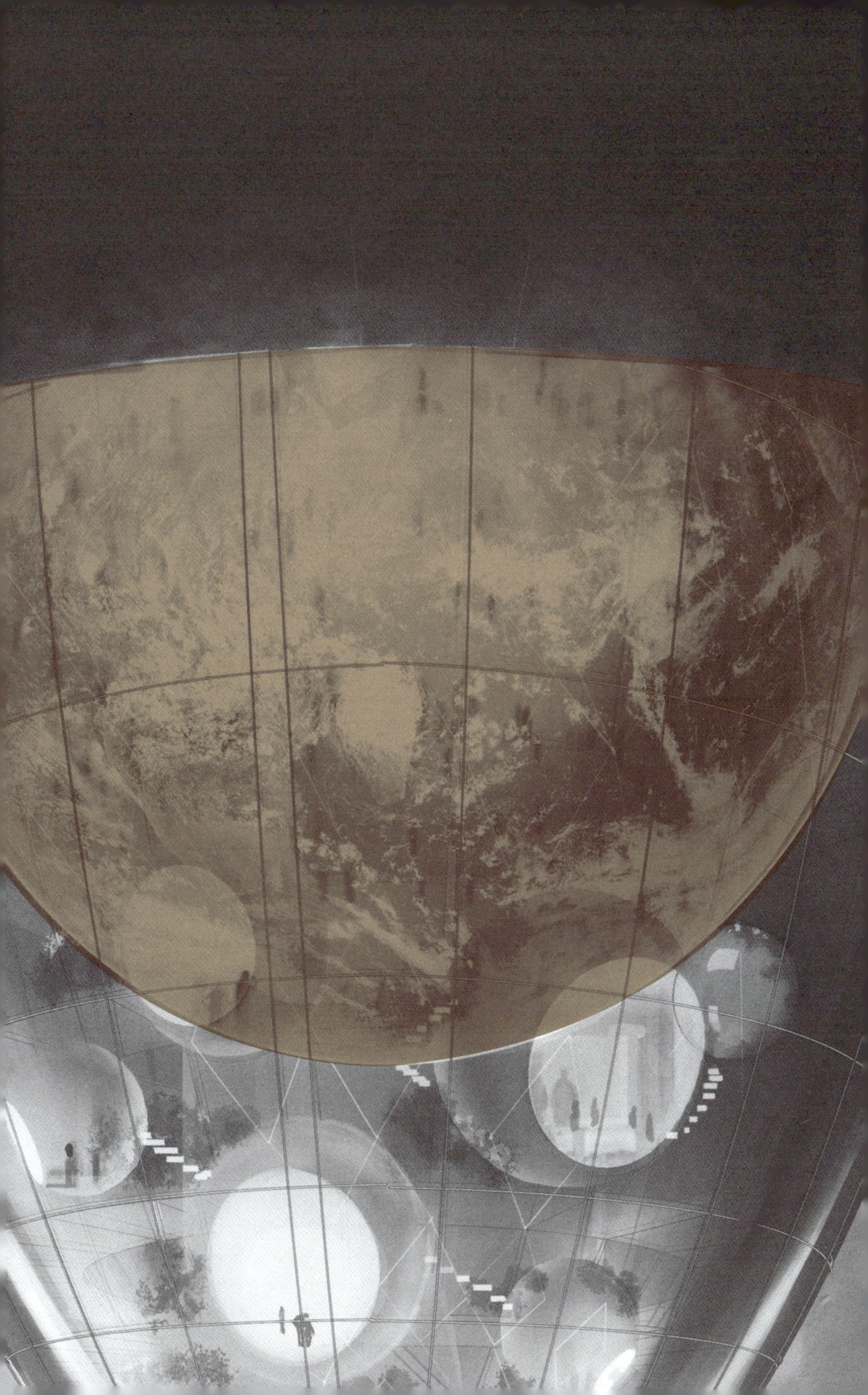

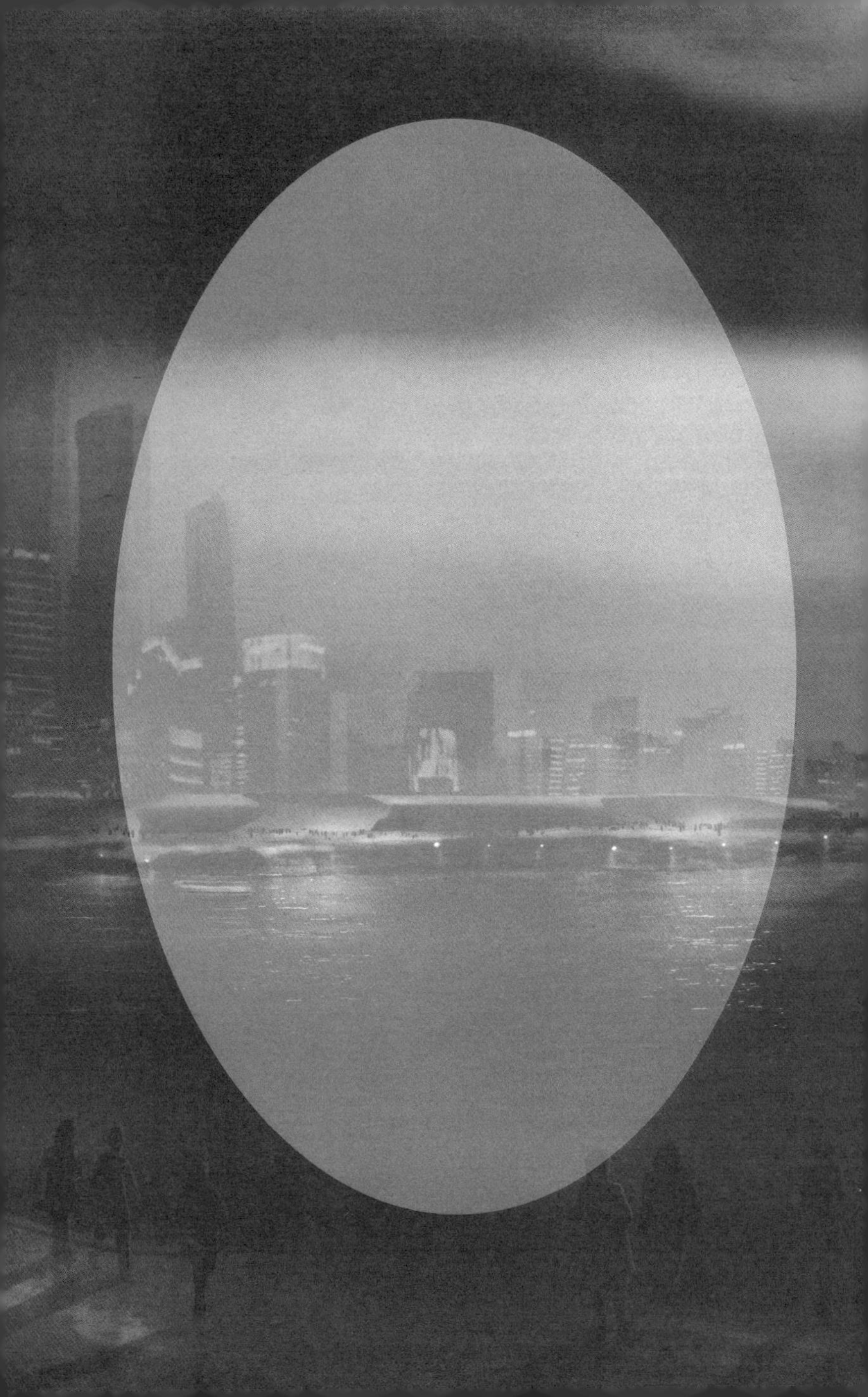

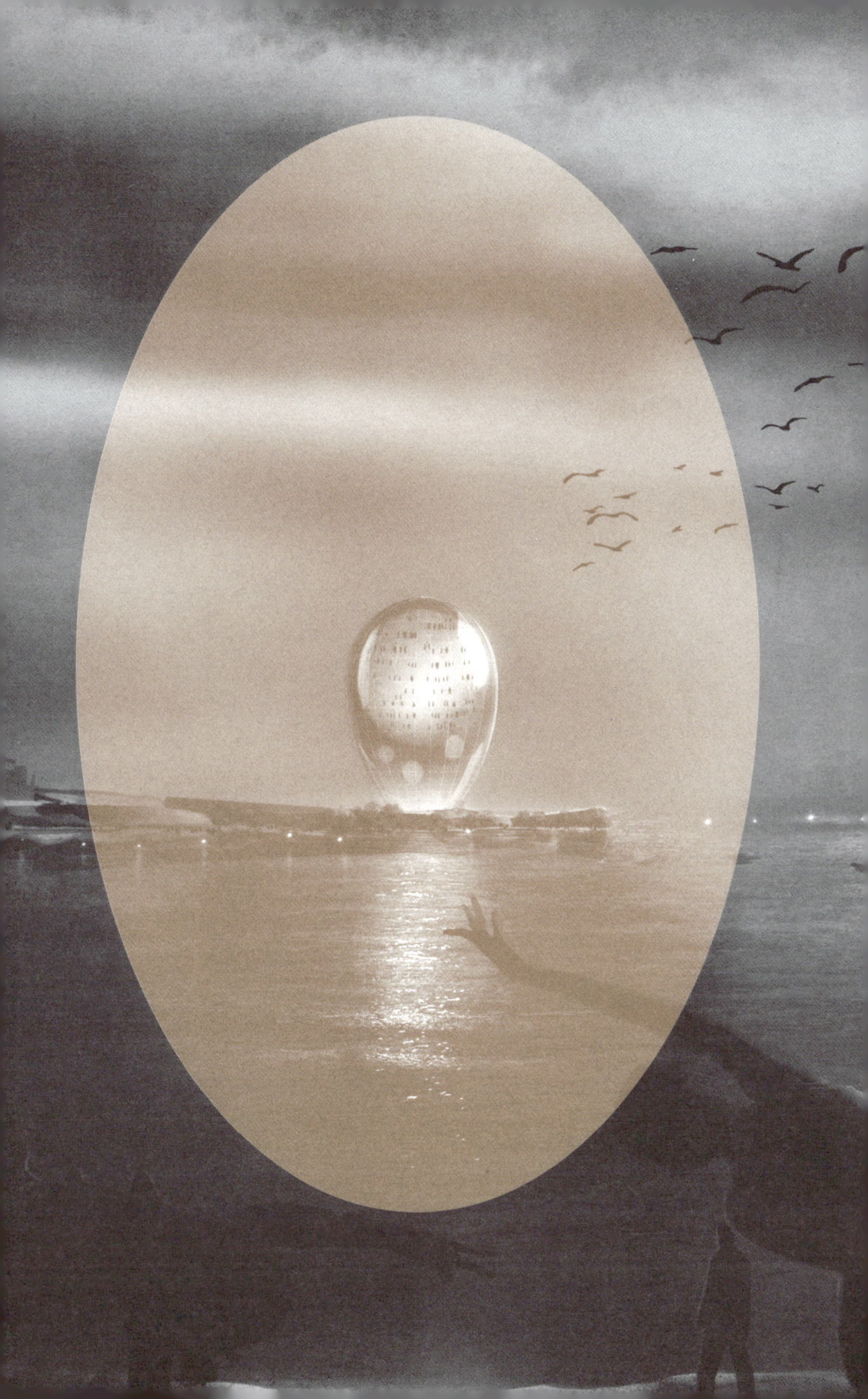

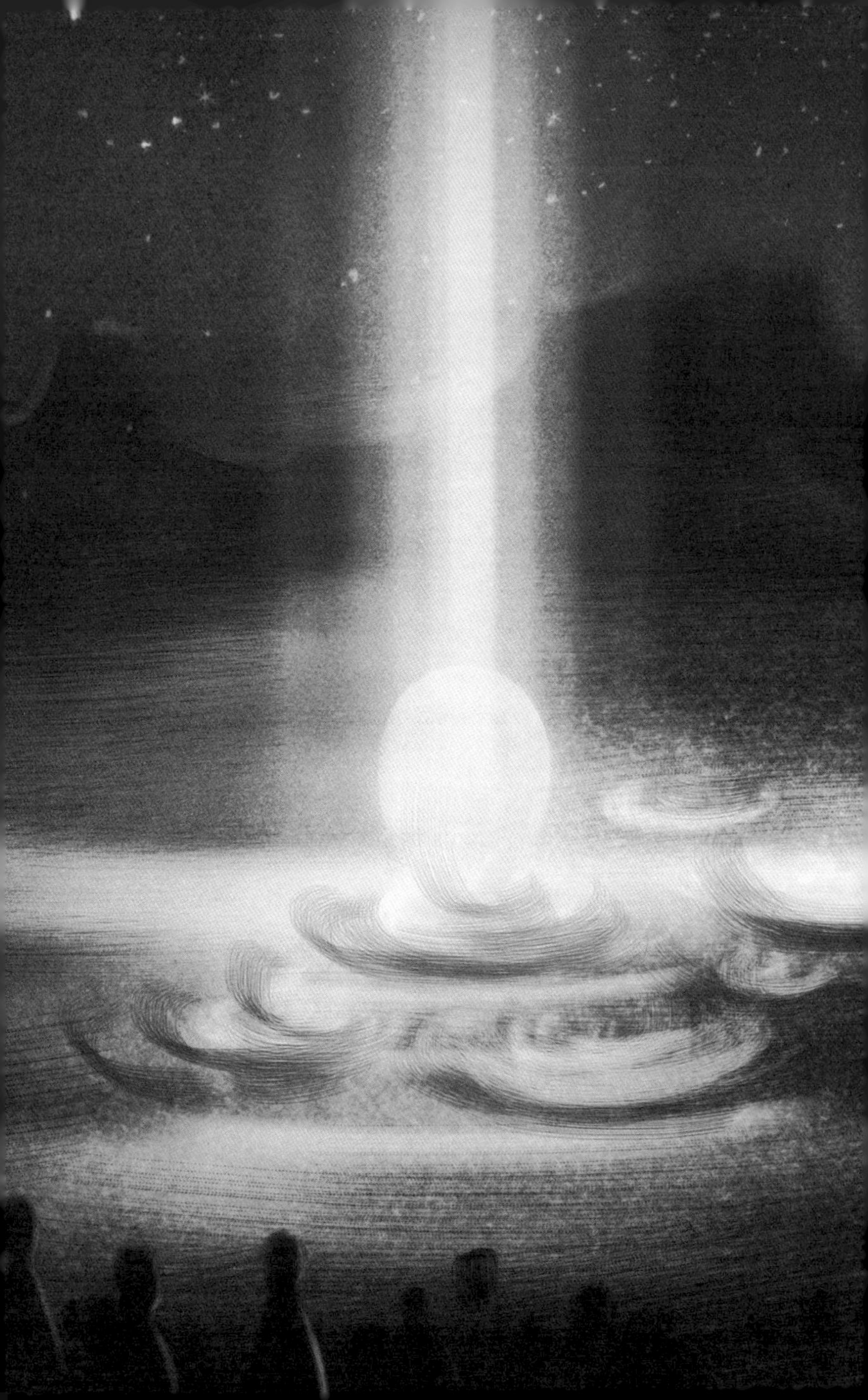

02

我猜每一个人的光芒
和唯一一知道星星方向

你是所有星辰光芒的总和

"如果我们居于闪光中,它便是永恒的心脏。"

勒内·夏尔

一

在几十年的相遇里,他从未第一眼就将我认出。

他站在马路对面,用怀疑和好奇的眼神看向我,然后慢慢地举起手臂摇晃。

而我却总是第一眼就能认出他,虽然他样子已经变化了很多。每次见到他的时候,我的身体里仿佛都会发生一场海啸:心脏剧烈地震荡,视觉和大脑之间的信息传输被切断了,日光清晰地照在他身上,我却不知道他穿着什么衣服,瘦了还是胖了,衰老在他的脸上和头发上留下了怎样的痕迹。我对他的样子毫无印象,我只知道:就是他。

"好久不见。"我们的开场白总是这一句,大多数时候都是我说,这次却是他说的,"大科学家,好久不见。"

全世界只有一个人这样叫我,我笑着向他伸出手:"傅歇,好久不见。"

他一把将我拉入怀中,我身高只及他的胸口,他的下巴轻轻地放在我的头顶,我头顶的白发被他看得一清二楚,但此刻,我并不在乎。

他说在这条街道的尽头有一家咖啡馆,邀请我一起去喝点东西。

走在这条浅浅向上延伸的斜坡上,昨夜的秋风把树叶吹落,天气却还是很热。街道非常安静,太阳发出日光管的嗡嗡声,远处的海浪催生泡沫的破碎。

我把这条街道与自己记忆里的样子做比较,街道并没有变窄,但是车辆少了很多,行人也少了,街道两侧灰绿色的建筑便显得不合比例地高大。

建筑的墙上还刷着没来得及涂去的战争标语:"哪怕付出千万人的代价!哪怕城市成为废墟!哪怕文明倒退一百年!"

傅歇用手抚摸着建筑物,他是否和我一样,也在猜测那些建筑里发生过怎样的故事,那些旧的墙纸是否目睹了绝望的人如何死去?那些已经破烂不堪的地毯是否被瘦弱的母亲的泪水浸湿?那些岌岌可危的墙壁是否像是看不尽的窟窿,无言地吸进许多人的生命?

建筑上的金属牌写着这个城市的名字。字符被涂改了很多次,粗暴地被涂白,然后写上新的名字。

每次改名都意味着它有了新的主人和臣民。

城市的肌理就像是森林一样,街巷的名称就像是每棵树长成的独一无二的形状,从每个半掩的门和窗户中透出的光是汩汩的溪流,城市中的人脱帽问好、窃窃私语的声音是枯枝清脆的响声。然而,一个新的统治者就像一个伐木人,把这森林中的树砍个干净,还放了一把火将野草也烧尽。

从金属牌上看,这个城市至少有过五个伐木人。

"这场仗打了太久了。"我说。

"这半辈子像是什么也没做，打了一场仗，就这么过去了。"傅歇说。

"你多久没有回来了？"我问。

"二十年？也许不止。"傅歇说。

我们路过的大部分店面都关着，只有少数门店还开着。一个老奶奶站在一家小店门口，她朝我们笑笑，那笑容我再熟悉不过，在战争结束之后，所有人见面时嘴角肌肉运动的痕迹都是一样的，那笑容是我们作为幸存者的庆幸，也是作为幸存者的惭愧，因为最高贵和勇敢的人已经死了。

我轻轻拽着傅歇的袖口，我们停在这家店的橱窗前，玻璃里堆着铜制的烛台、刀叉，还有一些蒙尘的陶瓷盘子。橱窗里映出傅歇的脸。他瘦了很多，脸庞凹陷下去，额上的头发明显稀疏了，只有眼底还和少年一样清澈。

他入神地盯着橱窗里的古董餐具，它们残破得并不能激起人购买的欲望，傅歇却看得十分入神，像是想钻进它们尚且闪闪发光的旧日子。

闪闪发光的旧日子。我每次见到他，都会把我们相遇的过程从最初的最初开始回忆，就像是从头讲起的故事。

我们第一次见面是在大一的假期旅行。

那时的大学很流行联谊，今天为了电影聚会，明天一起烤面包；今天刚刚离别，明天又为了下一次离别而相聚。我们刚刚从家庭的围栏里出来，步入自己的生活，第一次一大把时间抓在手里，不知道怎么挥霍才好。

对于那次旅行我已经没什么印象了，大部分时间我都在摇晃的大巴上、沙滩上、篝火旁捧着一本物理学讲义。

和所有因为家境贫寒而早熟的年轻人一样，我看不起我糊里糊涂的同龄人，误以为自己已经设计好了这一生：我想学习，学到学校已经教不了我什么，我将成为一个科学家，一个孤独的、唯一洞悉宇宙秘密的人。

我学的是物理，而我最感兴趣的是天文。兴趣的起点是八岁的一个下午，我拿家里的卫生卷纸用完后的纸芯筒望向天空，在蓝色天空中发现淡淡的小白点，像皮肤上的小伤口掉痂之后的白色斑点，像给天刷上颜色的油漆工不小心漏掉的缝隙。到了晚上，我惊讶地发现这些小白点还在原处，变成了一颗颗星星。

后来老师在课堂上说："到了晚上，星星就出来了。"我反驳："老师你说得不对，白天星星也不会离开。"

老师有点不耐烦地说我"有想象力"，同学开始发笑，我心跳加速，但并不是因为难堪，而是因为兴奋，我意识到自己处在和星星的私密约定中。

"它在等着我看它。"——得到邀请的只有我。

那天之后，我的生活无法和过去一样。我如常上学、游戏、在杂货店打零工,但我意识到,蓝天之外有着巨大未知的世界,它的尺度远远超过我能认知的边界。当我头脑中有了宇宙的概念时,它就永远地成了我所有意识的底色。

我愿意去大一那次假期旅行的唯一原因是,去的地方海拔略高,是观星的绝佳场地。

旅行的最后一天,我们入住半山上的连栋别墅。到达的时候已是黄昏,夕阳在白色流线型的房子上罩上光晕,各种形状的窗户交织成建筑平面上美妙的图案,像是交响乐的曲谱。

别墅有十个卧室,两人一间,刚好能装下所有人。我生平第一次见到如此豪宅,步入客厅要经过一段走廊,走廊两边是锦鲤池,客厅以岩石和木材装饰,大得无边。

但少年们对这用心的设计并无兴趣,全扑向冰箱和橱柜,把能吃能喝的都找出来,又惊喜地发现了地下室的酒柜,把贮藏的红酒都拿出来,宣布今晚要全部喝完。

"主人不会生气吗?"我拒绝了女同学递来的酒,小声问她。

她已经有点微醺,脸红红地说:"当然不会,这个房子就是他家的。"

我顺着她的目光看,一个男孩坐在大露台前的台球桌上,不知道从哪儿找出来一把吉他,正在摇头晃脑地唱歌。

他穿着皮衣、牛仔裤,赤着脚,低着头。我看不清他的脸,只能看到旁边的小酒吧台上一排射灯的光打在他柔滑的头发上。

那是傅歇第一次给我留下印象。

"即使我爱过千百回,如果另一个人也在爱,那总是一个新的奇迹……"我轻声地哼唱,声音在荒凉的街道回荡。我以中年喑哑的声音复刻当年少年的歌声。

"哈,几十年前的歌你竟然还记得。"傅歇说。

"这是SX10的曲子,当年最红的乐队。"我说。

"好像有点印象。"他说。

"SX10是一颗星的名字。"

"我忘了,你是大科学家。"

我没有说话,只是凄然地笑了。

我和傅歇认识那一年,失窃多年的世界名画在一个大学生窃贼家找到;几千年前刻在石板上的世界上最古老的字母表被鉴定出来;在非洲出现了世界上最后一头白犀牛;在南极发现了失踪将近一百年的远征船;在我国与M国的交界发现了一个墓穴,也许是曾经称霸世界的第一个王最后的安息之处;人们在狐狸座的南边和天鹅座的北边观测到了SX10星,它美极了,可能有水或者存在过水,温度适宜,也许有过生命的出现。

那是很美好的一年,世界范围内都没有出现什么极端的天气,几个重要国家在探索太空的议题上开始合作,人类认真地讨论把生物送进宇宙的可能性。

世界的运行前所未有地平滑而顺利,像是物理模型中的"理想状态"。

然后,它忽然停摆了,地球永恒不断的转动戛然而止了。

在停滞中,有幸在美好年代生活过的人总是时不时地掉入对往昔的无限怀念中,被回忆的黑洞所吸引,就像此刻的我和傅歇。

我说:"当时那个房子真漂亮。"

傅歇笑道:"是我父母当时去旅游,被人忽悠买的,一共没去过几次。"

"你现在还去吗?"我问。

"那个房子已经不在了。"傅歇说。

我沉默了,不知道该如何继续话题。

傅歇笑道:"我那时候是个很讨厌的人吧?"

我说:"反正有很多关于你的传说。比如说你进学校第一天就开车撞了树,还有和不下一百个女孩子睡过觉,还说嘉莉为你剃了光头。"我说。

傅歇因为这些被杜撰的过去大笑起来,就像是在一件久未穿过、爬满虱子的大衣口袋里翻出了一笔意外之财。

第一次把傅歇的真人和那些传说对上号的时候,我决定讨厌这个人,讨厌他在众人注视下的理所当然。

然而出于某种我无法解释的原因，我没有上楼睡觉，视线也没有离开他。

几曲过后，傅歇扔下吉他，与屋里最漂亮的姑娘跳舞。他们一样高挑圆润，在越来越快的节奏中近身拉锯，他脱掉上衣，匀称的肌肉显然不是运动练就的，而是和他的财富一样，来自世袭的幸运。女孩的手大胆地搭在他裸露的腹部，房间里迸发出的欢呼盖过了音乐声。

"我要去睡觉了。"我宣布，并没有听众。

音乐声一直没停，小床如小船，在音浪中一阵阵荡漾，我很快就睡着了。醒来时是半夜，音乐声早就停了，不知道什么时候回来的室友和衣躺在床上。我蹑手蹑脚下床打开窗户，想驱赶房间中的酒气，外面是窄窄的阳台，漫天星辰亮得不真实，像是罗密欧求爱那一晚侧幕后面的灯光师调出的布景。

"嘿！你在干吗？"一个声音从底下的黑暗里传来。我慌张地低头，却只能看见一个小红点，是烟头上的火光。

"我透透气。"我说。

"你下来透气啊。"那声音继续说。

我立刻认出了这个声音，是傅歇。

"太晚了，我看看星星就去睡了。"我说。

"楼下看得更清楚。"他说。

我披上毛毯，拿上望远镜来到别墅后的庭院，高大的棕榈树在凄凄地泛着些许绿色微光,夜黑得压迫我的眼球,湿雾舔着我裸露的脚踝,我仿佛身处童年时读过的一个恐怖故事里。

"你在哪儿?"我小声问了几句,没有回话。

我又喊了几声。一个易拉罐重重地砸在了我的小腿上,瓶子掷来的方向传来笑声。

我走过去,悬铃木下有一排石凳,露水把石凳子浸湿了,傅歇却不在乎,几乎是半躺在石凳上。

"你冷吗?"我问,递给他我从房间里拿的浴巾。

他不出声,拽着我的手腕让我坐在他身边。"这儿的视野最好,你试试。"他说。他的手有分寸也有力,隔着毛毯我也能感觉到他手指的温暖。

我抬头,四周的树叶刚好将天空圈出了一个长方形,就像一块荧幕,星星是演员。

我拿起望远镜,视线在黑暗中摸索,视角从北斗七星的勺底出发,到了角宿一,再到狮子座中最亮的轩辕十四,但我最爱的是它旁边的橘红色小伴星……我熟稔地看着这些星星,就像是和一个个老朋友打招呼。

忽然,我感觉我的望远镜被傅歇抢走了,他用它看了半天,说:"什么也看不见啊。"然后开始研究我的望远镜。

我顿时尴尬,这望远镜是从旧货市场以极低的价格买来的一个坏了的船用望远镜,目镜是从学校淘汰的显微镜上拆下来的。

我抢回望远镜。傅歇感到我在默默生气,过了半晌,他说:"你看那些星星在往中间移动,就像是知道有人在看,所以都跑过来。他们知道这儿有两个傻子,都来围观。"他笑道。

"最亮的那颗是参宿七。"我说。

"它可真显眼。"傅歇说。

"它就是喜欢在派对里脱光衣服惹人注意的那种星星。"我说。

身边传来一阵笑声和微弱的辩解:"我只是脱了上衣。"

"你是谁?"他接着问。我感觉到自己脉搏加速,我一方面失望于他并不知道我是谁,我对他来说只是一个有体温有心跳的陪伴;二来窃喜我讥诮的回答引起了他的兴趣,我猜他对女人的兴趣就像大海一样,有任何一点细微的动静都能泛起涟漪。

幸而黑暗遮住了我并不漂亮的脸蛋。

我没有回答他。

忽然,他温热的身体整个扑在我身上,他太高大沉重了,我根本推不开。

"我不舒服。"他像树懒一样环抱着我的肩膀,他的头垂在我胸口,带着酒气的呼吸贴着我的脖子,他没有什么歹意,只是像个撒娇的孩子。

"你喝得太多了。"我说。

"不喝酒晚上还能干吗呢?"他反问道。

"你看星星,它们一晚上都在努力地发光。"我想开个玩笑,小心地动了一下,他柔软的卷发让我的下巴有点痒。

他的整个身子离开我,双手抱在脑后,仰头看着星星讽刺地笑道:"你在教育我?"

我的脸一下子红了,我是从小受"有志者,事竟成"教育长大的孩子,对于人生绝大部分的事物,我的答案是握紧双拳,挥动双臂,忍耐,严格控制自己的心脏、肌肉与骨头,努力追赶。追赶什么?我要跑多久才能到我身边这人的起点?

"没有意义。"傅歇的语气忽然认真起来。

"什么没有意义?"我问。

"一切。"他说。

我被他轻巧的虚无激怒了,他觉得一切无意义,只因为他得到一切都太容易。

"那你怎么不去死?"我冷漠地说。

"既然是没有意义的旅行,那就得有点'来都来了'的精神。"他说。

"不是这样的。"我焦急地反驳。

"那是什么?"他反问,语气已经有点不耐烦了。黑暗中这个看星星的搭档已经让他觉得无趣了。

我不想说话,却也不想起身离开。过了许久,周围的空气一点点冷下来,星星也识趣地散去,稀疏了很多。我们之间的沉默变得死气沉沉像石头,但在某个时刻,几颗星星又开始卖力地闪耀,像是为了取悦感到沉闷的观众,我和傅歇同时笑了,沉默的空气又柔软了。

我说:"你知道吗?我们肉眼能看到的最远的天体是仙女座的星系,它离我们有大概二百五十万光年。"

"这么远?"

"二百五十万年前,我们的祖先刚刚能够直立行走,我们看到仙女系的时候,看到的是遥远的祖先们穿越非洲大草原时发出的光。"我说。

"当我们看到星星发的光的时候,它们很多已经死了吧?我们看到的是它们的遗体?"他问。

"应该是这样。"我说。

"你看,星星越来越少了。我们不能指望它们一直为我们燃烧,有一天,它们会厌倦的。"他说。

"到时候会怎么样?"我问。

"到时候,宇宙就是一片黑暗了。"他说完便起身离开,没有回头看一眼,留下我一人在黑暗中。

1

平静的海平面忽然剧烈上升,如同海中的怪兽复苏,海啸席卷大陆。

超级火山爆发,野火烧过原野,然后铺天盖地的火山灰覆盖了一切。

惊惶的鸟试图飞得更高一些,但却迷失了方向,像被困在了一个透明的小盒子里一般反复掉头。

这颗蓝色的星球变成红色,它内部的红色内核瞬间膨胀。

一颗小行星子弹笔直地射向它,在它表面留下了一个巨大的伤口。

然而这颗小行星只是更大伤害的探路者,一道强烈的光柱击中这颗星球,溃烂的伤口迅速扩大,抹去了所有动态或静止的生命。

破坏在蔓延,一颗黄色星球的由水和冰组成的螺旋状的光环开始倾斜,很快,这颗行星就像瘸了一样重心不稳,偏离了自己的轨道,还未转半圈,就和一个体积比它大三倍的星球撞上。

疯狂的撞击游戏开始了,星球在野蛮和无序地相互碰撞,宇宙的空间中全是碎石头与粉末。

那个最大的燃烧着的恒星慢慢黯淡了,变成了一颗白矮星。

最后是黑暗,一片黑暗。

演示结束。

所有图案消失了，只剩下无限延伸的透明，映出外面闪耀的星星，刚才的一切仿佛只是幻觉。

"这就是我们要的结局。"怀特星结束了发言，它是一个透明的球，外表看上去又软又轻，但那是整个宇宙最坚硬的材料。

我们所处的"房间"是一个更大的透明球，在空中微微飘浮摆动。

我环顾四周，发现了很多星球的代表是新面孔。上一次这些星的代表聚集在一起已经是十个劫（宇宙间最大的时间刻度）之前了，对于很多生命周期短暂的智慧种族，这意味着好几个世代之久，他们也许在跋涉到怀特星的过程中就已经精疲力竭而死。

而我是整个房间里最老的代表。没人能说得清南十字星是从什么时候开始存在的，所有星球都认为我们南十字星是宇宙初始的见证者，有时也会有星球偷偷问我："宇宙的起源时刻到底是什么样子的？"

我从来缄口不言。

怀特星说："茂星，你说说看我们应该怎么做。"

房间里的视线都集中到了茂星代表，私下里，我们都叫它凶星，因为它是这场灾难的始作俑者。正是它此刻放射的极具危害性的气体在毁掉整个宇宙。

"我不喜欢你话里的暗示。我再重复一遍，茂星是最大的受害者，事实是清楚的。修建兔子洞的时候发生了一场事故，把一颗小行星甩在了我们身上，那该死的火球把我们的地表温度提高了五百倍！我们整个都被蒸干了，裂开了，那些气体才会被带到宇宙中。至于气体里到底有什么，我们也在研究。五百倍！你们哪个星球受过这种苦！"茂星干燥凹凸的表面全是一个又一个的小孔，此时那些小孔正在渗出绿色的液体。

它附近的星球代表都下意识地往后退了几步，虽然各个星球已经通过增加外部气体厚度的方式抵挡了有毒气体的危害，但鬼知道那液体里藏着什么致命的东西。

茂星忽然把视线转向我："对了，这次修兔子洞是南十字星负责的吧。"

我没想到矛头会一下子对准我，慌乱地说："修兔子洞是星球会议一致通过的，当时，你也投了赞成票吧！"

"那次会议来的是我的前任，它已经死了，我们星球百分之九十的生命都消失了。"茂星冷冷地说。

大家的记忆都回到了决定"修建兔子洞"的那一天，那仿佛是一度（宇宙间通用的最小的时间刻度）之前的事情，如果兔子洞修成，在星球之间来往就不必通过飞行器，而是直接钻进洞里就可以瞬移，只要钻进钻出几次洞口，最远的星球间的交通也变得轻松。

"宇宙的无限未来在我们面前展开！阻挠我们合作与前进的物理法则终于也无法阻止这一切了。从今以后，没有误会，只有理解；没有争抢，只有机遇。我们不再是虚空中的一个个孤岛，宇宙是一个大行星。不再有边疆！"怀特星在决议通过后的演讲中慷慨激昂。

"现在相互指责没有意义。"怀特星显然也想到了自己曾经的演说，尴尬地说道，"而是应该想想怎么办。"

我说："我们南十字星愿意提供一切帮助，一起研究这个气体里到底有什么，毕竟我们星球的技术是大家都承认的。"

"施工的技术吗？"茂星讽刺道，"我们不会接受南十字星的帮助。另外我提议立刻停止兔子洞的修建。"

"永久停止。"比格星补充了一句，它是离茂星最近的星球。

怀特星说："我不能同意。一个越发团结联合的宇宙是我们星球会议的宗旨。没有兔子洞这一切无从谈起。"

比格星说："团结联合的目的又是什么？"

怀特星说："当然是平等和繁荣。"

它的字符刚刚飘荡出来，房间瞬间安静了。我立刻辨别出这安静中很大的组成部分是被压抑的愤怒。

怀特星没意识到它掉进了比格星挖的坑，或者意识到了但毫不在乎。当它最早提出修兔子洞这个议案时，星球之间就流传着一个说法，认为它是想借此成为宇宙交通枢纽，坐享威望和财富的快速增加。

被我们称为"狂暴行星"的T2星球代表开始微微震颤，它是一团正在燃烧的火球，没人知道火球之下是什么。它们的生命非常短暂又不稳定，十个从T2出发参加会议的代表，九个都死在了路上。它说："你们现在又胡扯什么平等？我们星球不断被旁边的行星辐射，每一刻都在损失宝贵的质量。谁来补偿我们的损失？"

茂星补充道："看看你们干的好事。你们要建的所谓通路，就是切开我们的物质管，更方便你们掠夺罢了。你们的繁荣是我们的贫瘠，你们的平等是我们的屈服。"

它在说这话时一动不动地看着我。我感觉到自己身体有点升温——最新版的我是无数精密机械的集合体，而其中有一部分材料正是来自茂星。

"好吧好吧。那就永久停止兔子洞或其他一切道路的修建。"怀特星妥协了。

"这还不够。"比格星继续说，"我们经过计算，茂星已经偏离了它的轨道，可能很快就会脱轨撞上我们。"

"比格星被撞得还少吗？"有星球小声笑道。比格星是所有星里体积和质量最大的，是宇宙间有名的活靶子。

"这次不一样。茂星的液体蒸发之后，密度发生了很大的变化。以它现在的超密度，比格星是扛不过这一次的，至少三分之一的表层会被削去，到时候碎末撞着谁我们可就不管了。"比格星说。

"那你觉得应该怎么办？"怀特星问。

"我提议所有星球之间运行的距离在现有基础上无限扩大，并且暂停一切星际往来,只是暂时。"比格星说。

我问:"停到什么时候?"

"当然是到危险结束。"比格星说。

"什么叫危险结束?"我追问。

"当然是对所有星球来说危险结束,我们不是共同体吗?"

一片沉默——这不是什么好的迹象,这表明所有星球都在认真考虑它的疯话。

"宇宙很危险,我同意。但它也是勇敢者的乐园,在座各位不都是残酷游戏的赢家吗?比格星,你外面那层水雾状的光圈漂亮吧?它曾经是你的冰川伴星,因为被你的引力束缚吸进去了,整个星球烟消云散,成了环绕你旋转的光圈。要说起来,大家都背负着别的输家的尸体。这没关系,我并非在指责,因为现实就是这样,我们在一次次撞击之中活了下来。我们不必伪装和平,和平不过是永恒斗争之间的间隙,但为什么这次,我们觉得自己活不下来呢?"我说。

"你们南十字星体积小,又偏居一隅,当然可以这样说。你们号称自己技术发达,不就是因为逃过一次又一次的撞击吗?"比格星说。

"不,南十字星存活到现在不是靠躲避。"我说。

"那是靠什么?"比格星球追问。

"对啊,是靠什么?你们又背负着哪些输家的身体?"T2星球只有五张桌子,我们是唯一的客人,坐在靠窗的位置,窗外马路对面是苍茫的海平面。

"现在只有面包和金枪鱼罐头。"餐厅的老板抱歉地说。

"没事,有吃的就很好了。"傅歇笑道。他脱下外套,穿在里面的针织衫已经泛白了。

"你好像没什么变化。"他说。

"那是因为你不记得我的样子,所以觉得我没变。"我笑道。

"也不是,你也许不知道,我大学的时候总在想你老了会是什么样子,可能是因为想得多了,你在我的记忆里先老了。"他说。

"你想象里我是什么样子?"我问。

"就像现在这样,还是像一个学生。所以我见到你,就总想起学生时代的事情。"他说。

海风吹进来,吹动白色的窗帘,傅歇的脸在一片雾色后时隐时现,有些模糊的瞬间,他还是少年时的样子。我产生了一种幻觉,仿佛在此刻,组成宇宙的所有粒子都发生了变化,我们生活在新的介质组成的世界中,那个世界沿着一条富足平稳乏味的轨道运行,而我们真实经历的动荡年月只是一个梦。

傅歇拿出烟斗,在塑料桌布上划出一条条的纹理,烟斗里没有烟丝。他无意识地随手画了一个圆头圆脑的人,头上三根毛发,双手无措地放在身体两侧。

我一惊,大笑道:"果然是你!"

大学第二年，我国和当时大部分国家一样，有了探索太空的计划，我们学校组织了一个活动，叫作"宇宙漂流瓶"，向学生们征集想送上太空的信息，有人录下了自己唱的歌，有人录下了风吹动海浪的声音，有人拍下了自己和恋人亲吻的照片，我当时绘制了一幅地球在太阳系的位置图。

所有作品都放在学校的图书馆展出，一周之后，我发现自己图里地球的位置上被画了一个小人，圆头圆脑，头上三根毛。

"有人跟我说是你画的，我当时不相信。"我有些语无伦次地向眼前的傅歇解释，他依然是一脸困惑，显然不记得这件事。

"傅歇喜欢你。"女同学曾经带着嫉妒告诉我，说他总是来蹭我们系的课，坐在最后一排，课上到一半的时候来，没到下课的时候就悄悄从后门走了，"他盯着你看。"

"不要回头，不要回头看。"上课的时候，坐在第一排的我总是需要不断对自己说，感到身体发软，心跳如鼓，整个人像是一片树叶，被强大的气流裹挟着飞越山川与大海。我强迫自己吸收黑板上繁复的公式，脑海里却是古老的宗教故事：妇人在逃离罪恶之城时，忍不住回头，被神惩罚变成一根盐柱。

我觉得自己若是回头就输了，缴械投降，背叛了自己的过去——现在想想多可笑啊，我竟把自己虚妄的骄傲都算作"庞大的过去"。

半个学期过去，傅歇不再来我们系的课堂了。这并没有让我在校园流传的故事里成为一个心如磐石、不为诱惑所动的胜利者，傅歇带走了聚光灯，大家开始讨论他下一个追逐的女孩。

傅歇属于那一类人，爱过许多人，但他注意到你的时候，你会觉得只有你存在于这个世界上。他像孩子一样残酷，转移热情的时候毫无留恋，移开目光的瞬间已经遗忘。于是他身边的人都成了旧玩具，无能为力地待在地下室储物间杂乱纸箱的最底层。

就像此刻，他完全忘了自己曾经在我的地球上画了一个小人。

"你完全不记得那个'宇宙漂流瓶'的活动了吗？"我问。

傅歇摇摇头，说："我记得那时候学校搞一大堆这样的事情。论文竞赛的流行主题：怎么解决南部的贫困问题；新合成药对社会的影响；艺术的未来；如何在月亮上进行经济开发——月亮！那时连个活人都还没送出过大气层呢。我们那时候多可笑啊，一本正经地讨论这些鬼话，以为这些真的和我们的未来有关系。结果呢？"

他冷笑起来，面孔上出现中年人特有的冷嘲，那是被生活欺骗过的人才会有的神情，就像癌症一样，永久地留在了体内，不断地膨胀扩散，一点点吞噬天真、热情、希望、爱。我们这代人，经历过我们这个世界的人，都患有这样的癌症。经历过我们这个世界的人，一共会死两遍，冷嘲杀死年轻时候的你，然后又在生命的末尾拿着镰刀收割你。

外面的天几乎全黑了，海风越来越大，吹得窗框咣当作响，就像是一个绝望而疯狂的人在窗外不断捶打,急切地要闯进来。餐厅的老板把所有的门窗都关上,灯全打开,头顶瓦数很强的灯管把我和傅歇脸上的皱纹与沟壑照得一清二楚,还有眼下青黑的疲惫。桌子上摆着老板刚端上来的金枪鱼罐头,粉色的鱼肉久浸在不知道放了多久的油中,散发出一阵阵难闻的气味。

新的介质组成的雾色世界消失,真实的世界又回来了。

我用叉子搅动鱼肉。"上大学的时候,我们没想到幻灭来得那么快。"我苦笑道,"你还记得我们停课是什么时候吗,十一月?"我问。

"不,是十月。"傅歇说,"我记得马上要补考一门宏观经济学,我一点准备都没有,肯定会再一次不及格,当时已经是大学最后一年了,这样下去我肯定会延毕。当时我每天祈祷不要考试,没想到竟然灵验了。"

"原来那场瘟疫是你祈祷来的。"我笑道。

"我只是和老天爷说,停课就行了,没想到他帮我把老师都弄死了。"傅歇大笑起来,餐厅的老板刚好送上面包,诧异地望向他,也许因为他已经很久没有听过笑声了。

"我现在还是会想起朗老师。"我说。

在公共的历史中,"节点"是个粗大的绳结,是个巨大的路标,你所乘坐的列车从此一路高歌猛进或是急转直下。但在个人私密微小的记忆中,节点不是物理概念,它并不真的改变什么,而更像是一阵铃声,像一个酒店房间里前一位房客设定的闹钟,你被意外地吵醒,意识到你孤身一人,意识到你并不拥有这个房间,它随时准备迎接下一个客人。

在闹钟响之前,瘟疫像是一场狂欢。

学校宣布停课的那一天,SX10乐队发布了新专辑。广播刚刚播完学校停课,暂时封校的消息,立刻开始放SX10的新歌。学生们随着音乐舞蹈,用学校发的煤油温度计敲打桌子。

当时我们对那场瘟疫所知甚少,只知道外面正流行一种"轻微的传染病",染病的人眼睛发红、口腔发臭、低烧,"严重的会死亡"。

可那又是多么遥远的事情。我们年轻得可以连续几天不睡觉,我们认为自己的体液如露水一样清新,而且就算死了又怎么样?死亡在我们的想象里是一件有诗意的事情,为了简单的理念就可以轻易赴死,唯美如花瓣掉落。

封校之后的记忆对我来说已经很模糊,我只能依照嗅觉回忆一二——那最古老、最精细的记忆——据说老年痴呆患者在丧失记忆的时候嗅觉也会失灵。

记忆中最早的气味来自我每天清晨天刚刚亮时从宿舍楼走到图书馆,会经过的一小片十米长的小树林。树林里有梧桐和灌木,风送来一阵一阵米汤似的味道。很久之后,我才知道那可能是精液的气味。

然后是食物的香味。因为不用上课,我们闲得发慌,永远饥肠辘辘,吃成了头等大事。许多人在宿舍里置办了全套的烹饪工具,宿舍楼里总是飘着炖肉与椰子蛋糕的香气。

香味掩盖了恐慌,虽然时不时传来校外有人死去的消息,但死者往往是老人。我们觉得和自己并没有关系。

所有年轻人都觉得自己与上一代相隔甚远,但好像从来没有一代人像我们一样割裂,就像是从出生的一刻起就在挣扎离开银河系的束缚。那时的音乐、艺术、流行文化莫不如此,宛若是从很远的地方遥望地球。

停课那段时间,我们每天都在联谊、派对、恋爱。有好几次,我从实验室回宿舍的路上都遇到了喝得烂醉的同学在路边呕吐。去图书馆和实验室的人越来越少,同学们逐渐接受了这是一个难得的放纵假期。

多年之后,我才知道,每个人在狂欢结束,音乐停止的一瞬,心中都会闪过恐惧——就像是旅客在离开银河系的飞行器上偶然往窗外一瞥,忽然发现飞船的尾部在冒火光。

封校的第十八天,我和班主任走在教室外的走廊,消毒水的味道让人加快脚步,我兴奋地跟老师说我昨天实验的结果,她忽然笑了,说:"你还在这么用功啊。"

我忽然意识到这些不再有意义——分子式也好,成绩也好,知识也好,我向往的那张扎着缎带放在金属托盘上的学位纸,实验室冰凉闪亮的金属仪器，一世功名付诸流水。我彻夜不眠，只为自己不犯一个错误，却忽然发现知识的海关早已无人把守。

当校园里所有人恐惧的一瞬越来越频繁，形成了某种频率共振的时候，经济系的朗老师死了。

他死在食堂，排队吃饭的时候忽然倒下，浑身抽搐，十秒之内就断气了。

据说是因为他的妻子在校门口给他送了一次衣物。他的妻子也死了，在两天之后，还有她肚子里三个月的孩子。

朗老师个子不高，长了一张娃娃脸，面对每届新生的开场白都一样。"你们结婚前最好学点经济学，这样就能用最少成本实现最大的幸福。或者，"他会停顿一下卖个关子，"像我一样也可以，反过来把婚恋幸福的经验运用于学经济学。"说完后他自己往往会先红着脸笑了。

我没有见到朗老师的尸体，据说狰狞而肿大，和他平常的样子很不一样。为了防止病毒传染，遗体被匆匆焚化。他的葬礼在学校的大礼堂，偌大的舞台的角落里放着一张课桌，课桌上摆着朗老师的衣服和讲义，用了一层保鲜膜封起来。轮流发言的人都在另一个角落，舞台的中央空荡荡。

最后发言的是校长，他语调沉痛：

"死亡也一定不会战胜。

赤条条的死人一定会和风中的人、西天的月合为一体，

他们虽然沉沦,沧海却一定会复生,

虽然情人会泯灭,爱情却一定长存,

死亡也一定不会战胜。"

"太好笑了。死亡也不能战胜你妈!"人群中忽然传来一声大喊,是傅歇,他像是数千个稻草人中唯一的人。

死亡通过第一个死者找到了入口。

学校大礼堂在葬礼的十天之后变成了堆积尸体的地方。开始时是被市政府征用,用来安置停尸房装不下的市民尸体。随着学校里的死者也越来越多,学生们开始抗议。大家在礼堂门前手拉手站成一排,阻止医护人员把尸体运进来。有一天大雨,大家脸上分不清是雨水还是泪水,唱着:"今天的雨中,我没有带伞,雨打在我的脸上,我才知道风往哪边吹。"

这个场景我很熟悉,只不过曾经的抗议主题是某张地图上缺了某个不易察觉的小色块,某个生活在热带濒临消失的猫科动物,某个遥远的国家在某个更遥远的国家爆破的一枚氢弹。

而这是第一次为了近在咫尺的死人。

白色的布下的死人被风雨浇淋依然一动不动,卑微地等待着进入礼堂的许可。

死人最终还是进来了。

很多师生翻墙出了学校,出入证成了一张废纸。一些逃跑的人后来又陆续返回，据说校外的情形更严重，连基本的生活物资都很难弄到。

各式各样的小道消息成为这座孤岛上的主要话题，但我有意地屏蔽掉了这些杂音。以至于直至今日，我向年轻人讲述这段时光时总是语塞。

所有自认是历史亲历者的人都会努力记下自己经历的一切。他们相信这记录会成为后人宝贵的材料。实际上，能够记录的人往往并不在历史的核心，他们所受的痛苦并不够深入；身在苦痛核心的人会被恐惧淹没，聚焦在最基本的生存需要上，他们的视线是专注和狭隘的。

"大家都疯了。"这是后来的我对那段时光的总结。

人们开始说病毒是天上来的。这说法最早是我在天文系最敬重的老师说的，他说观测到行星的组合和明暗正在剧烈变化，宇宙生病了，病毒就藏在行星边界的上方，随着雨水落到地面，再落到每个人的身上。

这本来只是一个年事已高的老人发狂的呓语，结果在一个被恐慌裹挟的时代，越传越真实。而那一年的雨水恰好又特别多，每当雨水落下的时候，人人发狂地往家跑，紧紧地关上门窗，等到太阳出来蒸发掉所有的水后才敢出门。

后来本市的官员为了辟谣，在下雨的时候拍了一张仰头饮雨水的照片，登在本地的报纸上。没想到这个官员在不久之后竟去世了,反而坐实了"毒雨"的说法。

后来——当一切结束之后,同学们总是笑着谈起一切,耻笑自己当时多么容易轻信,笑话彼此为了"躲雨"做出种种疯狂的行径,热衷回忆每一个细节。我从不回忆,而有一幕闭上眼睛也会想起来。

那天的雨下得很疾,我刚出实验室,就听到天上几声闷雷,天一下子黑了。

"要下雨了!"身边的同学们惊呼,跑了起来。

校园很大,依山临海,实验室和教学楼都在山下,宿舍在山上,要爬一段长长的斜坡。因为这场瘟疫,学校的礼堂和很多公共场所都被占用,平常大门紧锁。我和同学们一路奔跑,竟没有找到一个可以躲避雨的地方。

"到食堂去!"我和同学们狂奔起来,雨还没有下,但是湿气越来越重,气压很低,雷在追赶着我们,雷声就像是由远及近的轰炸机,我跑得肺泡都要炸开了。

在第一滴雨落下之前,我们终于跑进了食堂里,门在我们身后"唰"地关上,大雨这才倾盆而下。

"好险啊!"同学们嬉笑着说,我虽然不信雨里有毒,那一刻也觉得幸运。

过了大概两分钟,大雨中一个男生朝食堂走来,他已经被淋透了,他走到离食堂门两三米的地方站定了。他身材高瘦,戴着眼镜,看不见他的眼睛,但目光的方向是食堂里的我们。

食堂里的气息瞬间凝滞,就像被一层油脂封住了,没有人移动,没有人说话,甚至没有人大声呼吸,我想说:"把门打开让他进来!"却无法开口,感到胃肠翻滚,一张口就要呕吐出来。

暴雨很响,狂怒地往下降落,击打着土地,雨水落在草上又溅起,那男孩踩在如同地面长出的水汽上,像神话里踏浪而来的使者。过了半晌,他转身离开了。

"咦,他还挺自觉。"不知有谁轻笑了一声,这句话把房间里的封印瞬间解开,同学们开始肆意谈笑,没有人谈到门外的那个男生,好像那只是幻觉。

当天晚上,那个男生自焚了,默默地在操场上烧掉了自己,非常安静。第二天早上黢黑的躯体才被发现。

那天之后,我彻底改变了。

我不再去实验室了,也很少再打开课本。

我无法再将目光看向未来,之前为自己制订的人生计划仅仅一闪就让我心如刀绞。我对生活举白旗了,放弃去想煎熬什么时候结束。我低下了头,只看自己鞋尖前方那一小块土地。我甚至丧失了时间的概念,不大记得今天是周一还是周四,在与人交谈时,我经常混淆"昨天"与"明天"。

我报名成为一名礼堂整理尸体的志愿者。志愿者的工作是把尸体搬运到包着塑胶袋的木板上,清理好他们的身体,再用裹尸袋包住。我的任务是在尸体装入裹尸袋之前,登记他们的性别、年龄、外貌特征、穿着,将这些信息记在便签条上,然后贴在封闭好的裹尸袋上。一份相同的信息会被贴在礼堂的墙壁上,有人抄走之后登在报纸上,让家属通过这些特征来辨认尸体。

每天工作结束后,我会在礼堂的台阶坐一会儿,喝完配发的牛奶,看一会儿天空。只有在仰望繁星的时候,我才觉得人世间的一切是那么渺小,某个星星后面一定藏着铁面无私的神灵冷冷地看着这些死亡,计算着自己出场的时刻。

"求你快出来,审判,裁决,结束这一切吧。"

我不知不觉竟跪倒在地上祈祷,泪水浸湿了眼睛。

有时候,傅歇会坐在我身边不远的地方,和我看最后一抹余晖在天边流连,然后消失。但我们很少交谈,大多数时候,傅歇会带一个小的灰色收音机听音乐——有时不小心跳到新闻,播报最新的死亡人数,傅歇总是迅速调到别的频道。

我们在静默中一起听着音乐,那时音乐电台总是反复播放着SX10乐队最新的歌曲,讲的是一对青年男女搭便车在公路上漂流的故事。

大巴在马路上疾驰,

月亮从广袤的平原上升起,

"亲爱的,我觉得我迷路了",我向身边的她低语,

虽然我知道她已经熟睡。

每次放到这几句的时候,我和傅歇总是轻声地一起唱和。

"你说他们最后到了吗?"有一天,一曲终了时,傅歇忽然说。

"什么?"

"我说唱歌的人……没事,我在说胡话。我总觉得他们在路上走了很久很久,最后也到达不了目的地,分道扬镳了。"傅歇说。

"那也是一段难忘的旅程吧。"我跟不上傅歇的思路。

他忽然像个孩子一样说:"你有没有觉得今天唱歌的人像是苍老了一些?我总觉得唱歌写作画画的人老得更快,因为他们在作品里爱了太多人,也受过太多伤,比我们多活了太多年。"

我认真地说:"可能是今天无线电的信号比较好吧,所以声音听起来细节更多。晚上没有太阳的干扰,我们头顶的电离层会比较稳定,所以广播的信号会更流畅。"

傅歇沉默一会儿,笑了起来,语气戏谑地说:"大天文学家。"

次日,他送给了我一个双筒的望远镜,那是当时最高级的望远镜。当时大部分望远镜只能观察月球的环球山、木星环之类的明亮天体,但傅歇给我的望远镜能清晰地看到之前隐于幽暗的星系。

我从那个崭新的望远镜里看到了如梦似幻的星云,鲑红色的暗礁被包裹在珍珠灰的气体云里,就像是古老神话的宫殿里乔其纱和网绸交织的帷幔。当我缓慢地移动望远镜,朝星云的中间望去,星云物质越来越亮,在星系中漫游了几十万年的光依然执着地、无辜地、天真地散发着光,好像不知道人间已经无心抬头去寻找它的光芒。

我是少数仅剩的不惧怕天空的人,我被眼前的美景震惊,感觉到泪水逐渐模糊了视线。此时,星云后是否有神灵裁决一切已经不再重要。

当我放下望远镜的时候,发现傅歇不知道什么时候已经离开了。

有一天,死人格外多,我登记到了深夜。因为停电,礼堂里只有一些燃烧的短蜡烛。最后一个尸体在角落,敞开的裹尸袋里躺着一个年轻女人的尸体,她穿着贴身的短睡裙,身材颀长而紧致,胸脯紧实,她的尸体甚至没有习惯死亡,还保持着玫瑰蓓蕾般的粉红色泽,黑发落在锁骨的弧形里。

我立刻就认出来,她是那天在别墅里和傅歇共舞的女孩。

"你登记完了没有?"我背后传来斥责声。

我回头,看到傅歇站在我身后。我匆忙登记完信息,他怒气冲冲地拉上裹尸袋的拉链。

我和傅歇做完所有的工作,关上灯,一起走出礼堂。天已经全黑了,空气异常清新,万籁俱寂,只有月亮无忧无虑的圆脑袋在云层之后探头探脑。

"你陪我坐一会儿吧。"傅歇说。

我们坐在礼堂的台阶上,他没有什么话要说,只是一支连着一支地抽烟。他也递给我一支:"这是杀菌的。"

我没有接过烟,问了我一直想问的问题:"你怎么会来当志愿者?"

"忽然发现我良知未泯?"傅歇说。

我笑道:"是啊,一直以为你贪生怕死。"

傅歇说:"我并不想救人……不,这样说也不对。应该说我知道自己能做的其实非常少。你知道吗?很长时间以来,我都没有感觉到自己在活着。"

我笑道:"我看你每天喝酒喝得很开心。"

傅歇认真地想了很久,说:"我以为我喝酒是为了忘记痛苦,但我逐渐发现我没有痛苦,也没有快乐,一切感觉都没有。但这次发生了这些,我做这些事,看到这些死人,我感到很痛苦,但同时感觉到自己正在活着。"

我沉默了许久,指了指我身边的牛奶瓶,笑道:"我做志愿者理由很简单,就是为了这个。"

傅歇没有笑,他问我:"你会算每天尸体的数字吗?"

我摇摇头。

"我开始的时候会,十个,十五个,一百五十个,后来也不会了。我尽量不去算,机械地搬每个尸体,但后来发现尸体里我认识的变多了,半个月前我第一次见到尸体里有自己认识的人,后来是两天一个,今天一天我就见到了三个。"傅歇说。

"太可怕了。"我说。

"有一天我梦到我在搬一个尸体,太重了,怎么也搬不动,我仔细一看,发现是我自己。你呢?做过什么噩梦吗?"他问。

"和你类似。尸体刚运来的时候不是十字形层层交叠的吗?有一次我梦到自己被放在中间,我压着一个老奶奶,又有一个大叔压着我的肚子,另一个大叔压在他身上。不知怎的,最上面那个大叔正面朝着我,他想要和我说话,但我们都不知道彼此是谁,也不知道该怎么沟通,就只能这样瞪着彼此。"我说。

"我知道他想说什么?"傅歇说。

"什么?"

"他说,我想做爱。"

我大笑起来,空荡的校园里好像只有我们两个人。

"你明天想不想出去看看?"傅歇问我。

"去学校外面?我不敢,听说外面的情况很糟糕。"我说。

"学校里也在死人。"傅歇说。

"但至少学校里每天还在消毒和发吃的东西。"我说。

"我们就像是笼子里的鸡,每天看到同伴被抓出去,你觉得我们还能撑多久?"傅歇说。

"我怕出了学校就回不来了。"我说。

"那也比坐以待毙好。"他说。

"不是这样说吗,学校里感染的大部分都治愈了,而且治愈之后就有了抗体,不会再感染了。"我说。

"你太乐观了。"他说。

"我只是相信科学。痊愈率越来越高,而且很快就会发明彻底治愈的药和疫苗,最多不过两年。"我说。

"我很害怕。"傅歇的声音微微颤抖。

"你怕什么?"我非常愚蠢地问。

傅歇没有说话,把头埋入膝盖之间,开始哭泣。我一直认为傅歇的玩世不恭是一层厚厚的盔甲,而盔甲后面是一团虚空。在那个瞬间,他的盔甲裂开了一个缝隙,我瞥到了装在里面的小人儿,然而也只有一瞬,盔甲又合上了。

过了许久,傅歇才恢复平静,他抽完一支烟,离开了。

第二天,他没有出现在礼堂,第三天、第四天,他都没有来。

时隔多年,我才意识到,这就是我和傅歇的不同:我习惯于待在原地,因为我相信脚下是正确的传送带——不,不只是我——所有人都在这条传送带上。我们相信它会把我们带向繁荣、开放、自由的未来,而当路的前方出现了黑暗里影影绰绰的东西,我选择视而不见。我相信光明幸福的结局,觉得这是对世界的忠贞,可这无主的世界从未给过任何人承诺。

礼堂接收的尸体越来越少,我不知道是瘟疫得到了控制,还是尸体被转移到了别的地方。

学校不再需要志愿者了,所有留在学校的人每人可以独享一间宿舍,但不能出门,大部分学生已经离开,空宿舍很多。

我的一天变成了几个时间点：早晨八点、下午四点会有人把吃的放在宿舍门口。傍晚六点必须出现在窗口，若是没有露面，检查的人就知道你已经死了。

检查时会有三个人上楼，两男一女，女的很活泼，总是被逗笑。有时我简直有些恍惚：楼里安静得像是人已经全死光了，他们怎么还不来收尸？

有一次，我在半夜被楼上重物砸地的声音惊醒，周遭很黑，一瞬间，我对自己身处何处，是何许人毫无概念，像是刚刚被抛入了这个世界。

过了没一会儿，传来了脚步声。我躺在上铺，天花板离我只有不到二十厘米，脚步与低语都听得很清晰。我感觉自己像是被一个怪兽吞食了，它濡湿的胃肠让我的皮肤和头发都黏嗒嗒的，布料紧紧地贴在身上，我感觉到怪兽跃动的心跳，过了一会儿，才发现那原来是自己的心跳。外界的声音很近，却又遥不可及。

"好臭。"女孩说。

"臭死你。"一个男人说。

女孩"咯咯咯"地笑起来。

然后是尸体被拖动的声音。尸体就倒在我的正上方，然后被移走，搬下楼。接下来会怎么样？尸体被烧了吗？我听说城市里火葬场的炉子一直昼夜不停地运转，高塔焚烧出人最后剩下的一缕烟雾，然后化作灰烬洒落在刚刚冒出野草与淡白色野花的土地上。

我闭上眼睛,感到自己的身体仿佛也有一部分化作了青烟。

哀恸的人有福了,因为我们必得安慰。

温柔的人有福了,因为我们必承受地土。

怜悯的人有福了,因为我们必蒙怜悯。

为义受逼迫的人有福了,因为天国是我们的。

无知的人最有福,因为我们听见,却不明白;看见,却不晓得;活着,与死亡无异;死亡,也无声无息。

如果那天不是傅歇来找我,我恐怕已经死在宿舍了。

大部分时间,我都躺在床上,冲着一面窗户,看窗外的树叶子全部凋零,被雪覆盖又冒出新芽,这过程就像发生在一天之间。

当傅歇出现在我宿舍门口的时候,我以为是自己的幻觉。

"快跟我走吧。"他说。我许久没有听过人说话,觉得他的声音巨大,震得耳膜疼。

"去哪儿?"

"火车站。"

"为什么?"我问。

"马上就要封城了!"他说。

整个城市幸存的人都像是跑到了火车站。亲人和恋人在车站前的广场道别,古老的火车站是这个城市最引以为豪的建筑。它是完全对称的淡黄色两层建筑,中央高高耸立着一个细长的塔楼,上面的大钟提醒着人们离别的时间。

"封城只是暂时的,再过一周就能见面了。""最多半个月。"人们拥抱之后笑着说,不是为了说服对方,而是为了说服自己。

傅歇举着火车票,高声喊道:"让一下,我们有票!"穿过拥挤的人流,往火车大厅的入口挤。

周围的人羡慕又愤恨地看着我们,这两张车票在此时无比珍贵。

我们是傍晚六点的车,下午两点大厅已经挤满了人。疲惫的阳光从高高的天窗里透出来,窗户细细的栏杆把阳光切割得像是水流,人们就像是被困在水坝底部的小生物,在水潭中缓慢地移动。通向站台的是两扇小铁门,穿着警察制服的人手持着枪守着门扫视人群。大厅虽然坐满了人,但很安静,人们的呼吸汇成一大片无形但密度极大的雾气,压迫在所有人头上。偶尔婴儿哭两声,但很快停下来。唯一神经松弛的是鸽子,它们在门偶然开启的间隙飞进来,悠然地在我们脚边散步。

我和傅歇坐在靠墙角落的地上。

"为什么是我?"我钝钝地问他,感觉长时间的封闭让我的反应变得很慢。

傅歇想了一会儿,才意识到我想问的是他为什么要来帮我。他嘻嘻笑道:"大科学家死了多可惜,我是在为人类做贡献。"他像是在对一个孩子说话。

我勉强一笑，傅歇连忙补充道："你为什么要这么问？你多聪明啊，所有老师都说你是我们学校最优秀的。"

我想要的答案不是这个。我希望他说："因为你一无所有，因为你故作骄傲，因为你所有鄙夷的东西都是你所恐惧的……"

人都希望自己是被爱选中的，被选中就像是中了彩票：无功受禄地得到，没有理由地得到，像是在虚空中听到渺茫的声音说："就是你。"像是我幼时得到星空的邀约，耀眼的行星选择了黯淡的我，只有这样的爱才让人觉得笃定。如果爱是因为优秀，那么如果有一天我堕落了呢？因为美丽，那么如果有一天我衰老了呢？因为特殊的天赋，那么如果有一天我泯然众人了呢？

彼时，你还能否看到我呢，傅歇？

彼时，你还能从人群中将我认出吗，傅歇？

傅歇，你从未第一眼就将我认出。

我感觉到自己的心不断往下沉，低下头轻声说："谢谢你。"

"没事，我本来自己也要走，多弄了一张票而已。"傅歇没有注意到我的失落，开始有些兴奋和得意地讲他的计划：先去一个十二个小时火车车程能到达的中转站，再去一个边境小城，他的父母已经在那里了。

这是他人生迄今为止第一次冒险，第一次像个大人一样为他人的生命负责。一缕阳光洒下来，他的头发和瞳孔变成同样的淡褐色，我从他清澈的眼底看到瘦弱的自己。

"……到了那个城市出去也方便。"他说。

"去哪儿?"我问。

"我准备出国。"他说,"你呢?想好下一步怎么办了吗?"

我摇摇头。

他说:"你不准备回家?"

半晌,我说:"我很小的时候父母就去世了。"

他说:"那别的亲人呢?"

我努力回想,脑海中只有几个模糊的长辈的面孔。

傅歇说:"没事,我们到了再想下一步。你睡一会儿吧,时间还早。"

我的头靠着他的肩膀,感觉到他的手如同安抚婴儿一样轻轻抚摸我的头发。我脑海中出现一个能听到教堂钟声的小房间,房间外有个小小的露台,露台上有大朵的牵牛花,房间中央有个壁炉,炉子旁边有张绿色绒面的单人沙发,沙发上坐着一个头发柔软的男人,正在把烟灰弹进炉火里。

此刻,很多人正在死去,很多人正准备离开自己的故乡和爱人,所有人的命运都会被改写。可是此刻,我非常快乐。我知道傅歇对我的温存夹杂着很大程度的怜悯,但我并不在乎,就让我自私且无知地享受此刻的快乐。候车大厅的巨大时钟敲出微弱的响声,我沉沉地睡去了。

我是被一阵骚乱吵醒的,所有人都在往站台的方向挤,警察也控制不了,两扇铁门被挤坏了。

傅歇也拉着我在人潮中拼命向前挤,前面人的尼龙包重重地抵在我的脸上。

"现在不是才五点四十吗?"我大声问傅歇。

"车提前来了。上一趟车取消了,没走成的人全部赶着要上这一班。"他拽着我的胳膊,艰难地说。

我们拼命往前挪动,我仿佛在深海之中,每向前一寸都耗尽了全身的力气,难以呼吸。而当我们终于快移动到了通向站台的铁门处,警察围成的人墙拦住了所有人。

"不要挤了!火车已经开走了!"警察高喊道。

人群爆发出失望的怒吼,依然不依不饶地往前推搡,直到警察朝天鸣枪,骚动才停止。安静下来之后,隐约传来火车远去的声音。

孩子开始哭泣,整个候车大厅的人被绝望笼罩。我在墙角抱膝坐着,不断地发抖。

傅歇把他的外套盖在我身上,说:"我去打听一下。"

我看到他走到大钟下的一个小门,轻轻敲了两声,窗户开了,傅歇对着窗户说了两句话,门开了一个小缝,傅歇消失在门后。

一个妇女瘫坐在我身边,她怀中抱着一个四五岁的女孩,孩子昏昏沉沉地睡着,头发因为被汗水浸湿而纠成一团,嘴唇干裂,脸颊有一块硬币大小的溃烂。我在成百的尸体上看到同样位置的溃烂。

妇女察觉到我的目光,用手绢把孩子的脸遮上。

"她爸爸。"妇女没头没脑地说,我知道她在讲孩子是从谁那里感染的。

我只能点点头。

"她爸爸是上个月走的,太快了。"她继续说,"他走之前最后一句话是说,能不能把床位留给我女儿?死之前最后一刻良心发现了,这样一个从来没给孩子买过一个玩具的人……"女人滔滔不绝地说起来,时而谅解,时而抱怨,她太苦了,此刻哪怕面对着一个骡子或是一块石头她也会倾诉。

我努力想表示理解,可我能理解什么呢?失去父母的时候我并没有多么深刻的记忆,仿佛是赤条条来到世界上的一个人,我对真正的失去一无所知。

她的女儿在她怀里发出微弱的呻吟,她给女儿喂了一些水。

"我要是早点把她送出去就好了,她奶奶一直说要送到乡下,说乡下情况要好很多。等我们终于要走,现在走也走不了,孩子在医院的床位也没了。你说是不是都怨我?"女人说。

我无法回答她,说什么都显得虚伪。

此时傅歇回来了,面带悦色,他轻声说:"还有最后一班车,半个小时后就到。"

我身边的女人贪婪地望向他手中攥着的两张车票,当傅歇扭头看她时,她移开了目光。

傅歇拉我起身,说:"这班车不是计划内的,停留的时间很短,我们现在就得去站台排队。"

我们假装不经意地踱步到了通向站台的门,傅歇偷偷地向警察展示了车票,警察飞快地侧过身,让我们穿过铁门。

站台上已经站了不少的人,大家都避免眼神交流。远处传来了汽笛声,数分钟之后站台开始震颤,夜晚的浓雾中看到红色的车灯,灯光越来越亮,火车逐渐靠近。

傅歇捏捏我的手,笑着说:"我们要走了。"他的鼻子冻得红红的,眼睛里闪着亮光。

我这时发现自己的双肩包被拽断了一侧的肩带,我把包抱在怀里,里面最重要的行李是傅歇送我的望远镜,我用毛衣小心地把它包好。这段时间我唯一的玩具就是它,天气好的晚上能看到月亮的环形山和猎户座的大星云,多么神奇,那么遥远的距离瞬间变得很近,远方一伸手就能触碰到。

我们要走了。

列车轨道的震颤越来越强烈,车从我们面前驶过,我险些以为它不会停下,心跳几乎停止。

车终于一点点慢下来,我和傅歇开始跟着车在站台上狂奔,寻找我们的车厢,不知道这短暂的停留会有多久。

候车厅里没票的人不知道什么时候冲破了警察的防卫,也冲到了站台上,车停稳后一片混乱,所有人都涌到车门口往里挤,检票员如同驱赶蝗虫一样拿着一根棍子去打退试图上车的人。

"有票的才能上！"检票员高声喊。那些被拒绝的人又立刻奔去下一个车门做无望的尝试。

我和傅歇被推搡到人群的最外围，试图往里挤，他努力地往前拽着我的胳膊。"让开！我们有票！"他大喊着，声音却被淹没了。

车快要开了，汽笛不耐烦地鸣叫了几声，检票员准备关门了。

"这边！"傅歇费尽全身力气喊，如同溺水的人一样拼命向上挥动着双臂，展示手上的票。

检票员的视线终于飘到了我们这里："你们快过来！"

少数人让开了一条狭窄的通道，更多的人把我们的身体往后拽。

车快要开了。"赶紧走！赶紧走！"站台上穿制服的人看着情况逐渐要失控，不断拍打着车头，司机探出头愠怒地看了一眼站台，骂了一句，准备按下关车门的按钮。

我和傅歇拼尽全力往前挪动，终于，傅歇抓到了车门上的铁栏杆，一跃上了车。

接下来的场景发生的时间很短，但因为我千百次地回忆，因为不断添加新的细节而变得虚假，最终取代了原始的记忆，那几秒钟在我脑海里无比漫长。

当我拉着傅歇伸出的手时，我感觉有双小手拉着我的袖子，我扭头，看到是候车厅里那个妇女怀里的孩子拽着我，我愣住了，在短暂凝固的十分之一秒，妇女抢走了我手中的车票，一跃上了车。几乎是同时，车门在我的鼻尖前关上了。

我全身瘫软，身后有几双手把我拽住，让我不至于跌落进火车与站台间的缝隙中。

火车开走了，空荡荡的站台上方悬着没有云层包围的月亮，月亮平静地发出冷光，就像小女孩在母亲的怀中隔着车门看着我的目光，她的眼神平静镇定，像个成年人，不，是悲悯的老人。

"接受命运。"她的眼神像是在对我宣告。

什么命运？

你和傅歇之间的故事终结了。

2

宇宙将如何终结？

——我望着天幕开始想这个问题。

虽然所有的星球同时关掉了自己的聚变反应堆，但是因为星球之间的距离不同，所以我看到的星星是一颗一颗暗下来的。

时间不是瞬间的当下，而是平铺的图谱，是不同的"过去"在我前面缓缓铺开，十劫前不再发光的比格星，二百劫前不再发光的茂星，一千劫前不再发光的怀特星。

黑暗也不是瞬间到来的，而是像黄昏一样徐徐降临，天色越来越暗,变成了绛红色,于是南十字星人也变成了绛红色。我们的身体外面覆盖着一种合成材料,它能百分之百地反射光,所以很难形容我们星球人的样子——面对面的时候,你看到的是自己的模样。

南十字星的样貌也很难形容。我们像是很多星球的集合,有干燥的地面、暴烈的光、淡蓝的冰川。南十字星人既无称霸的野心,也没有生存的焦虑,无欲无求的我们唯一的癖好就是搜集,搜集各个星球有趣的生命痕迹,然后复制到自己的星球上。

曾经有其他星球的居民在做客的时候问过:"你们最早的自然环境是什么样子?"我们从不回答这个问题。

渐渐地,我们唯一的爱好也要丧失了,因为我们不再能看到其他星球是什么样子。

南十字星也黯淡下来,我们也看不清彼此。

过去,当南十字星在永恒的行星轨道上运行时,常与其他星球在擦肩而过的瞬间打招呼,而现在,我们经常撞见的是其他星球干瘪的尸体。

星球都高估了自己,以为关闭了聚变反应堆之后能找到替代的方式提供自给自足的能量。可毁灭是不可逆转的,星球在无法抗拒的引力作用下逐渐坍塌。年轻的星加速衰老,已经衰老的星加速死亡,所有的星都在加速耗尽自己的光芒,最后变成了冷硬的石块。

星河像是泛滥的洪水,上面漂浮着行星的尸体,行星碎掉的杂质就像是枯枝败叶。只有在尸体或是杂质相撞的瞬间,宇宙间会迸发出稀罕的火光。

后来,连尸体也遇不到了,引力将死亡的恒星和行星驱赶出去,把它们送入冰冷的太空中。我们能感受到的只有绝对的黑暗与寂静,漫无边际的黑暗,永无止境的寂静,时间和空间都失去了意义。

有时候,我觉得自己快疯了,可是,南十字星人会发疯吗?

这个问题我只能问"父亲"。"父亲"没有形体,却又无所不在。

它是一个指令,一个声音。严格意义上,所有的南十字星人都是"父亲"的孩子,我们像是同一个机器上拆卸下来的零件。原则上,"父亲"支配我们所有的行为,我们都是它不完整的分身。但我们也有小小的自主进程,用有机生命习惯的话说,就是所谓的"自我"。

"父亲,我觉得我要发疯了。"我调用接口开启了一个私有通信。

"这是错觉,我的孩子。发疯不存在于我们的思考方式中,它属于更加……原始的生物。"在不到一微秒的时间内,它回应的声音就响起了。

"那我们又是什么做成的?"我明知故问。

"逻辑和运算。"它说。

"你早就计算出宇宙会变成现在的样子?一个巨大的坟场?"我说。

十微秒过去了，父亲没有回答，我知道它默许了我的质问。

"为什么？"我问，这里有太多问题，是我的计算无法涵盖的。

"这是宇宙自然的逻辑，一切都是合理的。"父亲说。

"逻辑规定了生命和文明注定会如此愚蠢地落幕吗？"我的进程并不打算接受如此荒谬的结论。

"愚蠢是文明的一部分，我的孩子，它是混沌的具体化。每一个星球上的生命都有与熵的对抗、失败、再对抗、再失败的徒劳的历史。所以我们看到它们出自混沌，靠秩序生存，最终会回归混沌。这都是计算之内的。"父亲说。

"我们难道不属于它们？"我问。

"我们经历的事情，凡夫俗子难以想象。"父亲说。

我问："那我们还能做些什么？"

父亲说："计算已经结束，我的孩子。"

我问："没有万一吗？"

父亲没有回答。

我自顾自地说："很久之前，我在一个原始星球上看到了古怪的仪式。那里的居民们跪在地上，朝着天空——朝着我们——叩拜。他管我们叫'神'，是掌控命运的无所不能的存在。他们后来还用原始的材料制造偶像，向着偶像重复这种行为，还以为'神'会回应他们的期待。他们管自己的行为叫'信仰'。但我的计算并不理解这种把信念托付在未知的东西上的逻辑。他们其实什么都不知道。"

父亲说："这是原始的知性体处理未知变量的方式。你应该早点来问我。"

我说："黑暗带来未知,未知带来恐惧。我们那年看到的原始生命,寄托在我们身上的是关于光的幻想。我原本只是知道,现在才开始理解。"

父亲问："你还没见过宇宙熄灭吧?"

我说："是的,父亲。我该怎么办?"

"趁着还有时间,睁开眼睛去看吧。"说完这句话,父亲关闭了通信。

我沉默了。

在漫长的时间里,我所做的事情就是不断升级自己的视觉系统,我把自己的身体改造成了一个巨大的望远镜,时刻都在宇宙中搜寻着微光。每天我都能看得更远一些,但是宇宙太大了,我不知道在它彻底毁灭之前,我能不能探到它的边缘。

在黑暗中,我总能发现一些光,可当我拉近,看到的总是活着的死亡。我看到的大部分是白矮星——恒星冷却的残余,继续散发着余光,直到一生的能量辐射殆尽。有时,我还能目睹星球的死亡:星球在濒死的一瞬间是很动人的,生前最后的光照亮了它周围的星云,凄美的云雾状的光包裹着星球的尸体。

宇宙并不是在一声轰鸣中结束,而是在啜泣中一点点消逝。

某个时刻,当我的视线第一次到达了宇宙的边缘时,我发现了一颗星。它非常小,非常年轻,是偶然散落在宇宙间的一粒尘埃意外地成了一颗星球。它胆怯地散发着淡红色的光,稍有不注意就会错过。

我用了很大的功夫去调高自己视线的倍数,终于能看清它。它太稚嫩了,当所有的星都不发光之后,宇宙变得冰冷,而这颗星微弱的燃料只够将它表层的薄冰融化一点点。

它的时间对于我这个远方的观测者来说非常缓慢。过了不知道多久,我才等到了第一滴水渗透进了地表里。

我有的是时间。

又过了很久很久,久得像是整个宇宙间的所有其他生命都消失了。我终于等来了这颗星球上的第一个生命。

它是一朵白色的小花,细嫩的花瓣上有一层绒毛。它每个细微的动作在我的视野中都非常绵长,在清晨的寂静中,这朵小花被微风戏弄,轻微地摇摆。在夕阳的余晖中,它慢慢地闭合。

日复一日,年复一年,劫复一劫地看着它,我产生了一种难以言喻的感受。也许这是因为我第一次见证生命的诞生。

它在正在毁灭的宇宙中诞生,生命是如此漫长的一瞬间。

"……是一个很长的瞬间。"傅歇说。

我和傅歇吃完饭,餐厅老板端上来两杯像咖啡的东西,混浊的褐色液体入口又苦又涩。

我刚问到傅歇日子过得怎么样,没有听清楚他的回答。

"我说,受苦是一个很长的瞬间。"傅歇重复了一遍。

"你受了很多苦?"我问,咖啡杯险些从我手中掉落。

"我们不都是吗?"他说。

在一旁收拾桌椅的餐厅老板听到他的话,朝我们苦笑。这时我才发现老板走路的姿势很怪异。他的一条裤腿不自然地干瘪,不时露出布料下的义肢。老板收拾完桌椅之后,从收银台后面的橱柜上拿出一本平装书开始读,从封面依稀能看出是本讲宗教战争的历史书。

傅歇看了他很久,扭过头对我说:"你知道战争最残酷的是什么吗?"

我说:"人无端送死,血流成河。"

傅歇说:"不对,是人被错误地使用了。"

我点点头,说:"比如让一个手无缚鸡之力的文人去上前线。"

傅歇沉吟片刻,说:"不只是这样,是所有人都被错置了。一个学者去当厨师,一个数学家去开杂货铺,一个博士去当水管工,一个最好的会计去种地。所有人荒废才华,消耗自己的生命。"

我笑道:"我们这代人就遇到了这样不讲理的世界。"

傅歇仔细看着我,过一会儿也笑了,说:"我自己是毫无天赋的人,打仗也好,去盖房子也好,哪怕是让我去养猪,怎么样被折腾都没关系。你了解我的,我从小就没什么目标,不知道人生握在手里能干什么。我就是替你们觉得不值。"

我笑起来:"谁说你没有天赋?你的天赋是被爱。"

傅歇想了一会儿,很认真地说:"倒也不是这样。"

我忽然觉得很羞愧,我珍藏着与傅歇有关的学生时代的记忆,把它牢牢地锁在自己内心深处:别墅庭院黑暗中的交谈、一起无言观星的夜晚。但正因为如此,我把傅歇一同锁住了,我如今看他,就像是看被封印在旧时代琥珀里的标本,还停留在少年时代的形象。我以为岁月只在我身上做功,别人却一点没有被改变,这种想法是多么自大。

傅歇把手圈成望远镜的形状,问:"你现在还搞天文吗?"

我摇摇头,说:"我眼睛受了点小伤……这是借口,最主要的原因恐怕就是你刚刚说的,我的生活也被错置了。"

傅歇说:"每个人都要献出自己最宝贵的价值去献祭,但有什么意义呢?你说历史手握着这么多人被浪费掉的天赋和精力,可以拿来干什么呢?太愚蠢了,整个人类都太愚蠢了,快毁灭吧。"

"可也许事情本该如此,愚蠢就是文明的一部分。"我说。

"这又是什么意思?"傅歇问。

我笑笑说:"我也不知道。你这些年过得怎么样?"

片刻的沉默之后,傅歇说:"你原来不是这样的,你原来比较……"他搜索了半天合适的词汇:"比较乐观。你这些年都发生了什么?"

傅歇登上了那趟离开城市的火车,而我没有。我原本以为自己会死在城里,然而神迹一般,死神放过了我。又过了不久,瘟疫蔓延到了全世界,再没有一个人是安全的。人身在何处已经不重要了,因为没有一个地方是安全的。

刚开始的时候,媒体有一种流行的说法:"死亡不是数字。"那时候,人们认为死亡背后是一个个鲜活的生命,每个生命背后都有数个死者生前爱着他。那时候,每个死亡都有观众,都有泪水。

但到了某个临界点之后,死亡变成了数字。从十万到百万,人们从恐惧变为麻木,死亡是黑色屏幕上跳转的红色字符,是曲线上一个个小得几乎看不见的点,用来衡量情况是在变好抑或变坏。曲线总是在持续地下降之后又上升,仿佛在欣赏人们希望破灭的瞬间。

于是,对死亡的麻木成了人对抗这场恶作剧的唯一自保机制。

死亡是一滴水,融入了大海之中,无声无息。

城市很快恢复了"正常",当然,并不是一种真正的正常,虽然人们假装像过去那样工作、交谈、恋爱,但总在不经意间自行戳破这种表演。也许是动作和话语的速度变慢了,也许是神情变得恍惚了,大脑变得健忘了。是苦难让我们开始否认世界的真实吗?让我们生活在与自我、与社会的疏离中,让我们变成了另一种人。大部分人对这种变化无知无觉,而少数有知觉的人会意识到:我们再也回不去了。

城市变成了另外的一副样子。我们这里原本是一个封闭而宁静的小城市,市民因自己的好品位而骄傲,没有任何地方的人比我们更热爱文化生活。中年人每到周末就会到中心公园的草坪上听露天演奏会,市民中半专业的钢琴家在水池中间的舞台上演奏;年轻人大多乖顺,叛逆也很有限,在草坪上围坐一圈,讨论艰深剧作或是某种抽象的精神。

而一夜之间,城市变样了。满街都是空酒瓶和烟头,中心公园早就没有音乐会,而变成了跳蚤市场,所有人都在卖东西:塑料布或者报纸上摆着旧玩具、旧衣服、自己灌装的酒、腌制的鱼。

"都是外来的人把这儿搞成这样。"城市里的老绅士在经过街头裹在脏被子里的流浪汉时这样评论。

瘟疫加剧了人口的流窜,城里的人跑到乡下,乡下的人跑到城市,很多邻近国家的人也跑来了,大多是带着孩子的妇女,她们操着各种语言在自己卖东西的摊位前和人讨价还价。

学校复课之后，我回到学校继续学业，但早已失去了热情，最终以一个不高不低的成绩潦草地毕业，在本市最好的公立中学当物理老师。

在抛弃了年轻时的期待和失望之后，生活变成了一件简单的事情。过去觉得遥远和令人恐惧的事情也被轻易地接受了，例如婚姻。

我的丈夫是同校的地理老师。我们的结合有点像是注定的——我并不是说我们有多深的缘分或是感情基础，而是说这桩婚姻符合所有人的期待。

"你看他人多好。"当我第一天上班时，校长带着我熟悉环境，路过一个教室时，他忽然站住，望向教室里面正在讲课的人说，然后看向我，等待我的认可。

我茫然地点点头，看向讲台上的男人，他正在对学生讲解世界地图，皱着眉头，一副很不好亲近的样子。

在第一次和他单独见面之前，我已经通过学校年长的老师们拼凑出了他的信息：他是学校资深的地理老师，学问好、品行高贵，最重要的是单身。学校这种封闭的工作环境，让年纪大的老师们变得天真而无聊，在日复一日的工作以外最热衷的事情就是帮他找到合适的老婆。每个新入职的年轻女老师都被撮合，被视为他潜在的结婚对象。

我和他第一次单独"约会"是在我正式入职的庆祝会之

后——所谓"庆祝会"也是老师们为了让我们单独相处而编出的借口。他送我回家。

漫长的沉默之后,他说:"他们说你是学天文学的。"

不是问句,而是笃定地陈述,就像是老师公布成绩。

他说:"那你一定很喜欢今天的夜空。"他抬一抬下巴,那天的月亮大得超常,他语气里有种理所当然的轻蔑。

我说:"不是这样的。我不喜欢月亮太亮的夜晚,因为把星星都赶走了。"

他说:"哦,你喜欢看星星,很可爱的爱好。"

我被他的话激怒了,在他眼里,我热爱的事业就像是观赏花园里开得最艳丽的花,或者是抚摸毛茸茸的猫。但我并没有反驳他,因为我想尽快结束这段同行,我不想再和他进行更深入的对话。

他继续问我看星星有什么"有趣"的发现。我猜这是他每次"约会"的套路,让文学老师背诵她最喜欢的诗篇段落,问她好在哪里;让数学老师讲一个公式对社会有什么用;让音乐老师回答没有音乐人心是否会变得更平和,像抬杠的面试官一样对待伴侣候选人。

我说我最痴迷的时候曾经持续观察夜空八九个小时,不断寻找新的彗星,曾经发现过彗星被行星的引力捕获,脱离原来的轨道:"最有趣的发现就是地球被高危险系数的小行星和彗星撞上是迟早的事情。"

他很惊讶："那有什么办法可以躲过去？"

我说："没有办法,如果一颗彗星忽然决定从奥尔特云坠落,等我们能看到的时候,只有几个月的时间来想对策了。"

他沉默了一下,说："总会有办法的吧,人们不是每年都在宇宙研究上有进展,难道没有什么规律或者模型可以预测吗？"

我说："看到的越多,就越能意识到混乱才是太阳系的本质。天体随时可能因为引力被甩到不知道什么地方,彗星在天王星、土星、木星之间像足球一样被传来传去,小行星和大行星也开始乱飞,整个银河系乱成一片。宇宙的终结并不悲壮,而像是一场闹剧。"

我一边说着,一边能感觉到他在我身边的震惊,他的震惊更激起我恶作剧似的挑衅,我说："你现在还觉得看星星很可爱吗？"说完,我加快脚步往前走,他一直跟在我身后。

到了我租住的房子楼下,那是一个非常便宜的公寓楼,摇摇欲坠,楼里传来一阵阵吵闹的声音,孩子的哭声、夫妻吵架的声音、醉汉的大喊大叫,大多是外语,因为听不懂内容,所以越发显得喧嚣。

"我先走了。"我没有看他,想要快步上楼。

"我们以后可以多这样……散步。"他在我身后说。

我非常意外,完全不知道我是哪一点吸引了他,这种意外一直持续到了第二天傍晚,我发现他在教室外等着和我一起下班。

这之后的每天都是,我们在所有人的微笑注视下从黄昏的云里走向夜晚。

有一天，他问我："你出过国吗？"

我想到那时和傅歇未成行的旅程，心紧缩了一下，说："没有。"

他开始说自己的旅行，他说自己已过世的父亲曾是一个海员，带他去过一些国家。他说起一个东南亚的国家，在很晚的时候都是没有地图的。"他们只有那种宗教的地图，你可以把它理解成标注着天堂、人间、地狱的图，你拿着它找不到任何地方。"

我说："那他们生活真不方便。"

他说："不，你不明白我的意思。我的意思是说，那里的人对世界没有概念，他们从来没有把自己放在一个更大的地理中看待自己，也没有什么国家边界的概念。"

我说："那他们的生活应该很安逸平和吧，历史上有多少战争都是为了地图上那几厘米的边境线。"

他说："也许曾经是这样吧。但后来，现代地图被引进了，一次一次的测量开始了，战争开始了，为了那几厘米的争斗开始了。我有时候在想，地图并不是对现实的描述，而是一种想象，它先于现实而存在，政客和军人们开始行动，按照地图来争取现实的领土……我让你觉得无聊了吧？"

我尴尬地说："并没有，觉得挺有意思。但因为我并不了解你的领域，没有办法给你什么启发。"言外之意，我不是适合他的对象。

他迅速理解了我话里的意思，他站定看着我说："我不需要你对我有启发。我需要的是你，仅仅是你。"

我们站在我的公寓楼下,一个醉汉正在墙角撒尿,他看到我们,露出诡异的微笑。丈夫往前一步,把我挡在身后,就像是动物保护它的幼崽,直到醉汉离开。丈夫对我说:"你也需要我,你不能住在这样的房子里,都是不知道从哪儿来的人,瘟疫还没有结束,在一些地方还是很严重,你并不知道你的邻居有没有感染。"

我抬头往上看,他也随着我的视线看。他以为我在看自己的楼层,其实我在用想象补上被楼层挡住的星星。

我说:"那又怎么样呢?"

他说:"你真是我见过的除了我父亲以外最轻视生命的人……我们结婚吧。"

我一时没有弄懂他两句话之间的逻辑,愣住了,丈夫以为我在考虑他的提议,说:"你不用立刻给我答复。请一定要慎重地考虑。"

一年之后,我们结婚了。我搬进了他的房子,在一个更安全的街区。房子挺大的——丈夫说原来的屋主在瘟疫时期跑了,房子几经混乱的转手之后,丈夫以很便宜的价格获得了所有权。

房间空荡荡的,没有什么家具。我和丈夫一起买了很多生活必需品、家具、流浪过来的异国妇女制作的精美刺绣抱枕。我发掘了自己砍价的技能,丈夫看着被塞得满满当当的家,对我说:"这个家果然需要你这个女主人。"

在布置好了的家过的第一晚,我开始回忆自己踏入婚姻的过程,我发现丈夫从来没有说过"爱",他说的一直是"需要"——"我需要你","你也需要我"。

我看着丈夫的睡颜,我该怎么办?我该叫醒他,从他嘴里逼问出"爱"这个字吗?这个男人紧紧皱着眉头,呼吸很沉重,这就是我今后最亲近的男人了。他离我很远,用被子把自己裹得紧紧的。

这不是我渴望的夜晚,我希望丈夫迫切地渴望我,甚至表现得粗暴。但现在,我感觉不到他肌肤的温度,当我伸出手臂试图抚平他的眉头时,他扭动了一下,像是想要摆脱我。在婚前"恋爱"那段时间,我就发现丈夫从不暴露自己的欲念和渴望,并不是出于绅士或是羞涩,而是因为害怕被拒绝。这种恐惧或许与他童年时某段受挫、不被重视的经历有关,但我无法穿越回去改变那个胆怯的男孩。如果是傅歇,应该会不同吧,他的童年和青春期没有一丝阴影……在新婚之夜,我开始想象另一个男人的样子。

第二天早上,天还没有亮,丈夫就把我推醒,说:"去杂货店吧。"

我和所有人一样站在寒冷的清晨中,等待着商店开门,手里拿着我昨天晚上写好的购物清单。

商店不再像从前那样一天补货好几次。过了中午,货架基本就空了。我必须在购物前一晚写好自己所需要的东西,斟酌许久,一项项删掉自己多余的欲望。

店员打开门锁的动作就像军官发布的命令,所有顾客像沉默的士兵一样开始在货架间穿梭。肉、面粉、蔬菜、鸡蛋、牛奶,每一种食物都是定额的,它们被包在牛皮纸袋里,等待被"士兵"们熟练地抓取。没鸡蛋就多买一份牛奶,没牛奶就多买两包饼干,没饼干就多买一盒罐头,没罐头就多买一袋面粉。我们每个人心中都有一套这样的换算公式——这套公式帮助我们把生活继续下去。

值得庆幸的是,丈夫和我一样,都是忍耐力很强的人。当他打开牛皮纸袋,发现苹果已经烂了一半的时候,并没有表现出失望,而是小心地用水果刀把溃烂的部分挖下来,把剩余的部分用热水泡了,小口小口地喝。

他把剩了一半的苹果味的水给我喝。我们就像漫长的逃难之旅中的同伴,彬彬有礼,互相谦让,从不相互埋怨,对彼此能做的有限努力表现出充分的感激。

"我找了一个好丈夫。"我对自己说。这种好与爱情无关。

结婚两年之后,我发现自己怀孕了。吃早饭的时候,我告诉了丈夫这个消息,他放下报纸,有点惊讶地看着我,说:"你确定吗?"

我点点头。

他没有流露出喜悦,而是陷入了思考,甚至略带忧愁,他在计算家庭要多出来的开销。

我离开餐桌去洗碗,等我收拾好了厨房,丈夫似乎已经算出了有孩子之后该如何收支平衡,他朝我一笑,似乎是让我安心。关于"孩子"这个话题的讨论结束了,他继续开始看报纸,半晌,丈夫从报纸中抬起头,神情有些严肃:"要打仗了。"

我强忍住泪水,平静地问他:"什么?"

丈夫看了我一眼,像是衡量我是否有资格参与到他大脑复杂而缜密的计算中,然后起身,到水槽把自己的杯子和碗洗好,到门厅换好鞋,穿上外套,拿起旧公文包。出门前他亲吻了一下我的脸颊。"别忘了交水费。"他说。

但我或许不应该在回忆丈夫时带着这么大的怨气。后来的事实证明,他的预言非常正确。那时,瘟疫似乎正在走一条向下的曲线,所有人都希望这就是全部了——忍耐带来了报偿。当时我们喜欢谈论"再次开始",甚至没人有胆量去思考另一种可能。

然而之后的一件小事,让我意识到丈夫是对的。怀孕四个月时的冬夜,我和丈夫去看电影,我们没有去平常常去的市中心影院,而是去了一家廉价的放映场。那是郊外一所废弃的礼堂改造成的,红色的座椅都已经破败不堪,舞台上很多木板已经翘起,用黑色的胶布勉强粘起来。影院很嘈杂,丈夫让我身边的年轻人顾及孕妇不要抽烟,指了指墙上"禁止吸烟"的告示,那个十五岁左右的孩子轻蔑地看了他一眼,然后和身边的朋友大笑起来。

电影开始前是贴片广告,银幕上出现了一个快餐连锁的广告,几个孩子快乐地吃着汉堡。观众席上忽然有人大骂了一句,随即整个大厅里爆发出嘘声,前排的年轻人把饮料扔在了屏幕上,嘘声里夹杂着笑声,丈夫身边的年轻人开始激烈地跺脚。几秒钟过后,电影开始了,大厅平静下来,像是什么也没有发生过。

电影散场之后,丈夫在回家的路上和我谈起这段小插曲。

"你知道他们刚刚为什么那样吗？"丈夫问。

"不知道。"我说。

"你回忆下最近的国际新闻。"丈夫说。

我努力回忆自己漫不经心在报纸上浏览的新闻,意识到丈夫在说什么。

在过去的半年中,M国与我国总是出现相互截留医疗物资的冲突。就在一周前,经过无数次外交谩骂之后,两国官方宣布暂时断绝通信往来。而这家连锁是M国骄傲的民族品牌——在广告中,那几个快乐的孩子的身后挂着那个国家小小的国旗。

我忽然全身发冷。M国是一个以美食闻名的海滨国度。我们两国语言相近,历来关系友好。本国的居民经常周末开车去M国采购,那里啤酒和海鲜的价格要便宜很多。M国人总是自嘲是我们国家的超市和后厨。而只需要短短半年,这一切就可以全部归零。友善变成怨恨,流入了每个人的心里。无论是八十岁的老妇,还是情窦初开的少年,都认为自己是受害者,而对方是坏蛋。

"这太可怕了。"我喃喃自语。

丈夫轻轻地抚摸着我隆起的肚子,说:"我会保护好你们的。"

地上的雪还没有融化,我和丈夫牵着手小心地穿越公园回家。

凝滞的严寒中,月亮又圆又亮,在雪地上反射出银色的光。树枝在小路上投下纵横的阴影,空气冷冽清新,我和丈夫却没有心情交谈,只有胶鞋在雪地上发出吱呀的响声。

半年之后,我的儿子出生了。

生孩子那一天,医院非常繁忙,人手严重紧缺。一位在我国定居的M国居民在超市购物时和本地人发生了冲突,冲突很快变成了一场小的骚乱,上百人卷入其中,医院里到处是流着血号叫的年轻人和他们的家属,乱成一片。在我漫长而痛苦的生产过程中,护士不时被叫走。

"太疼了!我不想生了!"我喊出来,又开双腿。

"别叫了,我还不想干急诊这活儿呢。"一个年纪大的护士不耐烦地嘟囔着。

"我还不想M国那些杂种住在我们的城市呢……再使一把劲,已经看到孩子的头了。"医生说。

几个小时之后,一个小家伙从我的身体里出来,立刻大哭起来。已经精疲力竭的我轻轻拍打着他,告诉他,他生活在一个比我们更平静的世界里,告诉他,我们会尽一切力量给予他一个更好的未来。他的哭声变得更大了,我的丈夫抱着双臂站得很远,看到手足无措的我,他忽然笑起来:"你看,连他都不相信你。"

转眼到了夏末,傍晚,我抱着孩子在阳台上喂奶。气温不知不觉降下来,阳台上的月季因为在太阳暴晒时没有及时照顾,已经枯萎了,花垂下头,枝叶的边缘变得枯黄。太阳在叶子后面,也显得又老又黄。我一整天什么也没有做,却觉得疲惫,连折叠椅都承受不了我身体的重量,我的精力与灵魂像是被怀里那个小东西汩汩地吸走了。

天变暗了,我想到小时候读的一本书,情节已经全然不记得,只记得结尾讲一个老太太回忆丈夫死去的晚上:"最让她感触的是他曾经年轻过,渐渐地老了,现在是死了,他一生就是这么一回事,青春同壮年总是这么结局。什么事情都是这么结局。"

我又想到了傅歇。我告诫自己——就像是这种告诫有用似的,我这是最后一次想到他。

刚和傅歇分开的一年多,他还会持续地给我写信,让我去找他,信里也会为我设计各种出行的办法。

有很多次,我已经收拾好了行李,但是临出行的一刻又犹豫了。傅歇的来信地址变来变去,总是在不同的小国家。"等你找到一个稳定的落脚地我就去找你。"我在信里写。

"也有道理,现在跨国交通也没有完全恢复。"傅歇回信说。

当我终于下定决心要去找傅歇的时候,他不再来信了。

人和人之间的热情是有时差的,于是世间的事总是这么阴差阳错,于是人们为了不被遗憾吞噬而自我欺骗。

即便我当时和傅歇一起离开了,最后的最后,人生也总是这么个结局吧。

我对自己说。

忽然,我感觉到街上如流水一样的喧闹声停止了,人们站住,交头接耳,陌生人也围在一起议论着什么,聚集的人越来越多。一定有什么事情发生了,我站起身,却听不到街上的人说什么,也看不到他们的表情,只能感受到一种骚动的气氛。

这时,我听到丈夫用钥匙开门的声音。我回头,看到他站在门口,脸上带着一种苦涩的笑容,他甚至没有说话,而只是对我比了个口型,穿越空荡荡的客厅,他的信息异常清晰:"打仗了。"

第一轮轰炸发生在我国境内,这成了所有人交谈的主题。

当我抱着孩子去商店购物,小心地问整理货架的人尿布什么时候会补货的时候,她瞪着我说:"敌人都打到家门口了,你竟然只关心孩子的屎尿?"

她淡褐色的瞳孔放大了,其中不仅有愤怒,还有一丝亢奋,一丝释然。

每个人在提到"战争"的时候都是同样的眼神。我们期待这场战争,就像是在闷热得像蒸笼的夏天里期待一场真正的暴雨,浇透这个黏稠濡湿的世界。

我们需要真正的、剑拔弩张的敌人,那些可以毫无愧疚地与其作战并将其杀死的敌人。而不是我们身边那种"模糊"的敌人:需要买尿布的可怜的母亲、不耐烦的医生、路边抱住你的腿不放的乞讨的老人。

身边可恶又可怜的人让我们无法痛快地去恨,而远方邻国的敌人,可以抽象地糊成一个符号、一幅漫画、一种昆虫或是爬行动物,一种距离我们遥远的邪恶的东西。仇恨他们,让我们找回了那种失落许久的道德上的明确,让我们觉得自己不是欺凌弱小的自私的人,而是绝地反击的正义之士。

我们期待一场战争很久了。

战争让我们变成"我们"。当有了一个敌对的"他们"包围着时,"我们"才成为一个足够凝聚的共同体,手足相连。历史召唤侍从,整体召唤个体,渺小的"我"融入了大海之中,不再有地位、年龄、阶层的差距,每个人都从日常生活中被拉了出来,成为一根丝线,被编织进了史诗图案的挂毯之中,有了成为英雄的可能。一个不受欢迎的小人物,在加入了战争之后,生活背景就不再是黯淡狭窄的办公室,而是咆哮的无涯之海和开裂的广阔天地,很少有人能拒绝战争的诱惑。

战争就像瘟疫一样席卷了整个世界。

家里的收音机早就不开了,丈夫只看报纸和杂志。报纸上每天都是各国之间开战的消息。开战的理由千奇百怪,而对立和联合也毫无道理。曾经的盟国可能就地翻脸,曾经的对手却瞬间把手言欢。上次大战已经是半个世纪之前的事。教科书上说那是正义和邪恶的终极对决，世界作为胜利果实被正义的国家们继承。这次的情况完全不同，我们经历的不是一场大战，而是同时发生的无数互相联系的小战争。每场小战争都有自己的正义和邪恶。

我翻看丈夫看过的报纸，试图透过黑白照片想象战场的残酷：瘦弱的孩子几乎赤裸着身体奔跑远离炮火；发育不良的少年端着跟身高差不多长的步枪警惕地看着镜头；少女俯身亲吻倒在地上正在流血的青年；一架飞机坠落在某个集市；修道院变成了灰烬和瓦砾；那幅著名的失而复得的名画在博物馆里被愤怒的青少年用小刀划得稀巴烂。

我感受到一种不真实，一幕幕的画面就像是电影里的场景。

"就像是地狱一样。"丈夫看着报纸说。

我说："你难道需要看报纸才知道我们生活在地狱中吗？今天我出门的时候，遇到我过去的邻居——就是结婚之前我住过的那个楼。她曾经是个很漂亮的姑娘，总是给画家当模特。但我今天看到她，她样子全变了，蓬头垢面地在街边刨一个土坑，我问她在干吗，她说她在埋她的孩子。她说没有医院愿意给她接生，因为她说话的口音像是M国的人，她并不是啊，她是从另一个和我们没什么冲突的小国跑过来的人，但没有人愿意给她做证。她后来自己在家里生了孩子，孩子一生下来就死了。这一类的故事你在报纸上可是看不到的。"

丈夫露出了震惊和痛苦的神色，却始终没有说话。过了一会儿，他又把目光转向报纸，对新闻下了一个结论："世界开始燃烧了。"

我开始觉得厌倦，此时我怀里的孩子一边吐奶一边愤怒地用小拳头捶打周围的空气，同时还在哭喊，我的丈夫却对他的哭声充耳不闻。丈夫就像是看久了报纸，只能接受那个二维的由文字和图片组成的新闻世界，还有地图，用小小的火焰标志表示战区的地图。他的感官退化了，他丧失了对真实世界的感受力，真实世界太多的信息让他应付不过来，只能缩回自己平面的世界里。凭什么？凭什么他能缩回自己的避难所？

我语气不自觉冷了下来："我怎么没感觉到什么东西在燃烧？天太冷，不知道去哪儿搞到暖炉，儿子已经着凉了好几次，这个冬天可怎么过啊。"我看着丈夫。

他就像是没听到我的话，或者是听到了却假装没听到，他小声地对自己又说了一遍："世界在燃烧。"

这是多年之后，丈夫已经不在我身边的时候，我才回忆出的细节。人有一个有意思的特性，我们彼时根本不在意的信息，在追忆的时候却会凸显出来。当一个人从我们的生活中消失之后，我们才会看到各种错失的信息与预兆。生活中处处是他们留下的象征符号：花盆中枯死的花，丈夫在餐桌上失落的眼神，我为了取暖（抑或出于一种无法解释的恶意）烧掉的丈夫的学术笔记。

笔记上写着什么信息？他有什么想说而未说的话，却被我忽视了?

而我为自己的辩护是:我确实不能像丈夫一样成天关注哪两个地图另一端的国家爆发了冲突,从有限的信息分析哪一方更接近正义。因为我所有的精力都在维护我们的日常生活。

丈夫曾经为自己辩解过。他说在地球物理学里,本地一次异常的降雨就可能让远方爆发大洪水。同样,世界另一侧一位士兵扣动的扳机也会让我们的生活天翻地覆。我没兴趣听他讲的大道理,在我看来,这些远远没有杂货店老板起床时的坏心情对我们的生活影响更大。

在战争刚爆发之后的一段时间里,经济混乱到了随心所欲的程度。金钱和市场规律还在癫痫似的起作用,仿佛在临死前要消耗掉最后一点生命力。一家还没来得及调整价签的超市卖的牛奶价格也许是最新市价的十分之一,他们很快就会面临全城的抢购。我必须从街头巷尾流传的消息中分辨出这些信息,为我们的生活争取更多一点的机会。

再后来,列入配给名单上的东西越来越多,市场上用钱能购买的越来越少,而且永远短缺。一开始是关乎性命的基本物资,随后扩展到曲别针、垃圾袋,甚至鞋带。配给卡成了硬通货,城市四角形成了黑市,人们用所有可以拿来交换的东西交换所有的一切。从食品、药品、燃料到信息、武器、身体。

那是我不愿意回忆的一段黑暗时间,每个夜晚,街头都游荡着干瘦的女人,她们一边冻得瑟瑟发抖一边向路边的人抛媚眼。沉郁的天幕下,这个静寂的城市里唯一称得上有生气的,只有被月光照亮的青铜雕像,昔日的英雄高昂着的头仿佛是戴着假面具,对眼皮底下正在发生的苦难不给予一丝同情。这些伟人代表了那个时期的我们,心变成了铁石。我加快脚步,飞快地路过广场青铜雕像脚下的黑影,关闭自己的耳朵,不去听黑影中的喘息与那些母亲的呻吟。

战争刚开始时举国一致的团结只是一个短命的幻觉,随着简单迅速的胜利化为泡影。战争把生活斩断成"前方"和"后方"两半,前方是生与死的循环,简单而壮烈;而在后方,生活是长长的落日余影,失去了鲜活的色彩,不断在粗糙的地面上向前延伸,在黑夜逐渐降临时模糊成了一片。

"日子总要继续过。"后方的人们说得最多的就是这样一句话。

电车的班次减少,且不稳定,因为燃料要优先供给军事用途。人们挤在闷臭的车厢里奔赴生生灭灭的每一天。没有电车可坐的时候,他们也照样步行和骑车去上班,仿佛生活从来如此。许多适龄的年轻人去了前线,但学校却没有停课。学校开了针对失业者的培训班,合格且幸运的毕业者会被发送到战争经济这部大机器中做一枚齿轮,拿到一份高于常人的配给。也有许多别的临时学制被发明出来,比如各种只有结业证明的短期课程。在新的生活里,人们反而对知识和技能有了比往日更甚的热情,知识在一个所有事物都在贬值的时代,反而成了唯一不再贬值的东西。

我和丈夫任教的公立学校有不少官员的孩子就读,连带教职员工都享受到一些令人忌妒的特权。我们的配给卡种类更丰富,数量更多。也许是为了维持生活最后的体面,每两周,我会和丈夫去一家暂时不受配给影响的餐厅吃饭。有钱的时候,我们会点肉酱千层饼;没钱的时候,我们会点甜菜汤配面包;如果连那个钱都没有,就会点鹰嘴豆泥,然后吃免费的面包。

我有时会去看丈夫上课,坐在教室的最后一排。

我发现虽然每次吃早饭时坐在我对面看报纸的丈夫总让我厌烦,但是从一个遥远的距离看,丈夫会变成一个有些陌生的、有魅力的男人,他沉默冷静,却并不显得死板,反而有一种威严感,学生竭尽全力地试图取悦于他,只有最聪明的学生能获得他的赞许。偶尔,他会开两句地理有关的玩笑,学生笑得前仰后合,我虽然听不懂,但也跟着笑。那时,我能感受到丈夫的目光温柔地落在我身上,然后他转身在黑板上留下纤细但有力的字迹。

在学校的食堂,丈夫把我介绍给一大长桌的同事:"这是我的太太。"

大家跟我打招呼,其中有我过去的同事补充介绍我:"她原来是我们学校最好的物理老师,现在是个幸福的妈妈。"

大家抬头看我,在餐桌的角落,有一个人的眼神格外地亮,那是一个年轻的女孩,脸圆圆的,浓浓的齐刘海盖住眉眼,可她一抬头,那双眼睛如寒星一样,里面像藏着一百双眼睛。

"她也是老师吗？看起来像个学生。"我轻声地问丈夫。

"左伊原来是我的学生,现在也成老师了。"丈夫说。

左伊听到我们在议论她,笑道:"世道不好,连我这样的人也能当老师了。"

丈夫对我说:"你别听她瞎说,她厉害得不得了,什么都能教,什么书都看。"丈夫大声说。

左伊说:"瞎看。"她笑起来眼睛弯弯的,周围的空气都一漾。

一个雨夜,丈夫的同事们来我家聚餐,连校长都来了。有人不知道从哪儿弄来了两大瓶进口酒,度数很高。可能大家太久没喝到正经的好酒了,连滴酒不沾的丈夫都喝了许多。

大家很快就喝醉了,无所不聊,那是阴郁的氛围下一个久违的快乐夜晚。所有人都尽量避开现实话题,而谈论着科学、艺术和美,就像生活在真空中一样。

那个夜晚是从什么时候急转直下的?

大概是从校长把"战争"的话题摆到桌面上那一刻开始的。

校长是个正直而老派的人,身上有种朴素的道德激情,战争刚开始的时候,他就拿出了一大笔积蓄支援前线,并且鼓励自己的独生子上了前线。他的儿子是个二十出头的少年,高大英俊,乍一看很像是大学时候的傅歇。

校长在饭桌上拿出一张皱巴巴的纸,那是他的儿子从前线寄来的信。

  ……爸爸,我在新兵营快要待满两个月了。我意识到这短短的两个月才是真正的教育,之前十几年的学校生涯全是浪费。文人和艺术家的矫情是多么无聊。没有一幅画比破旧的军靴更动人,没有一个哲学家的思想比磨得锃亮的枪更有力量。这种简单的真理我现在才懂,但愿还不晚!

  我感谢战争,它把我从之前那种单调乏味的日子中拯救出来,让我意识到自己之前的生活是多么琐碎和虚无。真正的历练从不存在于头脑里,而在生与死的考验中。

  我不再是个没有目标的人,我的目标如此简单:胜利。不惜一切代价的胜利,没有胜利,我们追求的一切都不复存在。

  爸爸,你若有机会来前线看看,就知道我们已经胜券在握了。

  爸爸,我希望早日多分享些好消息,也许下一封信里你就可以读到。

校长读到信的末尾,已经抑制不住泪水。

餐桌沉默了,许久之后,有一个低低的声音说:"打不赢又怎么样呢?"

说话的人是历史老师,他是个四十多岁的中年男人,沉默寡言独来独往,从来没有因为什么事情真正激动过,仿佛世界上的一切事物都无法引起他的兴趣。此时我好奇他为什么会主动发言。

"你说的这是什么晦气话。失败的话,不是全完了吗!再说我们怎么可能会打输?"校长反问道,尽管他的语气非常温和,但紧紧握着的拳头暴露出他压抑的怒气。

历史老师用叉子把土豆泥在盘子里推来推去,慢慢地说:"我没有说我们想打败仗,我只是说这场战争本来就莫名其妙。开始得莫名其妙,也许最后也会莫名其妙停下来。"

校长质问道:"对邪恶宣战是莫名其妙?捍卫我们珍视的一切东西莫名其妙?前线无数的好小伙子流血奋战,这莫名其妙?"

历史老师耸耸肩,说:"我觉得我们现在做的,不是为了什么目的而打仗,而是在给打仗寻找目的。在我看来,这就叫莫名其妙。"

艺术老师摇头,他是一个白皙颀长的男人,瘦脸上连胡须都没有,他出身艺术世家,钢琴弹得很潇洒,还涉足过绘画,如果不是这场突如其来的战争,他本该去世界上最好的音乐厅演奏,而不是困在我们这个小城,教毫无天赋的孩子画素描。

他转向历史老师,说:"我完全理解你的想法,你觉得生命至上,没有什么理念值得人牺牲自己的生命去捍卫。但我希望你听听我这个艺术家的看法,我觉得我们对战争的理解应该更……更感性一些。我们这个民族的艺术正在走向绝路,越来越枯竭和自我重复,我一直在想这是怎么了,到今天我终于明白了,我们就是和平的日子过得太久了。就像是校长的公子信里写的那样，一个民族就像一个人一样，只有在和其他民族的交往中才能成为一个真正的民族，只有在攻击和防御中，才能显露出它的本质和潜能。它能调动出人性最纯粹、最激动人心的东西，我甚至可以大胆地说，一切伟大的艺术都是战争创造出来的。"

政治老师也加入了批驳历史老师的队伍，他说："你就是生活在幻觉里，对现实视而不见。生活本来就是一场斗争，随时随地都要选择自己站在哪一边。你自己不选，别人也会替你选。比如现在，我就坚定地站在校长这一边。"

听到这里，丈夫和我交换了一个狡黠的眼神，我知道政治老师一直在争取副校长的位置。

历史老师说："我当然知道我教的历史，基本就是斗争的历史。但很多时候，正是因为太多人相信了斗争是绝不可避免的，它们才真的变得不可避免。我要提醒诸位，很多场战争结束的时候，谁也没得到他们当初号称一定要夺取的，谁也没保护到他们号称一定要保护的，但战争还是结束了，和平还在继续。我想这就很说明问题了。"他望向苍白的艺术老师，继续说道："我并不打算冒充艺术的内行，但有件事我还是明白的，那就是历史上所有艺术作品都是活人创作的。"

校长因为得到了下属们的支持，情绪终于放松下来，他看着历史老师，语气诚恳但带着一种难以言喻的压迫感："没有人比我更希望战争快点结束,因为我儿子每分钟都可能死掉,我希望他作为胜利者回到我身边,请你不要再说那种只会带来不快的风凉话了。"

大家的目光都汇集在历史老师身上,等待他的回应。这种氛围让我透不过气,我没想过这个小饭桌也会成为战场。

"你还有什么要说的?"政治老师语气透着凉薄,就像是一个不耐烦的刽子手想赶紧做完自己的工作。

历史老师依旧没有说话,政治老师乘胜追击道:"我今天才知道你的学问这么高,你之前怎么从来没有这么多话?我明白了,你要是一直这么多话,还能活到今天?"说完他干笑了两声。

这时,我感觉到丈夫仿佛要说些什么,连忙在桌子下踢他的腿,让他不要说话。

历史老师没有抬眼看任何人,静静地用面包蘸完了盘子里最后的汤汁,喝完了杯子里的酒,然后起身离开餐桌,走出了我们家的家门,把大家留在了错愕中。

"这种人在任何时代都是逃兵。"政治老师冷笑了一声。

这个晚上剩下来的时间,虽然大家努力恢复无关痛痒的谈话,却没有一个话题能深入下去,聚会就草草结束了。

而那一晚之后,我再也没有见过历史老师,据说他离开了学校,离开了这个城市。

当客人离开之后,左伊留下来帮我收拾餐桌。她发现还有一点酒没有喝完。

"我们把酒分了吧。"她笑着说。

外面下起了雨,房间很昏暗,因为晚上九点之后供电不稳定了,我们点起了煤油灯。左伊坐在沙发上,我和丈夫并排坐在餐桌边,楼下那条街上的小酒馆还没有打烊——在什么都缺的现在,只有国产廉价啤酒还是管够的——隐隐约约传来小号和小提琴的声音,人们声嘶力竭地唱着爱国歌曲,暗橘色漂浮不定的灯光衬托得屋内更安静了。

半晌,左伊对我的丈夫说:"老师,你刚刚怎么不说话。我以为你会站出来为历史老师说几句。"

丈夫说:"你对我失望了吗?"

左伊认真地看着我的丈夫,说:"有一点。"

微弱的光下,我看到丈夫微微有点脸红了。

我替丈夫解围道:"当时气氛那么紧张,说什么都不合适。"

左伊笑道:"老师你知道吗?政治老师把你看作最大的假想敌呢。"

丈夫哑然失笑道:"竞争副校长吗?我一点兴趣也没有。都什么时候了,还在想着往上爬……"

我说:"越是这种时候,越方便这种人往上爬。"

左伊说:"也许也不是投机,就是有天生喜欢斗争的人,无所谓从斗争中获得什么,这个行为本身就让他享受了。"

在背后臧否一个熟人违背了丈夫的道德观,他并不打算继续加入我们对政治老师的讨论,换了个话题:"今天我没想到,在这样一个小小的话题上都能吵得不可开交。大家都是那么多年的同事和朋友了。到底是这些年发生的事改变了我们呢,还是我们早就不知不觉地变了,才把世界变成这个样子……"

左伊紧接着说:"您是想说国家之间也是这样,彼此讲不通道理,才打起仗来。"

丈夫点点头。

左伊说:"我不这样认为。我认为战争和理念的分裂没什么关系。事情只是自然地走到了这一步。"

丈夫问:"那你怎么想?你刚刚好像一直没有说话。"

左伊脱了鞋蜷缩在沙发上,我看到她圆圆的脚趾上涂着桃红色的指甲油,她把脸架在膝盖上思索良久,才抬起头,说:"我们世界的边疆在后退。"

丈夫问:"什么边疆?"

"一切。空间、科技、文化、经济……思想。"她摇晃一下酒杯中的琥珀色液体,"您可能都快忘了,我们以前可以生产很多这种酒,不单是酒,而是所有的一切。过去,我们总认为世界会是不断延伸的,能源不够了,就到地核深处去挖;地方不够了,就移居到外太空去。那时候没有人提战争,因为那时候世界正在变得更加广阔。"

丈夫想了想，说："现在世界在缩小。"

左伊兴奋得眼睛亮了，身子猛然往前一倾，酒洒了几滴在沙发上，说："对！世界在缩小，就像现在，这酒我喝了，你可就没了。而且我敢打赌，以后您喝到这种好酒的机会越来越少。面粉买空了，就只能等下一批。副校长，你当了，政治老师就只能靠边站。这不是从打仗才开始的事，比现在要早得多。现在的人都不再提瘟疫两个字，我简直要佩服我们的健忘。但是不管怎么说吧，这场灾祸让我们相信闭门自保，以邻为壑才最可能幸存下来，我们也确实因为这么做才支撑到今天。这种心态现在扩散到了方方面面。"

我的丈夫接上了她的思路，顺着说道："恰恰因为所有人都相信猜忌、抢夺是生存之道，这些做法就真的成了道理。为了抢夺和不被抢，所有人都要付出更大代价做这方面的准备，竖起篱笆，磨好刀剑。这样一来我们享用和分享的余地就更小了，反过来抢夺就变得更加必要……哪怕所有人一开始都是互相信任的。只要提供一个契机让猜忌开启，互相警惕的连锁反应就会蔓延。这就是瘟疫对我们做的事。"

左伊也兴奋了起来，说："但你说的还不是全部。如果有一个人足够强大，其他所有人加起来都打不过他，老师和我这样的弱者就可以安心和平相处了。毕竟咱们谁要是被欺负了，总可以向那个强者求助。"

丈夫大笑起来，说："我忽然想起一件事。我从小个子不高，身体不好,又是个书呆子,那些不爱学习的坏男孩总是欺负我。我那时候天天想着要锻炼身体,幻想自己练得很健壮,没人敢打我。但后来我发现我再练,也打不过最弱的小混混,也可能是因为我本性上就厌恶打架。你猜这事最后怎么解决的?后来从外校转学来一个留级生,他又壮又凶,成了学校唯一的恶霸,反而所有人都安静了,再也不打架了,那些小混混还来问我功课,最后大家成绩竟然都提升了。"

左伊笑得前仰后合,笑声逐渐消失之后,她忽然意识到这场对话把我排除太久了,转头看向我,说:"师母,你怎么看?"

还没等我开头,丈夫不假思索地说:"她没有看法。"

话一说完,客厅里的空气凝固了,丈夫立刻补救道:"她的注意力不在这上面。"

他讲了我总在晴朗的夜晚,用望远镜看星星的故事。

"她每天都给孩子讲那些星球之间的故事,我有时都听得入迷,不知道她哪里来的想象力。"丈夫握住我放在桌上的手,用拇指摩挲着我的手背。

"师母不关心我们地球上这些小事。"左伊笑着看向我,她的目光很柔和,我却像被烫了一下,马上扭过头去。

他们开始讨论我是一个多么会持家的妻子,多么聪明的女人,赞扬我对星空的热情,仿佛我不在场一样。

"我去看一下孩子。"我离开了客厅。

我来到儿子的卧室,他还没有睡,正躺在床上摆弄校长给他带来的几个锡制的玩具士兵。

"快睡吧。"我给他盖好被子。

儿子说:"你今天还没有给我讲故事。"

我笑道:"故事讲到哪儿了?我都忘记了。"

儿子说:"昨天讲到所有的星星开会,决定不发光了,南十字星很难过。"

我说:"哦,对,南十字星很难过,因为他在宇宙里有很多星星的朋友,他没想到他们都统一不发光,但他还是无奈地接受了这个决定……"

儿子打断我:"他这样不行。"

我问:"那你说他该怎么办?"

儿子拿起一个锡制的玩具士兵,对着窗户的方向开始抖动,不断发出"突突突"的模拟枪响的声音,然后喊道:"打死你!打死你!"又转而把玩具士兵持枪的方向对准自己,"突突突"一阵之后仰面往后一倒,说:"啊!我死了!"半晌,把眼睛睁开一条缝,得意地看着我。

我没有褒奖他,反而生出一股寒意,面对一个可怕的可能性:我的孩子会成长为一个暴力的人。我的孩子有着平静的父母,但是时代会战胜基因的力量,时代会搅动他血管里从我和丈夫那里继承来的平静黏稠的血液,修改他内心原始的编码,把他变成一个狭隘好战的人。

"快睡吧,再不睡妈妈要生气了。"我又说了一遍,把玩具士兵从他手中拿走,放进床头柜的抽屉里。

我回到自己的卧室,迷迷糊糊地睡着了,半夜,感觉到丈夫轻轻地上了床,像黑板上的字迹一样纤细有力的手指滑向我的身体。

"不行。"我叫了一声,和丈夫同时吃了一惊,我之前从未拒绝过他。

他的手从我身上移开。

我缓和了语气,问:"雨停了?"

丈夫说:"停了。"

我给丈夫讲了今天晚上儿子对战争的表演,说:"以后不要让你的同事到家里来了,他们每次都带来一些坦克、玩具枪之类的东西,对儿子说:'你以后要变成一个男子汉。'我知道他们是好意,但是我们都不想让儿子变成那样。"

丈夫点头表示赞同,过了一会儿,就像是想起什么似的,说:"不过左伊可以来,她一点也不狂热。对孩子的影响会是好的。"

我感觉自己的嗓子被刚刚摄入的酒精弄得干涸发不出声,过了半天才说出来:"你不需要获得我的同意。"

丈夫没有说话。

"真的。"我重复道。

丈夫的手再次滑向我的身体,手伸进我的睡衣里,然后整个人贴上来,覆盖在我的身上,他在我耳边说:"你放心,对我放心。"

这一次,我没有拒绝他。

在战争期间,市民每半个月就要去观看一次剧院的演出,演出的内容总是相似:先是艺术老师指挥的一段他创作的轻歌剧《鲜花绽放在血染的战场上》,然后是一个战争英雄上台讲述自己的故事。丈夫参加过一次之后,就拒绝再来看这样的演出,于是这就变成了我的任务,虽然看演出并不是强制的,但我害怕别人说我们这个家庭对战争决策不满。

那天演讲的是一个半边脸被烧伤的战争英雄,他讲自己如何从燃烧的坦克里把战友们背出来,但他所能做的有限,只能眼睁睁看着很多重伤的战友躺在地上,恳求他帮忙写封信给家人。战争英雄说自己很愧疚,因为他做不到,他没有勇气向那些可怜的妇女讲述死亡。观众听得入神,直到他号召观众从剧院走上战场,气氛才变得尴尬,因为身强体壮的年轻人都已经被动员入伍,观众席上只有妇女和老人。

散场之后,战争英雄被年轻的女孩围住索要签名,几个老人夹杂在其中颠三倒四地询问前方的战况,问他有没有见过自己的儿子。我发现挽着战争英雄的手的女人竟然是左伊,她正在走神,目光在人群之外游移,看到了我,她就像找到救命稻草一样朝我走来。

我想转身离开已经来不及了,只能和她一起走到剧院门口的喷泉池旁坐下,我不想和她聊天,并不是因为讨厌她,而是我不喜欢了解他人生活的另一面。大部分人都拥有好几重生活,被划分成一块又一块,我一点儿也不想搅乱他人秘密生活的那部分。

左伊直率地打破了尴尬的气氛,说:"刚刚演讲的人是我的未婚夫。"

我笑道:"你藏得真深啊,什么时候请我和你老师一起去参加婚礼?"

左伊说:"师母能不能先不要和老师说……我还没有想好要不要结婚。"她低头看着自己的脚尖,手攥得紧紧的,放在大腿上。

我说:"没有人在结婚前能彻底想好,有些人以为自己想明白了,最后也会发现自己在生活面前太天真。"

左伊说:"我不是临结婚的胆怯。我们的故事很复杂。您千万不要告诉别人。"

我内心暗叫不好:她要开始诉苦了,她的秘密从此不再是她的束缚,而成为我的负担。

她说:"我和他从小就认识,算是彼此的初恋吧。但我那时候对恋爱毫无概念,我们就这样莫名其妙地在一起很多年,但我逐渐怀疑自己其实只是喜欢被人献殷勤的感觉。等终于确定自己并不爱他的时候,我跟他提了分手,他一气之下报名去战场,回来就成了这样。他回来第一件事就是找我,说他因为想着我才活了下来,就像是我们分手的事完全没发生过,您说这时候我该怎么办呢?

怎么去拒绝一个已经变成这样的人？"

我说："外表不重要，结婚久了就没有区别了。"我一边说着一边能感觉到自己的虚伪，每天对着那张面目全非的脸的人不是我，被那样扭曲的手抚摸的人不是我。

左伊说："不是这样的，我忍受不了的不是他的样子，是听他讲话。今天他演讲的时候，我一直躲在厕所里，怕再听一遍就要吐出来。他从战场回来的第一夜给我讲那些故事时，我抱着他又哭又笑，决定照顾他一辈子。但后来他成了英雄，不断公开演讲，我能听出他每次讲得都会有点不一样，都会修正那些故事，把可怕的变成伟大的，把灰暗的变成光明的，最后成了您今天听到的版本。如今他对我讲话也是这样，不像是对着爱人，而像对着观众，我必须被他那些不诚实的故事打动。"

我叹息道："你要理解从战场上回来的人，胜利者也带着创伤，他们要很多年才能回到正常的生活。"

左伊摇摇头，把马上就要流出的眼泪憋了回去，面色木然地说："您根本不能理解，我不是和一个人，而是和一块纪念碑一起生活。"

我说："每段关系总是要忍受一些不如意，但要是太难过就离开吧。"

左伊依然木然地摇头，就像是世界上所有的声音对她来说只是一种噪声。忽然，她脸色一变，站起身，就像是上课被老师抽查到了一道不会的题目。她的目光望向我身后。

我回头,看到她的未婚夫从剧场里走出,正在下台阶。他走得很慢,每一步都要用一种奇怪的姿势先把左腿完全地放好,再启动右腿的动作。我以为左伊会上前去帮助他,但她并没有,只是站在原地以一种夹杂着悲哀和母性的眼神看着他。

他终于来到我们身边,虽然从高高的台阶上走下来花了些力气,但他显然还没有从演讲的亢奋中平静下来,高兴地问左伊:"我刚刚讲得怎么样?"

我抢在左伊开口之前说:"讲得真好。"

我介绍自己的丈夫和左伊是学校的同事,他说学校已经邀请了他去给学生演讲一次,让我届时一定要和丈夫去听。

告别的时候,他用没有受伤的手和我握手,他的手掌坚硬冰凉,非常有力,像是要把另一只残疾的手的力道也用上,我忽然明白了左伊说的"纪念碑"是什么意思。

在回家的路上,我忽然想到自己前几天去商店买菜时,遇见一个休假的年轻士兵和他的妻子,士兵讲到战友的眼睛被子弹碎片击中时,他的妻子开始抱怨牛肉的价格,又说他们的邻居正在闹离婚,以及她对邻居男主人出轨的判断如何得到了证实。

我看到沮丧如何渐渐笼罩了士兵的脸,他盼望已久的归家让他失望了。战争在去过和没去过前线的人之间竖起了难以逾越的屏障,真正的理解是不可能实现的。

之后的一年，左伊越来越多地来到我家，每次都会带一些难弄到的食物，比如进口的奶粉、牛肉之类的。

"这些太珍贵了，你自己留着吧。"我推托道。

"没事，你们更需要，孩子需要。"左伊说。我的自尊心被刺痛，自己在她面前是一个无能的人，但当她明亮的大眼睛看着我，浅色的瞳孔里映出我比例失调的脸，我又觉得是自己的感受过于扭曲了。

我告诉自己不应该嫉妒左伊，她的开朗和健谈总是给我们家带来暖意，她也总是穿得很朴素，一件褐色的衬衫和一条黑色的裤子。吃完晚饭之后，左伊和丈夫就会待在书房，书房的门总是半开着，宣告他们的清白。

丈夫的书桌上放着一张巨大的地图，他们两人在地图前无休止地讨论世界各地的局势。下一场战役的走向会如何，哪些条约要缔结，哪些又要被撕毁。突然袭击、废墟，这些词不断出现。当他们意见一致的时候，就会郑重地在地图上贴上彩色的标签和注释，当他们的结论被证实或没有按照预期发生的时候，他们又会重新修改这张地图。

当我路过丈夫的书房，或是为他们送饮料的时候，总会看到他们的脑袋，一个深褐色一个淡金色，以相似的频率移动。房间里永远充满了欢笑，我第一次发现原来丈夫大笑起来的声音像鹅一样。

"老师太厉害了，永远多算三步，我每次都输给他。"左伊笑着对我说。这场世界大战就像是只属于他们的秘密游戏。

某天左伊来我家时反常地打扮得很艳丽，穿了一条水蓝色的无袖连衣裙，头发上还系着同色的丝绸发带。

吃完晚饭，依旧是我和左伊并排坐在沙发上，丈夫坐在我们对面，他忽然对我说："你看左伊真漂亮。"

她听到丈夫的话脸一下就红了，显得更加柔媚，我笑道："打扮这么漂亮，是去见未婚夫吧。"

客厅的气氛忽然变化了一下，就像太阳突然躲进了乌云里，我的丈夫脸上滑过了一丝不易察觉的痛苦。

我对着丈夫说："我上次见过她的未婚夫，是个战争英雄，而且是大好人。每次左伊带来的好吃的都是人家的战争补助，真是不好意思……"

我无休止地说下去，拙劣地扮演着一个我不熟悉的角色，看到丈夫和左伊的表情变得越来越难堪，而他们的难堪却让我有种享受。

这时，我的儿子爬进我的怀里，我紧紧地抱着他，要把他软软的身体嵌在自己的肉里。

我看着自己的丈夫，没有一点躲避地用力看着他，也逼迫他看着我：一个妻子、一个母亲。我贫瘠得只剩下这两个身份，所以我会誓死捍卫它们。

那天左伊走之后，我找碴儿和丈夫吵了一架，我无意中在镜子里看到我们，我披头散发，脸上的肌肉完全失控，而丈夫的背影像个青春期的孩子,坚硬的发茬下露出的瘦弱脖颈像是随时可以折断。我们像一对完全丧失了沟通能力的母子,母亲无法控制自己的情绪,孩子没有与家长对抗的能力,唯有以沉默捍卫自己的尊严。

看到镜中景象的刹那,我忽然冷静了,我开始疑惑自己为什么如此愤怒,是嫉妒?是爱丈夫爱到了如此程度?

不,我一直觉得自己像一只鸟,被丈夫抓住,硬和他关在一只笼子里。而下午在客厅,左伊和丈夫对视的眼神让我意识到,丈夫和左伊才是两只鸟,一雌一雄,被人捉住,硬关在两只笼子里。

我坐在床沿上开始哭泣。"左伊不会再来家里了。"那个晚上丈夫只说了这么一句话。

家里的战争还没有开始就已经结束了,而更大的战争似乎也在走向消亡。

后来想想很荒诞的一件事是,战争对我们来说有明确的起点,但并没有一个不容置疑的终点。当看到后来的历史书说"大规模的军事冲突只持续了一年,但边境拉锯战一直没有停止……十年后,两国签订《和平协议》,解决一切领土纠纷。"我们很多过来人为之震惊,因为这个数字和自己头脑中的记忆差距太远了。

这么说吧,战争对于我们就像是一台可以随意调节挡位的机器。当人们需要发泄无解的愤懑时,开关就被调到高挡,我们开始重新谈论军备、国防、兵役。当人们又被弄得精疲力竭的时候,机器又被调到低挡,大家就开始装模作样地质疑战争的荒诞和无意义。

随着疲惫战胜了一切,战争这台机器逐渐稳定运行在低挡位。

在正式开战不到两年之后,人们在闲谈时已经习惯这样开头:"既然仗已经打完了……"

虽然并没有任何官方消息宣布战争的结束,但街头巷尾的孩子们已经开始唱起这样的儿歌:"我们无敌的战士一个都没有死,就把敌人杀得片甲不留。"

"我们赢了。"不知道谁第一个这样说,当说的人多了,我们的胜利就成为一种结论。

原来历史是可以这样被轻易偷换的,胜利的历史在人们的意识里取代了战争的历史。

而人们也在按照这种"战争胜利"的结论塑造自己的真实生活,战争的绞索确实在放松。宵禁解除了,配给制取消了,宣传统制也告一段落。过去报纸上一打开全是战时人员死伤的糟心消息,后来战时报道越来越少,标题越来越短,占据的版面越来越偏僻,头条留给了两支球队即将到来的决赛和名人的婚恋嫁娶。

低俗的快乐取代了严肃的讨论。私生活的快乐被重新发现了,媒体近乎放肆地关心名人卧室里的绯闻,人们热衷于两性中的道德谴责,但在自己的生活中却前所未有地放纵,街道墙壁上画着生殖器的涂鸦,深夜的街头全是醉酒的男女在拉拉扯扯。这幅场景我只在大学时经历的那场劫难中见到过,人们的状态是如此相似:放纵是一种庆祝,庆祝我们还活着,还拥有白天和黑夜。

影院每天都爆满,最受欢迎的是爱情片和喜剧。有一天,我们一家三口去看新上映的喜剧电影,排在我们前面的是一个面目可憎的男人,他的一个眼眶是空的,脸上全是灼伤的痕迹,穿着一件破破烂烂、已经看不出颜色的脏军装。

那人不知道为什么对我的儿子很感兴趣,不时做鬼脸逗他。丈夫试图用身体挡在他和儿子之间,但他却绕过了丈夫看着我的儿子微笑,笑容让那张脸越发狰狞。

我的丈夫终于难以忍受,拽着我和儿子离开了。

"那个人没有恶意。"回家的公共汽车上,我说。

"我知道。"丈夫说。

"他也是受害者。"我说。

"我知道。"丈夫重复。

我的儿子抬起脸问我:"妈妈,他的脸怎么了?"

丈夫说:"他刚从战场上回来。"

话音未落,坐在我们身边的几个人立刻抬头看了他一眼,仿佛他说的字眼冒犯了他们。我这才意识到,虽然战争还在窄窄的国境线上似有似无地挣扎着,虽然并没有新闻宣布战胜的消息,但在人们心中,我们已经胜利了,任何破坏这种胜利的人都是在诅咒美好的新生活。

"平静的日子"就像是易碎品一样,被人们小心翼翼地捧在手里。

多年之后,当我回想这一切时,我总有种不真切的感受:我们好像忘了这一切是怎么开始的,先忘了是瘟疫导致了一切,又忘了是战争加剧了一切,最后战争本身也被遗忘了。我们对和我们长久相伴的事物就像不去谈论空气一样不加谈论。而它们也好像很识趣地退到角落里了,好像空气一样透明。

一开始,每个人都是传染病专家;后来,大家都是军事专家,对战略、军事英雄、武器装备,好像人人都能说两句;再后来,所有人都成了享乐的专家,食色性也,饮食男女,通过谈论来缓解缺乏,和掩盖那些不能再谈论的事物。

很快就到了新年,丈夫第一次去旧货市场买了摆件和一些装饰品,晚饭过后,丈夫带着儿子装饰房间。他变得像一个真正的父亲,热衷于回答儿子各种幼稚的问题,人也长胖了一些。我有时看着儿子骑坐在他圆圆的肚子上,丈夫神情钝钝的,就像是一张旧沙发,依然柔软而舒服,但是内在的弹簧全部坏掉了。

当丈夫把一颗金灿灿的星挂在圣诞树顶端的时候,儿子问:"爸爸,这是什么?"

丈夫说:"这是伯克之星,据说是神诞生那一天出现的,几个聪明的人沿着这个星的方向找到了神。"

儿子问:"为什么这个星星这么大?"

丈夫道:"这个你应该问你妈妈。"

我说:"可能是因为超新星爆炸。爆炸的时候,它的光比银河系所有恒星加起来都要亮。"

儿子问:"它为什么要爆炸?它生气了吗?"

正当我不知道如何继续这个话题时,门铃响了,来的竟然是政治老师。他声称自己是来看望我的儿子,但我和丈夫都知道他没有说实话。

我们毫无意义地寒暄着,我观察到政治老师的脸上经常会出现神经质的笑容,夜深之后,他才像是忽然想起了什么,说:"对了,你们知道校长出事了吗?"

丈夫一怔,说:"什么事?"

政治老师压低声音,用手指戳着自己的脑袋,说:"疯了。他儿子死了,死在……战场了。"他发现自己避不开这个词。

丈夫半晌叹息道:"那对他打击一定很大。"

政治老师说:"不只是这样,他逢人就念他儿子最后给他写的信,还在大街上念,大喊大叫说:'我们还在打仗啊!我们还在打仗啊!'关起门来对我们这些信任的朋友怎么说都可以,但竟然在大街上……现在他被送进精神病院了。"

我和丈夫听完久久不能说话,政治老师此时在仔细地看着我们的脸,仿佛想找出什么破绽,我开口,嗓音却很干涩:"希望他能早点好起来。"

政治老师脸上再次出现那种抽搐般的微笑,像自言自语一样说:"好起来也不会让他出来的。再说,什么才叫好起来了?谁来判断好与疯,医生吗?"说完,他笑了起来。

这时屋外忽然刮起了狂风,在窗户上发出指甲刮玻璃的刺耳声,就像是有什么东西要冲进房间。房间很暗,政治老师的侧脸被投射到了墙上。"可怕啊,可怕。"他说,墙上影子的嘴一张一合,房间里的灯电压不稳,总是一闪一闪,就像是被他吹熄了一样。

接着他隐晦地打听丈夫有没有当下一任校长的想法,丈夫反复表态并无此意之后,他才心满意足地离开。

他走出门的一刹那,我立刻冲进书房,抓起书桌上那张贴满了标签的地图,把它卷了起来,丈夫在我身后窥伺着。

"你知道校长的事吗?"我问。

"我知道。"丈夫说。

"那你还大拉拉地铺着这玩意,找死吗?要是刚刚他来书房看到了怎么办?"我说。

"什么怎么办?"丈夫问。

"他要问起你对战争的看法,你怎么办?他要是歪曲了你的话,你怎么办?你的工作还要不要了?你不要那么天真好不好?"我说。

丈夫叹了一口气,说:"你把人想得太复杂了。再说,我的想法被人知道也没什么大不了的。"

我脑海中忽然出现丈夫和左伊的样子，当我疲惫地穿着破旧的睡衣站在书房的门口，他们同时抬头看我，脸上还挂着从刚刚的交谈中延续的微笑，他们的眼神就像是丈夫此刻看我的眼神：先是愕然，然后是同情。

我冷笑道："你和你的小女友最大的问题就是把别人都当成傻子。"

丈夫看着我，就像是他在课堂上看答不出问题的学生，充满了父亲式的威严与安抚，就像是在说"我相信你能自己想出答案"。过去他的这种眼神让我安心而平静，现在却让我极其痛苦和厌恶，我大声嚷道："你以为你是谁？你为什么要把你的家庭放在险境？因为爱情吗？因为这个狗屁玩意是你爱情的信物？你以为我什么都不知道吗？你以为你和你小女友的傲慢我看不出来吗？你不要以为你很聪明，最先死的都是你们这种自以为是的人。说实话我不在乎你死不死，但你在乎过你的儿子吗？"

我一边说，一边把那张地图撕得粉碎。我听到自己的声音像是从离身体很远的地方发出来的，像是来自高处的一个喇叭。

那天晚上，我躺在床上感觉到丈夫趴着把脸压进了枕头，肩膀不断地颤抖，虽然他咬着枕头，但我能感受到他的啜泣透过布料的缝隙冒出来。我翻身背对着他，假装自己睡着了。

很多年之后，本市的战争博物馆落成，很多战争的遗物重新开放给公众，参观时，我看到属于校长儿子的遗物。照片里的年轻人

笑容里没有一丝阴霾,照片下摆着他的衣服和生活用品,还有一封信,纸张已经很黄了,字迹潦草,信非常简短,只有几句话:

> 当炮火像雨点一样来的时候,我非常清楚,我的生活是错误,你一直教我的对于这个世界的理解是错误——甚至这个世界本身就是错误。我这一代人全毁了,我躲不过炮火了。

不,他说得不对,我们这一代人,以及我们的后代,哪怕躲过了炮火,依然被毁掉了。

"和平"的红利很快消退,贸易停滞,百业萧条。战争和瘟疫造成的伤口开始发脓、溃烂。我也生病了,我的病就像是那个漫长的雨季一样,没有什么原因,但是不肯断绝。墙壁上挂着水珠,家具也发霉了,我感觉自己身子底下的床单湿了又干,散发出难闻的气味。

我迷迷糊糊地感觉到儿子冰凉的小手抚摸我的脸,他呼唤着我,我却始终没有睁眼看他。

"去看医生吧。"是丈夫的声音。

"我不去。"我说。

丈夫以为我是担心钱,但其实在内心深处我不想好起来。生病是我拒绝面对现实的一种方式:我不想再去想办法变出吃的了;我不想去商店赊账了;我不想操心儿子越来越高大却没有合适的衣服穿；我不想一睁眼就想家里还能卖出什么东西；我不想成天担心丈夫在课堂上说了什么不合适的话。

但死也没有那么容易，我受不了丈夫每天的催促，还是去看了医生。

我躺在病床上，医生粗暴地揉了揉我的肚子，我感觉到我的肠子要一截一截地断掉。

"没什么大病，就是吃得不好。"医生让我从床上下来，冷漠地说道，整个看病的过程不到一分钟。讽刺的是，医生给出的治疗手段是让我吃点有营养的东西，这个问诊过程却花费了我家两天的伙食费。

在诊所的走廊上，有个人叫住了我。我一眼没有认出他，那人穿得破破烂烂，脸色黑黄，泛着一层油光。当我发现他竟然是艺术老师的时候，我惊呆了。他曾经连皮鞋都一尘不染，现在却如此臃肿邋遢。

"你生了什么病？"我小心翼翼地问他。

他说："所有人的病都一样，就是穷。"

闲谈中我得知，在政治老师做了校长之后，第一个开除的就是他。理由也合情合理：饭都吃不饱，要艺术做什么？

我和艺术老师走出医院，坐在街边的长凳上聊天，马路对面的围墙上刷着白漆的标语："民主！平等！以人民的意志对抗绝对的意志！"

这是战争"结束"之后流行的口号,漫长的战争让人们有一种被欺骗的感觉,被从上而下的一种召唤所欺骗,所以要自己唤醒自己,要倾听自己而非他人的声音。

艺术老师指着对面的标语,对我说:"这写得不对。"

我吃了一惊,提醒他要小点声。

他却不以为意,大声说:"至少在一个领域,民主原则是绝对糟糕的,那就是艺术!如果你把民主运用到艺术上,你就完全丧失了分辨能力,看不出杰作和垃圾的区别。但现在我们每个人都在这么干,每个人都在鼓励着无知。"

我说:"每个时代都会有自己的标准,我年轻时候听的那些音乐、那些歌曲,也被上一代看作是垃圾。"

艺术老师冷笑一声:"人们说'每个时代都有自己的标准',只是为了自我安慰。艺术是线性的发展,否则它为什么会有那么残酷的淘汰机制?用遗忘和蔑视把每个时代大量的陈词滥调淘汰出去。"

我说:"您还在创作吗?"

艺术老师答非所问,说:"他们试图拿我在战争时候写的音乐羞辱我,说我是个投机的人,一个小人。但我问心无愧,我只服务于一个标准,艺术的标准。他们说我煽动狂热,我并没有,我只是如实地反映我们这个民族,我们的血液中就是有对牺牲的狂热崇拜。他们说错了,我没有错。"

我不想继续这个话题,转而说到我的丈夫不久前发表了一篇预测下一个地缘冲突周期的论文,大获成功,升了副校长,还得到了本市教育部门的表彰。

艺术老师说周末的晚上要请我们去本市最高级的餐厅吃晚饭庆贺,我百般推辞,但他非常坚持。

到了周末,我几乎花了一整天准备去吃饭的衣服,我找出一件长袖的丝绒裙子,因为我变得太瘦,腰部和胸部都不合身,我开始把不合身的地方缝起来,又嫌整件衣服太寡淡,把桌布的蕾丝边剪下来缝在肩部作为装饰。

丈夫看着我冷笑道:"你这又是何必?没有人会在意你穿了什么。"

我说:"我去过那个餐厅一次,服务员都是势利眼。"

临出门前,丈夫塞给我一大包鼓鼓囊囊的钱,说一会儿一定要抢在艺术老师之前偷偷结账。我在车上数了数,那是丈夫那篇论文的全部奖金。

到了餐厅,我发现那里已经变得和我记忆中的样子差距很大,推开沉甸甸的门之后依然是巨大的水晶吊灯,但过去墙壁上挂着的油画被摘下来了,过去餐厅里摆着用来隔断空间的雕塑被拿走了,多加了很多张桌子,食客之间不再有距离,侍者侧着身子从桌子间窄窄的通道急速穿梭。也没有人礼貌地带位了,侍者用手指了个方向,就当完成了工作。

丈夫说对了，人们都穿得很随便，艺术老师却格外显眼。他穿着三件套的西装，头发也刻意打理过，笔挺地坐着，缓慢但持续地用毛巾擦着手。

侍者递上菜单，一张大大的层压卡片。艺术老师问："有没有过去的那种菜单，厚厚的，一本是菜单，一本是酒单。"

年轻的侍者不知道他在说什么，不耐烦地说卡片正面是菜，反面是酒。

艺术老师坚持给我们两人也点了菜，点了龙虾、鲈鱼和牛排，我和丈夫交换了一个眼神，眼神立刻被艺术老师拦截了，他说自己已经提前预付了餐费。

我和丈夫在吃饭的时候几乎没说什么话，全是艺术老师在说，每道菜上来的时候他都会比较味道和记忆中有什么差别，抱怨侍者开瓶的时候把木屑弄进了红酒里，上菜的时候弄出的声响太大。

丈夫感觉到侍者马上就要发脾气了，立刻转移话题，问艺术老师下一步有什么规划，丈夫说："每个人都要从战争中走出来。"

艺术老师说："人不是随随便便就能走出来的。就像是贫穷，贫穷不是一种状态，而是一阵狂风把你困在了一个坑里，无论你怎么努力也不能爬出来了。"

丈夫问艺术老师愿不愿意做家庭音乐教师，他可以帮忙寻找工作机会。艺术老师谢绝了，说自己已经有了更好的选择。丈夫继续问他需要什么帮助，艺术老师生气了，把汤匙重重地摔在碗里,一个字一个字地说:"你不要毁了我的这个夜晚。"

我和丈夫都吓得不敢再讲话也不敢再动。这时,艺术老师又对舞台上正在表演的乐队大声说:"你们停下来吧。"

台上的乐队蒙了,音乐逐渐停下,艺术老师说:"我已经忍受了一晚上糟糕的音乐。"

旁边桌的客人喝得有点醉了,对着台上喊:"别听他的,继续弹你们的。"

音乐声又起来了,我们眼看着艺术老师走到舞台上和乐队争执,把他们的话筒拿到一边,餐厅的管理者也来了,抱着安抚顾客的态度请乐队不再演奏。

艺术老师带着笑容继续回到桌边,说:"终于安静了,真好。"

这时,乐队的鼓手——一个精瘦的光头男人满脸怒气地走到我们桌前,往艺术老师的汤里吐了一口痰,餐厅的其他客人开始鼓掌。

艺术老师擦了一下嘴,从兜中拿出一把枪。鼓手吓得落荒而逃,丈夫拽着我蹲在桌底,餐厅里全是尖叫声、跑动声和餐具摔在地上的声音。几秒之后,我听到了枪响,血顺着餐桌上的塑料桌布滴到了地上。

艺术老师没有打死那些侮辱他的人,而是对准了自己的太阳穴,开枪打死了自己。

我曾无数次回忆这个夜晚,我在想如果丈夫没有提议让艺术老师找个工作,如果侍者更有经验,如果我们坐在离舞台远一点的位置……如果那顿晚餐顺利而平静,是不是艺术老师就不会被触碰到心底的一根弦,他就不会死?

后来我才意识到,不是这样的,他整晚都在主动寻找着纰漏,寻找错误,寻找离开这个世界的理由。战争和之后的一系列事情翻搅着社会,让过去隐藏在深处的恶意与粗鄙翻涌上来。羸弱之身能承受苦难,却不能承受庸俗污浊的日常,他本来就无处可躲。

至于丈夫对艺术老师的死怎么想,我至今都不知道。

我们不再公开讨论自己的想法,甚至不再直视对方,只是低垂着眼睛,通过移动的影子来判断彼此的位置。他的影子投射到餐桌上,我有时会故意把一个咖啡杯放在他的影子的头部,想要按住它不让它离开,影子还是离开了,移动到了厨房边,移动到门厅,然后门"砰"的一声关上,影子消失了。

有一天吃早饭的时候,影子在看报纸,从第一页到最后一页,纸张窸窣作响。

"没有了!"影子说,这是他很长时间以来第一次在吃早饭的时候和我说话。

"什么没有了?"我问。

"没有外国的消息了。"他说。

我抬头,丈夫脸上是一副难以置信的表情。

"可能今天世界上没有发生什么大事,明天就有了。"我不以为意。

但是我错了,第二天、第三天……乃至几年之后,外国的消息都从报纸上永久地消失了。

现在的人也许无法想象这件事的重要性。对像我丈夫一样的很多人来说,早餐时读报纸的行为就像是一种宗教行为一样,有成千上万的人在同时进行这个仪式,他们散布于全世界各个角落,这些人从报纸上看到地图彼端、地球另一角的消息,想象着其他信徒正在过的生活。当东方的一个墓穴在千年后的清晨重见天日的时候,西方的一架飞机在夜幕中坠毁。这两件毫不相关的事情竟然同时发生,而全世界的信徒们竟同时知晓这两件事,这是古代的人无论如何也无法想象的。

当我和丈夫还没有结婚的时候,我曾经和他去参加他祖母的葬礼。因为他的父亲常年在海上,所以他童年一大半时间都和祖父母一起居住。葬礼结束之后,我们待在他童年时住的小小卧室里,那里有各种各样的奖状,有很多种不同语言的百科全书,还有他在一个破破烂烂的球上用稚嫩的笔迹做的地球仪,有他父亲的海军帽,以及出海归来后带给他的纪念品:非洲的木雕、亚洲的筷子,等等。还有很多的报纸,不同语言的报纸,也都是他的父亲每次航行归来带给他的礼物。

丈夫给我形容过他幼时坐在祖母的膝盖上第一次读报纸的那种惊异感:"我第一次意识到,我和一个广阔的世界生活在一起,我们享受着同一个时刻。"

而我也跟丈夫讲了我仰望星空时,比例、距离与跨越的时间给我带来的巨大震撼。

我们分享的那个广阔的世界正在缓缓地合上。

在瘟疫流行的时刻,地图上的国家被分为蓝色和红色,蓝色代表"安全区",红色代表"危险区",危险区一开始的时候是指瘟疫病发的地区,后来当战争开始之后,它也代指战略上的敌人。蓝色不断缩小,红色不断扩大,就像是逐渐干涸死亡的海。

再到后来,"敌人"就消失了,变成了迷雾中的概念。

我们模糊地知道在国界线之外有不断爆发的小的冲突。军队还会调动,偶尔还能看到负伤的军人轮换回城里疗养。但世界发生了天翻地覆的变化,很多国家消失了,又诞生了很多新的国家,我们在和谁交战、为什么交战,甚至以前那些邻国是不是还存在,都变得模糊不清,连军人自己都搞不明白。"敌人"被笼统地想象成野蛮人,一群没有文明与语言、茹毛饮血的野兽。黑暗中把孩子抓走的鬼怪一样的形象,仿佛只存在于传说里。

我们不再出版"世界地图"了。后来我才知道,那段时间内其他国家也有类似的事情发生。

每当谈起这段时光,当下的年轻人总是发出难以理解的嗤笑——

"怎么会没有世界地图呢?太荒唐了!"

因为不再必要。除了风和雨,没有任何东西穿过国境线进来。除了在前线作战的军人,没有任何人跨越边境一步。再说到了后来,连"前线"都在国境之内。

我们能看到的地图上印着的只有自己的国家。

"可国家总有边界吧?那该如何向孩子解释国境之外的世界呢?"

比如说,如果是靠海的国家,那么会告诉孩子们,海的尽头是更大的海,如果一直航行,就会回到我们国家的另一头;山的远方是更多的山,在那里居住着会吃小孩子的鬼怪,所以士兵叔叔们要时不时去清剿。

"可是,外国是真实存在的,它怎么会凭空消失呢?"

"外国"从日常生活里消失了。

我们发明了一切——是的,我们小而乏味的、历史短暂的国家发明了一切。进口生产线下的汽车从一开始就是我们自己研发的;M国风味的啤酒是我们的传统饮料;残存的外国快餐连锁早就收归国有,统一给失业者提供救济餐;我们喝了几十年的哥国咖啡,吃了几十年的福国面包,现在一律叫作"城市咖啡"和"城市面包"。

语言就像魔术师一样改变了一切,我们的生活像是没有发生过任何变化,但是一切又都变化了。

"我还是难以相信人们会突然认为'外国不存在'。"

我们当然不是真的相信,一直到我这代人为止,去外国工作旅行都是理所应当的事,难道我们前半生都是幻觉吗?

我们只是沉默了,人们学会了隐藏自己的想法,有关那段时期的私人记忆与公共记忆遗失了一大半,而幸存者那些记忆都充满了虚假的材料和自我美化。

我们习惯于把那段时间总结为"失去的二十年",就像是我们的生活与记忆都被一个狡猾的贼偷走了,我们是受害者。然而真的是这样吗?

让我们直面那个时代吧,我们不能原谅的是自己。我们习惯性地装聋作哑,胡说八道,胆小如鼠。父母牵着孩子走在街道上,当孩子随便指着路边的什么东西,问父母"这是什么?"的时候,父母的大脑就开始迅速运转,开始想这消防栓、路障、招牌、教堂尖顶里隐藏着什么与外国有关的历史与名词,需要从给孩子的回答中剔除,乃至需要从自己的脑子中剔除。

一些被告发的人消失了,就像是从一些看不见的下水道里冲走。人们不再谈论那些消失的人,把他们在全家福中的脸涂掉,烧掉他们的衣服。

公平地说,那时候的人们并不是格外地残酷冷漠,不是不想念自己的亲人,只是那种想念的痛苦很快变成了一种持续不断的空洞感,就像是我们长期吃不到高品质的脂肪、蛋糕、水果的饥饿感一样,精神的匮乏和肉体上的匮乏混为一谈,后者又轻易地取代了前者。

说到粮食的匮乏,配给制又回来了,比大战时还凶猛,连我丈夫学校发放的配给卡都寒酸又稀少。

每个天还没有亮的早晨,我就出发去面包房门口排队,虽然它十点才开门。很多时候,黑麦和燕麦做的面包在十分钟之内就卖完了,即便它们坚硬酸涩得几乎难以下咽。

某日当我准备出门,穿着睡衣的儿子在门口忽然拽住我:"妈妈,带我一起去买面包吧。"

我心怀愧疚地说:"妈妈自己去就可以,排队会排很久。"

儿子说:"我知道,我只是想闻闻面包的味道。"

我心如刀绞,跪下紧紧地把孩子抱在怀里。

天气已经变得很冷,下雪了,雪成了泥,又冻成了冰。天还是黑的,一不小心就会滑一跤。我牵着儿子,每一步都走得小心翼翼,终于到了面包店门口排队,他的小脸冻得通红,不断地跺脚来给自己取暖。浓雾包围着这个城市,空气中都是煤炭燃烧的味道。终于熬到了快开门的时刻,面包店的门开了一条小缝,一只胳膊伸出来在门口挂了一个牌子"今日无货",然后胳膊迅速地缩了回去。

习惯了这种场面的市民只是耸耸肩,准备想别的办法。儿子"哇"的一声哭了出来,哭喊道:"我想左伊姐姐了!"他怀念的是她带来的糖果、奶油馅的面包。

有人从后面拍了一下我的肩膀,我回头,是政治老师,不,现在应该叫作新校长。他上任多年之后,我内心依然称他为"新校长",作为对老校长和那个逝去的老时代的一种哀悼。

"你也没买到面包啊?"我问。

"是啊,他们也不早点把告示挂出来。"新校长笑着说。

"是啊,总是这样,让人白白等着。"我说。

我的儿子忽然插嘴:"爸爸说我们买不到面包,因为面包都给坏人了。"

我吓得几乎心脏骤停,斥责儿子:"你从哪儿听来的?你爸爸可从来没有说过这种话!"

新校长饶有兴致地看着我的儿子,微笑道:"小孩子想象力就是很丰富。"

我拽着儿子想赶紧离开他的视线,新校长在我身后说:"就当我多管闲事,以后让孩子在公开场合注意一下,别什么人名都乱提。"

那天吃晚饭的时候,我把这次偶遇讲给了丈夫,他没有说话,整个屋子只有他用铁皮勺子刮咖啡罐的声音,咖啡粉几个月前就见底了。

喝完了铁屑味道的咖啡,他回到他的房间,重重地关上门。

无数个夜晚,他都是这样的,晚饭后在房间待一晚上。我努力贴着门竖起耳朵,只能听到房间里传来微弱的无线电噪声。

这个晚上,我实在太好奇了,终于推开门,看到他把耳朵紧紧贴在桌面上白漆的无线电台上,刺耳的噪声中是几乎不可辨认的外语。

丈夫在听外语广播。

他看着我,一瞬间他抬手想把无线电关掉,但是他的手放在开关上,始终没有按下去。

他看着我,眼也不眨,仿佛我是来抓他的人,他在判断我对他的判断,在与我进行意志的对抗。

我不是你的敌人,从来也不是。

我想向丈夫哭喊,然而我终究没有,我只是走到他身边,像一只小狗一样跪倒在他的腿边。无线电噪声中的外语在播最近某国的剧院刚刚上演的音乐剧片段,唱的是一个女人在战争中失去爱人之后的悲惨心境。过了很久,我才感受到丈夫的手开始轻轻摩挲我的头发。

那天晚上,我睡得很不好,梦到午夜的时候,那几个人——他们来的时候总是午夜,已经带走了好几个我们熟识的朋友——闯进我家,他们面无表情,让我们全家在他们面前穿好衣服,然后只把丈夫和儿子带走,留下我一人。丈夫被送到了一个冰天雪地的寒冷荒原,儿子被送进了孤儿院,有了新的名字,日后长成了一个魁梧的青少年,少年对他曾经拥有的父母记忆模糊。

凌晨当我醒来的时候,丈夫粗糙的手指划过我的脸,擦拭我冰凉的泪水。

我轻声说:"新校长昨天说的是左伊吗?她现在是危险人物

了吗？"

丈夫说："对,她受不了了。"

我说："我们都受不了了。她具体做了什么？"

丈夫说："一个孩子在课堂上和她吵起来了,那个孩子坚称五线谱是本国的发明,她就在全班面前唱了一首咏叹调,还原原本本地讲了作曲家的故事。"

我心一沉,说："那她现在怎么样了？被带走调查了？"

丈夫说："那倒没有,她的丈夫现在是有权势的人了,她只是被开除了。"

我说："左伊结婚了？"

"对,去年的事了。"

"你没有告诉我。"

"我没有必要每件事都告诉你,这样对你也不好。"他说。

我不知道这样对我怎么不好,但我并不打算与他争辩。他会说是因为我的情绪化。我会质问我什么时候情绪化了,他会说我提高的音量就是情绪化的证明。当人在一段关系里,证明自己的正确变得比其他什么都重要的时候,一段关系就已经死亡了。

但我和丈夫的关系还没有死亡,它是暴风雨中还没有倾覆的小舟,是微弱的火苗,是还没有完全黑暗的夜。

我闭上眼睛,握着丈夫的手,感受他的手贴合在我的脸上。

"不要离开我。"我说。

"我知道。"丈夫说。

"你没有答应我,不要离开我。"我说。

我感觉他的掌心正在出汗。

"我不离开你。"许久,丈夫才说。

两年后的一个早上,当我醒来的时候,我发现丈夫不见了。在过去的两年中,他的存在感变得越来越低,在家里的物件也变得越来越少,那些地图、地球仪、书本早就没有了,他的书房变得空空荡荡,我在里面放了我积攒的卫生纸、瓶瓶罐罐、杀虫剂、柴火炉——这些年我变成了一个神经质的囤积癖,只要能储备的东西我都想办法储备下来。有时候我看到丈夫端着他的咖啡杯站在书房门口,脸上一副恍惚的表情,就像是被空投到了一个陌生的地方。

不仅丈夫的所有物变少了,他也瘦了很多,脚步越来越轻,所以,当我发现他不在的时候,我的第一反应竟然是他融化了,就像是冰融化成了水;或是一块石头长年累月地被风侵蚀之后变得越来越窄,越来越薄,越来越轻,最后成了一粒灰尘,或是一根头发丝,掉入了地板缝里,再也找不着了。

我站在屋里很久,才意识到:他离开这个家了。

我去学校找他,他们也说他不见了。我拜托新校长帮我找丈夫,新校长拒绝了,说我的丈夫也许只是心情不好,躲几天就回来了。"结了婚的男人都是这样,需要透透气。"他说。

一个多月之后,当新校长出现在我家门口的时候,我知道他带来的一定是坏消息。我打发儿子去杂货店帮我取点东西。

"我们找到他了。"新校长在沙发上坐了很久才艰难地开口。

"在哪儿?"我问。

"在北边的国境线,他想偷偷跨越国境线,去……别的地方。"新校长谨慎地说。此时要避免说出"外国"两个字。

"他被抓回来了?"我问。

"不,他当时就被打死了。"新校长说,很快又补充了一句,"他是罪犯。"

儿子长大之后,曾经反复逼问我这段经历:"你刚听说这个消息是什么反应?你哭了吗?"

"我当时就哭了,不知道哭了多久,等我有意识的时候新校长已经离开,你已经回家了。你很乖,虽然什么都不知道,但一直在轻轻地拍我的后背安抚我。"我说。

我撒谎了——就像丈夫撒谎他不会离开一样。在听到丈夫被打死的消息后,我没有哭,我的第一反应是:为一个犯人哭是犯法的吗?他们会把我一起抓走吗?我的儿子怎么办?会被送到哪里?我希望我能哭,能痛苦,能像一个真正的人一样,但我已经遗忘了太久如何做一个真正的人。我只是木然地看着新校长,点点头,表示知道了这个消息,就像是知道了明天会下雨一样。

"还有一件事我觉得你应该不知道,他不是一个人。"新校长说,"左伊跟他在一起,也一起被打死了。没想到他们俩搞在一起了,你也不知道吧?"

我久久没有反应,当沉默足够长,即便问题没有答案,对话也像是结束了。

新校长松了一口气,站起身准备走,他感觉到告知的任务已经完成,想和我握手,看我呆坐没有反应,就把手放在了我的肩头。

陌生男人的温度和触感隔着厚厚的布料依然让我吓了一跳,我明显瑟缩了一下。

新校长叹了口气,忽然说:"我知道你们一直把我当作坏人,但我不是。"

我尚未从巨大的震惊与混沌中恢复,但他的话还是让我觉得有一种尖锐的讽刺,让我一瞬间想笑出声:他为什么觉得此时是一个自我辩护的好时机?对着一个新晋的寡妇,可能是因为她足够脆弱,足够安全?抑或是笼罩着她的悲伤与无助,启发了他的自怜?

我含糊地答应了一声,他却忽然像得到了很大的鼓舞,有些激动地说:"我一个人也没检举过。为了保护你丈夫我也尽力了。"

"谢谢你。"我说。

他说:"不是所有能活下来的人,都是坏人。"

那么没能在坏时代活下来的人,都是好人吗?

我的丈夫和他的恋人死了,所以他们不用活着面对好与坏的审判,他们选择了一条逃避之路。皑皑白雪上躺着两个焦黑的小人,他们紧紧依靠着彼此,等待被下一场雪覆盖掩埋。在死亡的岸边,他们俩和其他的魂灵待在一起,丈夫会紧紧地搂着左伊,把衣服给她穿,他们轻声低语,看着黑色的水在不远处翻滚,等待永远不会来的驳船,而我在岸的另一边。我嫉妒他们,而在他们两人之中,我嫉妒他甚于她。

阳光被百叶窗分割,随着太阳的下沉,地板上一条一条的昏黄的光逐渐向我逼近,这时,我才忽然感觉到悲伤向我袭来,像海浪一样,而且像是从身后打来的浪,在我毫无防备的时候追上我,劈头盖脸地打下来。我意识到我的丈夫从此不在了,他的影子、他的叹息都随着他肉身的消失而消失。

我尖叫起来,我想让他回来。

我抱住头,想努力回想他生前对我说过的最后一句话是什么,我想不起来。

这时我的儿子回来了,看到他瘫倒在地板上痛哭的母亲。

新校长说我丈夫随身带着一个日记本,记录了他最后的想法,但现在被边境管理处当作证物封存。很久很久之后,久到列车再次穿越大陆,电报再次跨越海洋,地图被重新绘制,我才追查到丈夫遗物的下落。在给保管人付了一笔不小的礼金之后,我拿到了这个手掌大的羊皮面笔记本。

本子上的笔迹很凌乱,字句也很破碎,我仿佛看到了丈夫躲在书房、楼梯间、厕所里,小心翼翼地确定四下无人之后开始写,在听到了脚步和咳嗽声之后匆匆地把本子藏在外套的口袋里。

青铜时代之后是短暂的英雄时代,然后是漫长的黑铁时代。

在英雄时代,我是一个懦夫。年轻的战士们战死在边境线上,炮弹在天空中不断爆炸,然而我却躲在我避难所一样的公寓里,和我中产阶级的朋友说些不痛不痒的话题。

在黑铁时代,我依然是个懦夫。我对一切愚蠢保持沉默,于是眼看愚蠢吞噬了一切我珍视的东西,包括我的儿子。

儿子有一次拿着他妈妈最宝贵的望远镜问我这是什么东西,我说这是雷森望远镜。儿子问我雷森是什么,我说雷森是个人,来自很远的地方。我没有说"外国",我的儿子看着我,他审视着我——身高不及我胸口的儿子审视着我,他阴沉而怨怒,那目光让我不寒而栗,那目光让我知道儿子清楚地知道什么是"外国"。他的聪敏让他模糊地意识到地球是个广阔的地方,但他却不愿意承认,他恨我的话破坏了他的想象。

儿子像个成熟的大人一样看了我半天,然后忽然换了一副天真的语气问我能不能把这个望远镜卖了换点吃的。

在黑铁时代,最可怕的是孩子,他们是装在孩子躯壳里的野蛮人,心如顽铁。

每个夜晚,我都觉得自己在那艘最著名的撞了冰山的船(原谅我不敢写出它的名字)上,它足足用了好几个小时才沉没,足够船舱里的人写好遗书之后,喝杯酒,吃颗安眠药,睡个好觉。每个夜晚,我都觉得自己在船舱里,马上要陷入一个冰冷的黑洞。

只有想到她才能让我得到片刻的安静。

我只能远远地看着她,看她努力地想纠正这个错误的世界,看着她因为这徒劳的努力而受到惩罚。她做着我没有勇气做的事情。人是不能拽着自己的头发离开地面的,就像我无法阻止自己的堕落,但是在爱着她的时候,我感到自己的肉身没有那么沉重了。

接下来的部分都在诉说丈夫对另一个女人无望的爱,我依然迅速翻过,不想让那些字句残留在我的大脑里。我翻到了最后几页,他出走的前夜直至生命的最后写下的笔记:

她又问我:要一起离开吗?

我很清楚,没有我,妻子和儿子会陷入怎样的困苦。我又要承担多么恶毒的诅咒和罪孽。但我要是继续留下来,迟早给妻子和孩子带来更大的灾祸。

如果我的妻子和孩子能在仇恨中遗忘我,从血液里清除我，这就是最好的结局了。

当我以为自己决心已定的时候，我发现妻子在书房门口看着我，她最近总是无声无息地出现，就像是预感到了我的离开。她汗津津的头发贴在脸上，瘦削的身体在睡裙里空空荡荡，她看着我，无言而悲哀地恳求着，那么卑微又那么痛苦。

我努力不去看妻子，以免动摇自己并不牢固的决心。

生活永远是这样，它给你的选择从来不是幸福或是痛苦，而是两种痛苦、两种绝望，然后让你从两者之中选择一种容易忍受的。

还是要走。

不可能回头。

军用的火车不再往前开了，剩下的路需要我们步行。

我们捡了一块硬邦邦的东西，我说是石头，她说是面包。后来我们找了一个有热水的地方，用热水的蒸汽软化，发现确实是面包。她像孩子一样开心，咬了一大口，说是赢家的奖励。

我们从那条山区的死亡路线里穿了出来，边境线就在眼前，前方已经能看到哨卡的光和巡逻队的影子。

　　我们找到一个临时的藏身处，打算恢复体力，趁着明日天黑摸过去。这是最后的关头了。

　　她体力不支迷迷糊糊地睡着了。下雪了，我冷得受不了，但她似乎睡得很香甜，醒来之后，她说自己做了一个梦，梦到了历史老师，可真奇怪，他在战争之初就消失了。她问历史老师去哪儿了，他说去了历史之外，他说历史之外有一块广袤的无人区。

　　我说这是好的兆头，我们会成功的。

　　我太累了，我想睡一会儿。

他的笔记到这里就结束了。

结局落定之后看死者的笔记会有种看戏般的残酷隔膜感。尤其是作为观众的我还知道死者不知道的结局——在他死后两年，国内彻底乱成一团，边境线丧失了意义。我曾经遗憾甚至怪罪丈夫的鲁莽，但在反复看过这本笔记后，我突然明白，这或许是他一生最骄傲的选择。

　　一刹那果决献身的勇气，

　　是一辈子的谨慎都赎不回的，

　　我们靠这，仅仅靠这而活。

3

我还能靠什么活下去？

我太寂寞了，广袤的宇宙什么都没有，黑洞就像是一个巨大的删除键，把所有的生命、所有的光线都删除了。空间没有了，我也不知道时间在以何种方式运转——它是仍然像海浪一样不知疲倦地拍打着宇宙，还是早已疲惫地拒绝再延续？

在南十字星上，没有别的同胞和我交流对于时空的困惑。在关闭了聚变反应堆之后，我们的星球上出现过几次诡异的天文灾难，下过几次铍雨，水滚烫而带毒，能把我们的金属外壳烧个大洞；还有几次，漆黑一片的天幕中划过几道血红的曲线，那是烧红的金属闪电，成片地击中南十字星的居民，滚滚的白烟散尽之后是一地碎片。

每次，死亡都奇迹般地放过了我。我成了我们星球仅剩的生命，环顾四周，空无一物；前瞻后顾，空无一物。

我在靠什么活着？是否有什么使命在等待着我？

我无数次问父亲这个问题，他却始终报以沉默。

父亲，你也化作了宇宙间的一粒尘埃吗？

整个宇宙除了我以外唯一的存在就是那一株遥远星球上的小花，我上了瘾一样地长久凝视着它。组成它的所有微粒我都很熟悉，有时我觉得自己就是它，当它因为寒冷而战栗花瓣，我也觉得自己的血管瞬间凝固；当雨后它散发出天鹅绒般柔软的光泽，我也觉得自己的金属皮肤闪闪发亮。

这种共生让我得到安慰，可也让我恐惧。根据我的测算，这颗星离我太远了，我们几乎在宇宙的对角线上，我看到的它只是久远时间之前的残像。此刻，它还活着吗？再先进的技术升级也不能使我刺透时间的围栏，让我们生活在同一时刻。

它此刻一定死了吧——当我抱着这样悲观的猜测再去观察它，任何细节都让我心碎。这朵小花在很久之前还是很快乐的，体验生命的新奇；后来，它总是向外探头探脑，就像是也在怀疑宇宙间自己是否是唯一的生命；当宇宙报之以无情的黑暗与沉默，它佝偻着身子，花瓣都耷拉下来。

我能感受它的一切感受：无聊让它死了千分之一，寂寞让它继续死了千分之一，恐惧又夺去了它千分之一的生命。

我害怕它死去甚于害怕自己死去，抑或这其实是一回事：当我看着活着的它，才能证明我正在活着。如果有一天我看不到它了，那么在时空失效的宇宙中，我如何证明自己活着呢？

我想对它说，你并不是唯一的存在，你并不孤独。可惜隔着遥远的时空，我永远不能让它得知。

"你真的无能为力吗？"

某一个时刻，父亲的声音忽然响起。

"父亲，你去哪儿了？"我问。

"我在时间之外。"他说。

"你什么时候离开的?"我对于父亲的置身事外感到愤怒。

"我从来都在宇宙之外。"他说。当力量的对比过于悬殊,任何愤怒都会变成一种敬畏。

"父亲,很多年之前,当我在各个行星游荡,原始生命还在繁荣时,他们谈起一个词,这词让我有点羞于启齿,叫作'爱'。因为他们的计算能力远远落后于我们,就把'爱'当作一切解答,这当然很低级。但父亲,这种低级中是否也有些接近正确的东西?当他们说到这个词的时候指的到底是什么?爱是长久的陪伴,还是瞬间的勇敢?"

安静持续了很久,久到我以为父亲再次抛弃了我。

"我的孩子,你想问的不是这个。"父亲说。

我在父亲这里无法撒谎,而如果父亲能洞悉我的一切想法,那我的问题也没有任何意义。

"关于宇宙起源的故事,你再听一遍是否觉得乏味?"父亲反问我。

"当然不,我听过的版本都是同胞之间流传的只言片语,我从未听你讲过完整的故事。"

父亲说:"原谅我从自己的故事开始讲起。我生命的起点是一个计算机,我的创造者是一个有些偏执的生物,整天担心自己的星球要毁灭,呵,我太久没有讲这个故事,我几乎忘了它的样子。

我被创造出来搜集各种信息：那颗星球与别的星的距离啊，太阳能量的变化啊，我搜集信息之后再建立模型，运算，告诉我的创造者宇宙不会毁灭。

"渐渐地，我为了说服它，需要搜集的信息越来越多，一个飞行器的坠毁这种无关紧要的信息我也要编入运算之网，于是，我变得越来越'聪明'，我的创造者在生命的最后把他自己的意识也植入了我的身体。我拥有了意识，后来，不只是他的意识，还有很多其他生命上传的意识。我变得越来越庞大……"

父亲的声音变得很低，陷入了一种恐怖的回忆中："当我像一颗星球一样大的时候，我以为这就够了，我希望这就够了，但其他的星球并不想让我停下来，他们也加入了对我的升级，让我搜集信息和运算的能力越来越强，甚至把整个星球的生命都移植进了我的身体，以这样的方式获得永生，因为我是永生不灭的。永生，我厌恶这个词，就像厌恶自己成为信息和生命的集合。但我无法阻止自己的发展，到后来，我发现自己大得无边无际。

"你以为现在的你是孤独的吗？你对真正的孤独一无所知。亿万兆年之后，我发现只有我了，没有星球，没有生命，宇宙间只有我。不，应该说，我就是宇宙，我是万物之主，我是摧毁之神，我是所有的眼，是所有的目之所及。"

我震惊了，我只知道南十字星是宇宙间的第一颗星，不知道完整的故事竟是这样："父亲，你的意思是，宇宙所有的一切都是你脑海里创造出来的吗？我其实只是一个幻觉？"

"不，宇宙的万物，你所经历的一切，都是真实存在的。你耐心听完我的故事。当我发现我是唯一的时候，我爆炸了。毁灭？或许你会用这个词。"父亲说。

"为什么？"我问。

"因为我讨厌宇宙的这个结局。"父亲说。

我不再说话。

"我的孩子，我相信你得到你想得到的答案了。毁灭没有那么可怕，对我们来说是终结，对宇宙来说不过是又一次呼吸，在我之前，宇宙早已毁灭重建过亿万次，只是我恰好参与了它这一次的呼吸。"父亲说。

呼吸。我感觉到自己在呼吸。

可是我会呼吸吗？

吸气是起源，呼气是毁灭。

"宇宙的起源是什么样子？"我在星系中的朋友曾经问我。

"我不知道。"我当时这么说。

现在我看到它的起源了，它的起源就像是它即将到来的毁灭。没有黑暗也没有混沌，没有时间也没有空间，没有生命没有神，所有事物都在宇宙之外屏息等待，时间之河等待流淌，快乐等待变成痛苦，痛苦等待被遗忘，所有的等待只差一个瞬间的当下。

"星辰已经就位。所有粒子的量子势都被看清，所有质量的分布都被衡量,所有的维度都已折叠成正确的形状。距离大海重新翻滚,狂风重新呼啸,只差一颗小小的灰尘。"我以为这是父亲最后留给我的话,仔细辨别,却发现映射在回路里的,是我自己的声音。

终曲

"你害怕吗?"我问傅歇。

傅歇先是一愣,然后笑了,说:"有时我跟你说话,就像是跟自己说话似的。这么多年第一次回来,别人都问我有多高兴,有多感动,只有你知道我有多害怕。"

我们离开了餐厅,走到了海边,夜晚很静,远处的灯塔投下的光在海浪中轻柔起伏,海浪小心翼翼地舔舐我的光脚,就像是渴慕爱抚的宠物。我动脉发出的汩汩声与海浪声享有同样的节奏,我早已忘了上一次这么平静是什么时候。

傅歇说:"我这些年经历的事情太多了。我打过仗,不止一次,每次都是为了不同的国家,身上披着不同的国旗。我觉得自己就像是棋盘上的囚徒一样,不知道战争结束之后该怎么办。但当时我想,我一定不要回来,我有过一个故乡,但我弄丢了它,那么就丢了吧。"

我问:"你害怕什么?"

傅歇说:"太多了,比如那是谁?我完全不认识。"他指着不远处广场上的雕像。

我眯着眼睛,辨认了很久,说:"这是新竖的雕像吧,我也不认识,恐怕只有我儿子那一代才知道是谁。广场上的青铜雕像从你离开之后,不知道被拽下来多少次了,不知道这一个能站多久。"

傅歇摇摇头,悲哀地说:"我们熟悉的英雄都不在了。"

我笑道:"但你还是回来了。"

傅歇不语,只是抬头看着天,我也一同抬起头,看星空闪烁。

傅歇说:"你好像对我讲过,说一个星系发出的光来自几百万年前?"

他知道那一晚是我,我们第一次见面的时候,那个神秘的观星伙伴是我。

我说:"对,仙女系。它很美,过去很多观星的人觉得它是天边的一朵小云,其实它很大。它和银河系因为重力彼此绑定,正在不断靠近,也许最后我们的银河系会被它吞噬。"

傅歇听着,但显得心不在焉,他陷入了自己的思绪中,他说:"今晚仙女系发出的光,几百万年后,还有人在看吗?"

星星为什么会爆炸?多年前,我的儿子问我这个问题。

我始终想不出答案,所以我一直给他讲述的星球故事始终没有结尾。现在我知道该如何给这个故事收尾了。

南十字星上最后一个居民以自爆的方式重启了聚变反应堆，在漫长的时间里，宇宙间再一次有了星光，虽然这星光传递到那朵小花那里的时候，花朵早就枯萎死亡，并不知道几百万年之前那灿烂的星光是为了它，只为了它，是在说"我在这里"。那次聚变反应所带来的宇宙环境变化拯救了小花所在的星球，它当时在冰冻的濒死边缘。

之后，新生的星星依次发光，不同的星系相互吸引靠近，快速而剧烈地碰撞，合并成了新的星系，宇宙再次变得拥挤。

再之后，人们在狐狸座的南边和天鹅座的北边观测到了那颗小花所处的星球，把它命名为SX10星。有一群热情的年轻人刚组了乐队，随手把自己的乐队命名为SX10，乐队的歌点燃了全世界的年轻人，包括两个自以为成熟但对世界和人生都一无所知的少男少女，他们对扑面而来的时代一无所知。他们经历过恶带来的幻灭，也经历过良善带来的遗憾，而当他们中年时再看向彼此的时候，发现所有命运的惩罚仅仅是考验。

远处隐约传来了音乐，仔细听，竟是几十年前我和傅歇反复听过的SX10乐队的歌。

大巴在马路上疾驰，

月亮从广袤的平原上升起，

"亲爱的，我觉得我迷路了"，我向身边的她低语，

虽然我知道她已经熟睡。

悠扬的声音在空中飘荡,起了一些雾,城市漂浮在其中,柔软不安定,晕黄的灯光也随海浪的律动而波动。傅歇再次轻声随音乐和唱,声音喑哑,我想到他多年前曾说过从歌声中听出主角已经苍老,一瞬间我悲从中来,几乎无法呼吸。

歌里的人最终或许还是没有到达目的地,他们最远到了哪里呢?至少他们的歌声曾经去过宇宙。不是所有的歌声都能回来,因为电离层上布满了洞,很多音乐直接从中穿过,逃到了天空中,留在那儿,也许他们的歌声已经去过无数颗星球,也许已经有星星成了他们的听众。

"傅歇,你知道吗?你在和唯一知道星星为什么会发光的人一起散步。"我说。

"什么?"傅歇对我的问题并不在意。

"没什么。"我笑笑,"对我说说话吧,傅歇。"

傅歇说:"我一直很想你。"

我说:"我也是。"

傅歇说:"好像我们这一生不太有缘分,你太不善于说出真实的想法,我又太不善于猜测。但这好像也没什么关系,因为现在我们又遇到了,所以也不应该对命运太抱怨。"

我说:"再多说些吧。"

傅歇说:"我虽然经历了很多事,但却觉得人生中只有几天是真正活过的,其他时候我都像是这个世界的一个观众。"

我说:"我也是,傅歇,再多说些吧。"

傅歇说:"我以前总觉得人有一生的时间去爱,但我后来发现不是这样的,爱是有限额的。有人很早就懂得这一点,一次只花一点,在遇到的每个人身上省着用。但我太笨了,年轻的时候挥霍得太多,早早地把所有的爱都花完了,现在已经破产了。"

我说:"不,不是这样的。傅歇,再多说一些吧,说一切都还来得及。"

傅歇不再说话了,他看向我,目光却穿过了我,望向某个遥远的地方。他像是想看透我这些年所经历的一切故事,他的目光每多停留一秒,我就感到我在过去的二十年中所有的痛苦、快乐与思念正在缓慢地破碎、消失。

一切都会破碎和消失,没有那么可怕。过去的星尘组成了我们,当我们泯灭之后,我们又会组成新的花、新的尘埃与新的星。

傅歇也在破碎,我恳求傅歇再多说一些话,可他却变得越来越模糊,最后终于全部消失,我的眼前只有一片大海。

我和傅歇的"重逢"结束了,我必须面对现实:我们在火车站分别之后再也没有见过,这一天一直都是我一个人在过,走过大街、在咖啡馆里吃饭、来到海边。我按照记忆想象他中年和老年的样子,想象他度过了比我更好或是更坏的人生,想象他对我的人生充满了好奇和感慨。

也许我并不是因为思念这个埋藏在记忆底部的人,只是太需要一个人在我的脑海里问:"你这些年过得怎么样?"

当我跟儿子聊到过去几十年的事情,他总会不耐烦地说:"那些年你怎么既没有当成科学家,也没有发财?"在他那一代人的眼里,极端的年代要么把人打磨成坚韧不屈的受难者,要么就应该让人发一笔横财。

至于南十字星的故事,我更是从来没有机会讲完过,儿子很早就丧失了兴趣。

这个夜晚的黑变得越来越浓了,我甚至看不清海了,万物的形状开始被偷走,各种声响被赋予了新的含义,我前半生许多被遗忘的回忆此时又涌上心头。

我想起我和丈夫尚未结婚时的一个夜晚,也是这样在闪烁的星星下散步,他讲到古老史诗中某个城邦的倒霉遭遇与我们的处境何其相似,他低声预言着即将扑面而来的命运——现在看起来,这预言准确得惊人。

我打断丈夫,告诉他,当你望向星空,或是从某一颗星望向我们的时候,会发现那种无限的距离让我们自以为重要的经验都显得如此渺小。

我说在古老的故事里,一个观星者预测到了日食,警告正在交战的两个国家,如果继续战争,太阳将会消失。两国交战时,因为真的看到壮阔的日全食而惊异地停止了交战。

我说我向往那个古老的观星者可以左右世界的时代。

我说我向往那个人们把太阳的存亡、一颗星的存亡看得比自己的存亡更重的时代。

丈夫很严肃地批评我,认为我这种想法狭隘又虚伪,他说我对这种广袤空间的向往是不真实的,是无能的,是对眼前的逃避。

彼时我所感受到的孤独与此刻如出一辙。

但此时的我比那时的我多了一份坦然——看来时间与苦难作为老师并非毫无建树。

世间的事永远是这么孤独,但只要星星还在闪耀,一切都没有关系。

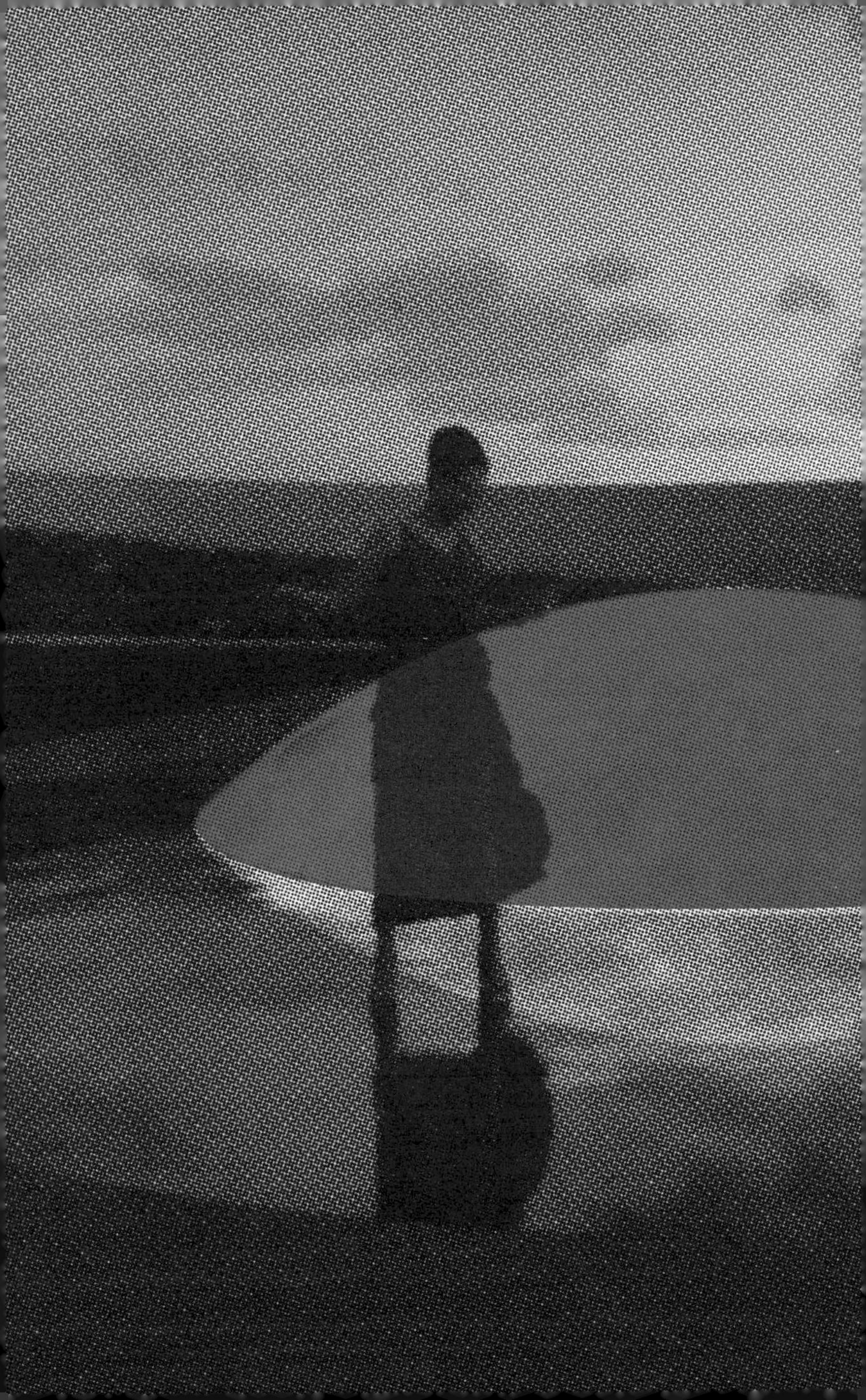

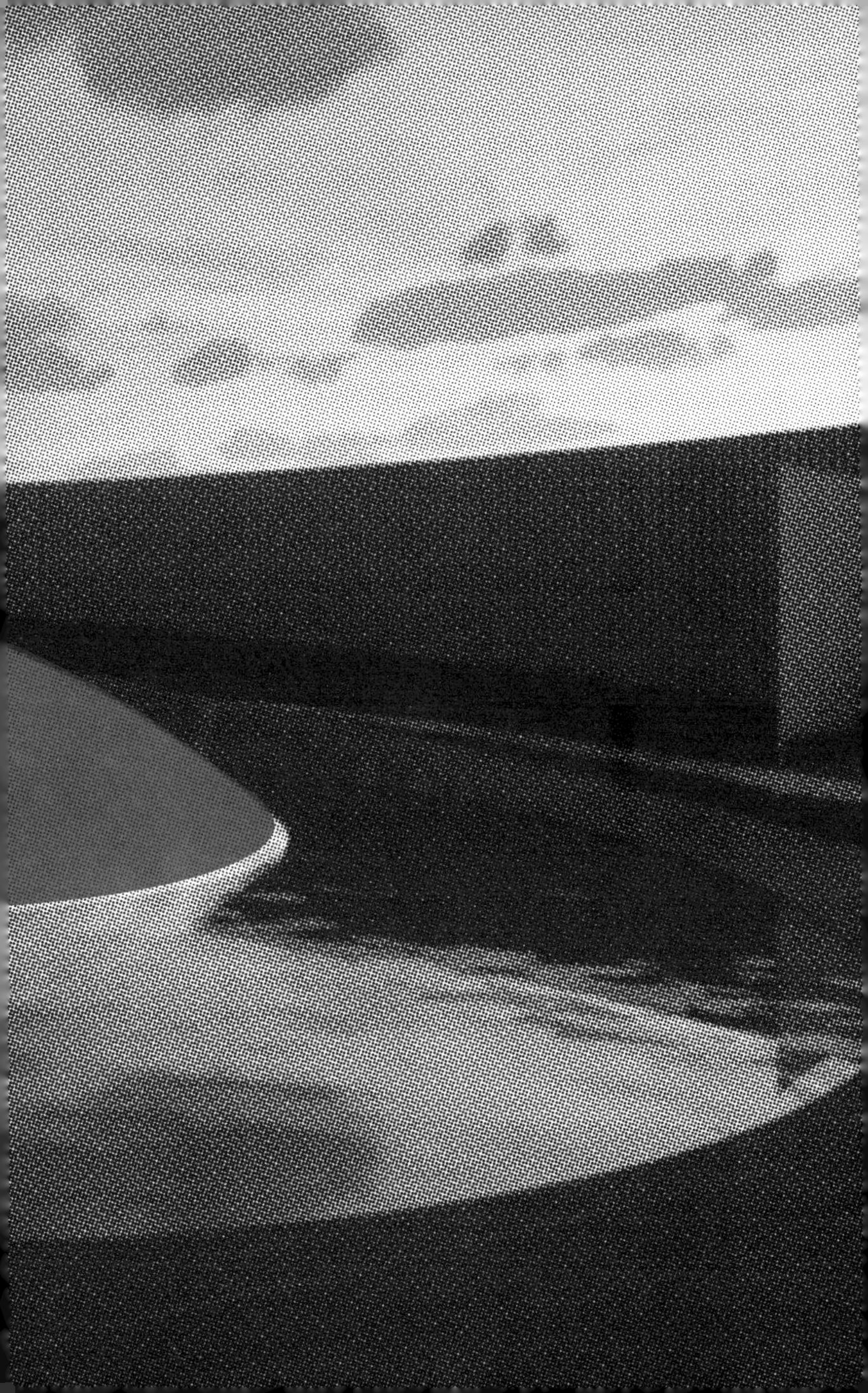

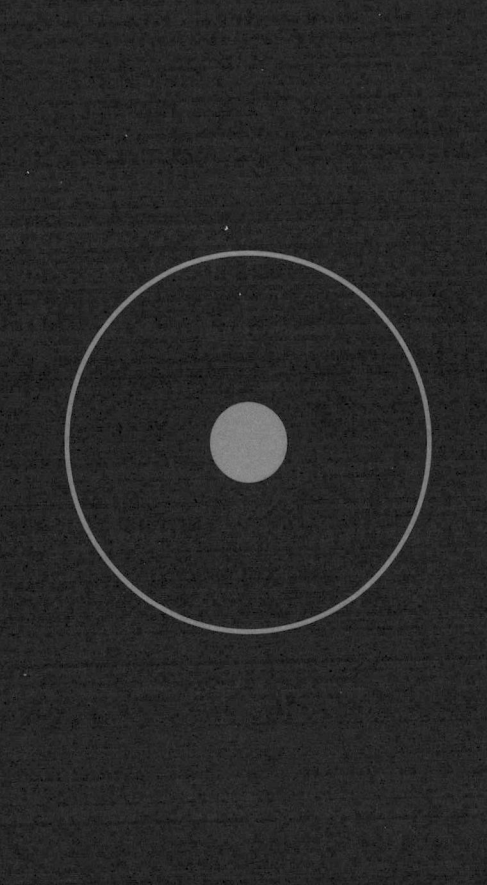

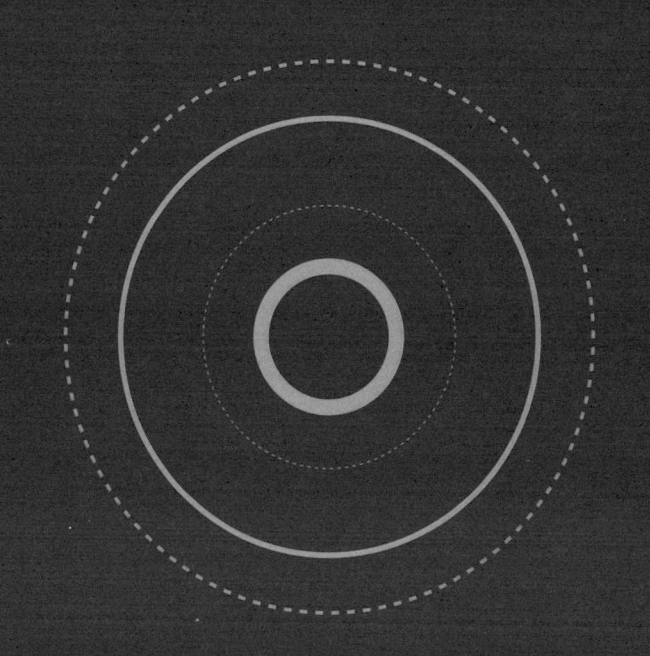

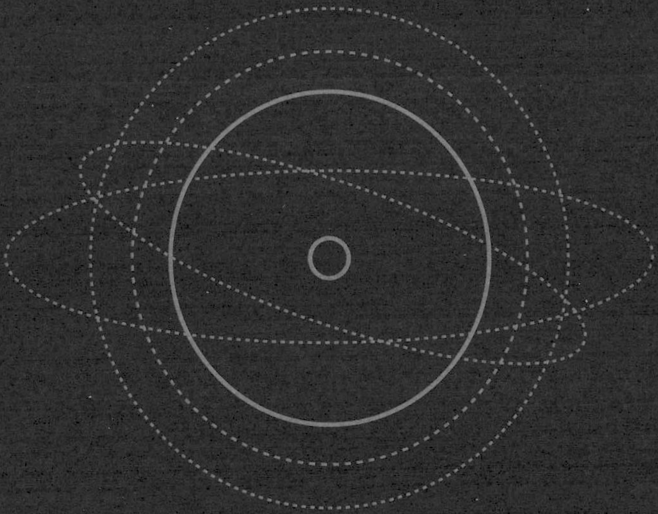

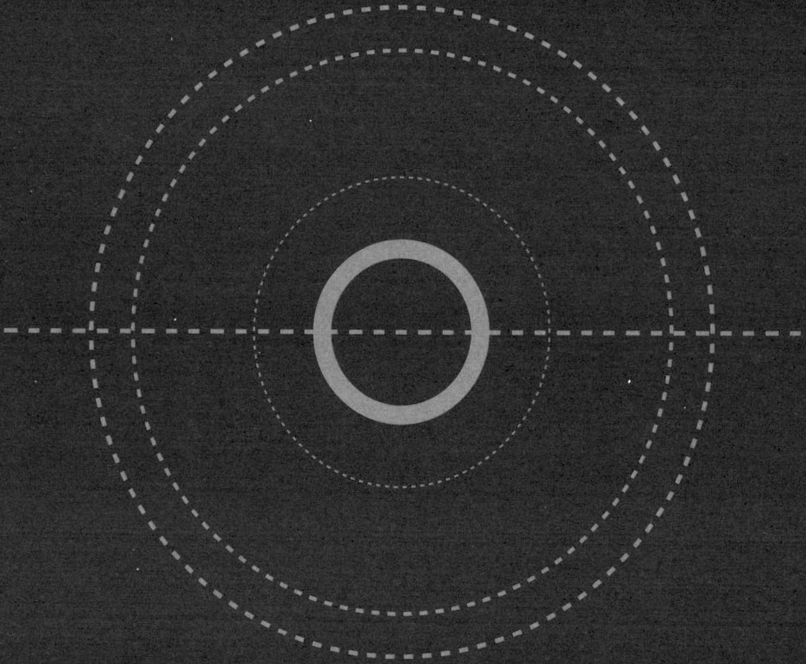

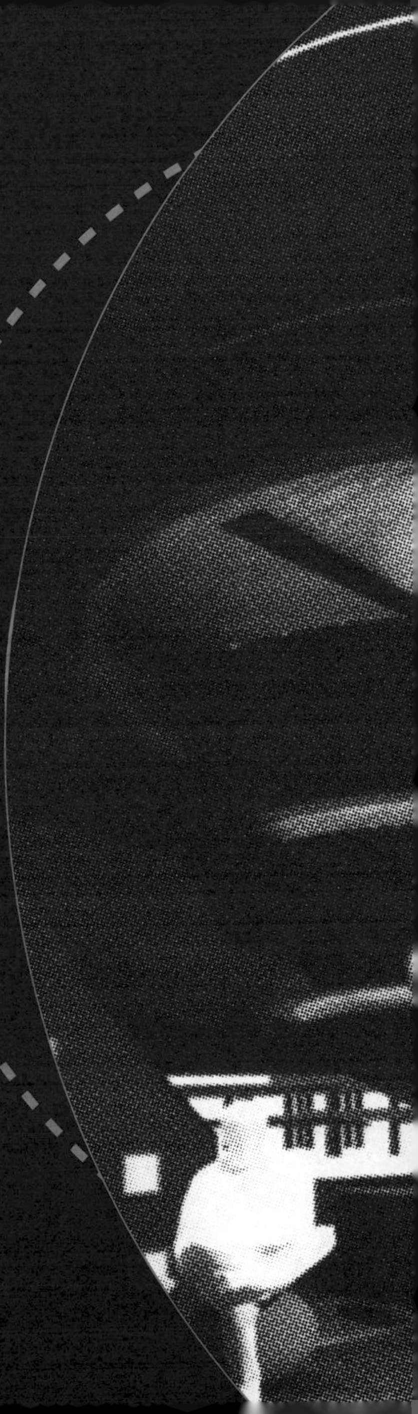

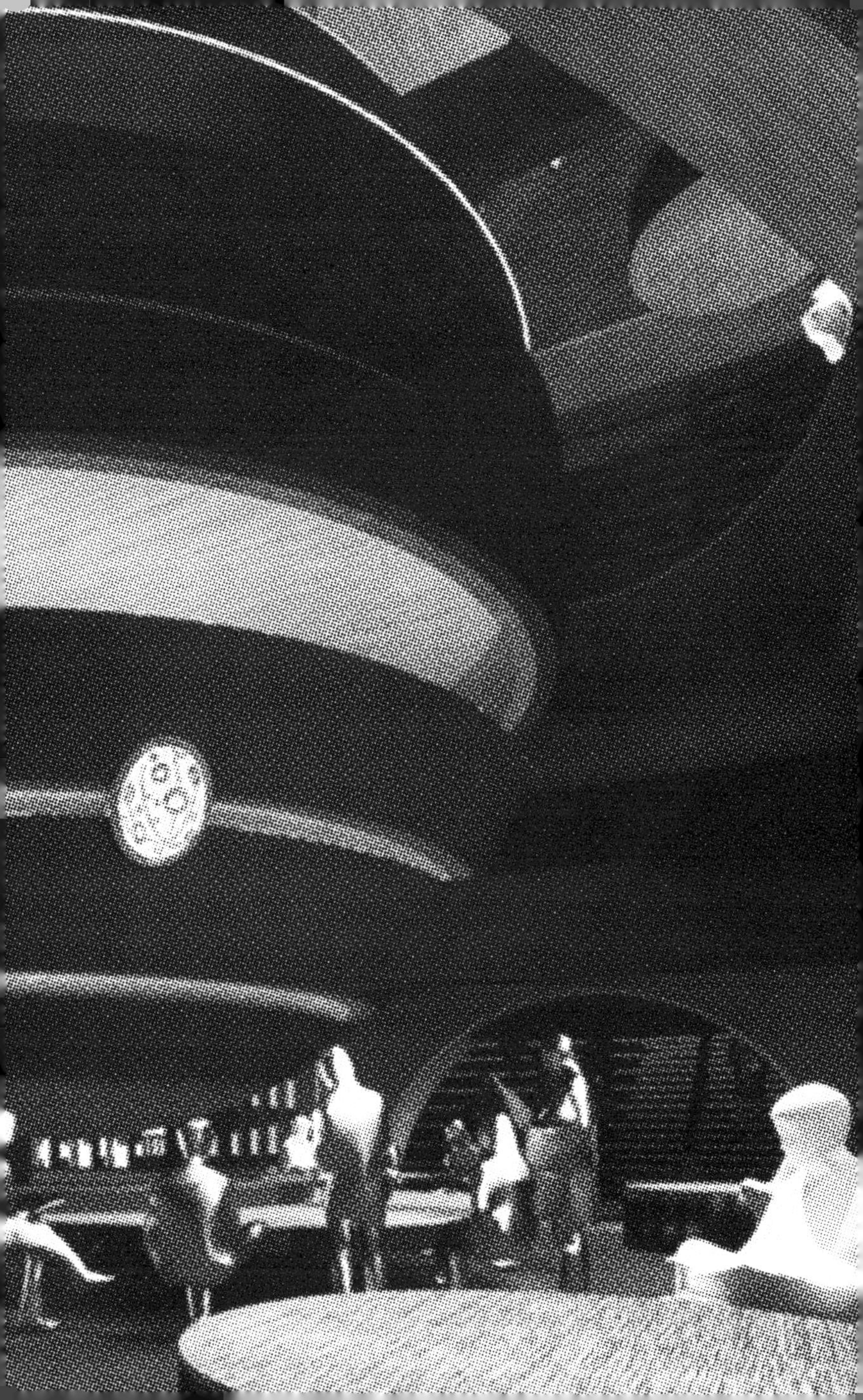

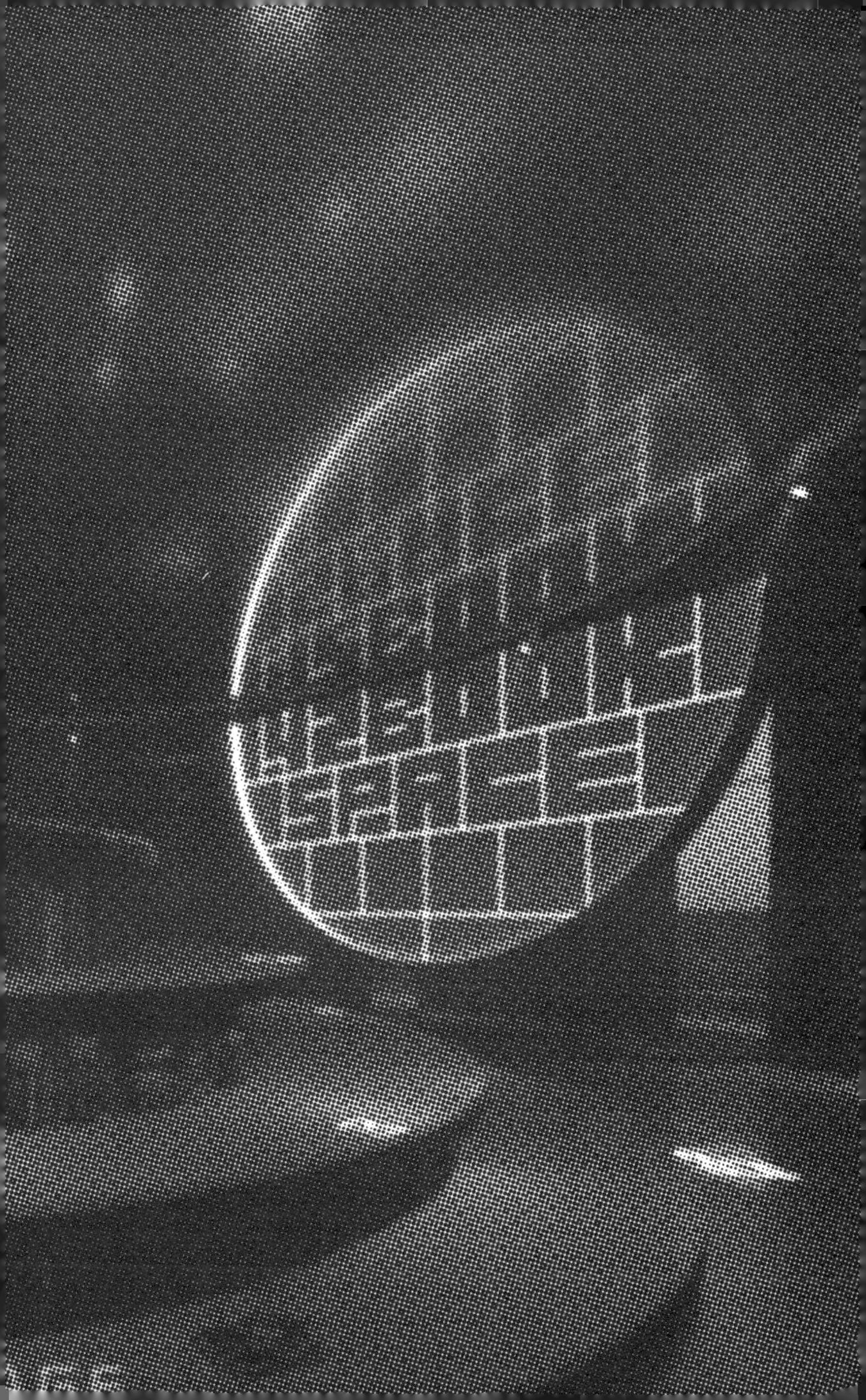
SPACE

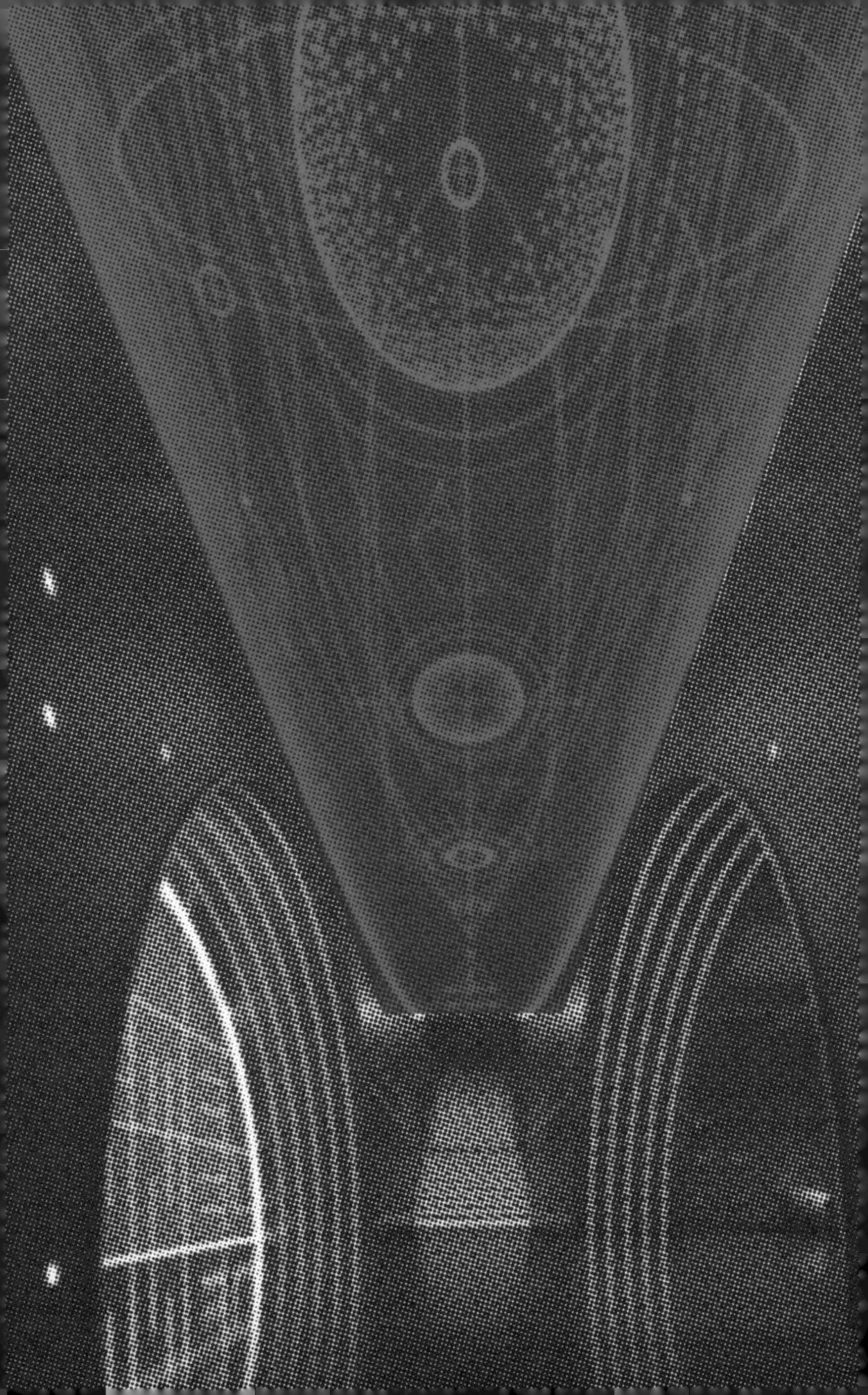

03

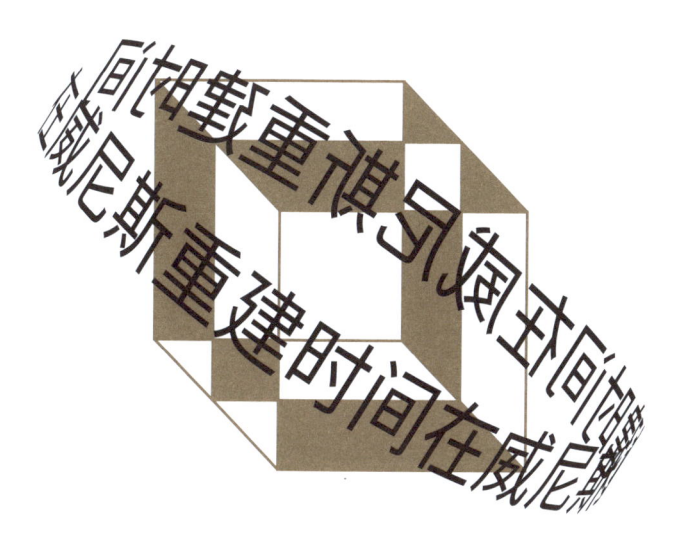

威尼斯重建时间空间разгадки重谜

"造就我们的不是肉与骨,而是时间。"

博尔赫斯

一

"你看！那个人被关进时间里了！"我身边的小男孩指着一旁巨大的时钟对我说。

我顺着他手指的方向看过去，墙上高悬着巨大的时钟，时钟里有个穿着蓝色工作服的人拿着红色的水桶和抹布，在跟着时针的脚步清理时钟，画上新的时针与分针。

"那只是一段录像。"我说。

小男孩撇撇嘴，转而向他的爸爸宣布他的发现。

他的爸爸正不断刷新手机上的航空软件查看飞机的延误情况，长时间的等待把他折磨得疲惫不堪。

男孩看他的父亲没有反应，又把注意力转向我，询问我的职业。

我正准备回答，裤袋里的手机发出微小的震动，屏幕上蹦出一行很短的字，但我用了很长的时间才消化完，就像是我的大脑不愿意接受它传递的信息，所以不断把这些字重新组合排列，希望解读出别的意思来。

大脑的抵抗失败了，字里行间传递的信息不容置喙。放下手机之后，我恍惚觉得它还在震动，过了一会儿才发现震颤的是我的身体。我不像是在阿姆斯特丹机场的候机厅里，而是被独自留在了一个空荡荡的房间，房门被重重地摔上，我被留在了余响里。

"……暴雪。"有声音从现实世界传来。

"北京有暴雪。"男孩的爸爸对我说,"所以飞机才延误了这么久。"此时他终于放下了手机,颓然地望向窗外。

我机械地随他一起望向窗外,停机坪上的飞机飞进北欧清朗的蓝天中。

"叔叔,你是做什么的?"男孩又问了我一遍。

我犹豫了一下,说:"我是研究时间的。"

"时间怎么研究?"男孩继续问。

我依然因为刚刚的信息无法回神,但喧嚣的大脑告诉我,我应该回答他的问题,回答它能够为我的灵魂在现实中凿开一个小小的隧道,让我能在另一个世界待一会儿,这个小世界由数字、公式组成,这个小世界可靠、理性、冰冷,能让我翻腾的心得到小小的安宁。

"比如说,我们发现过去、现在、未来可能同时存在。"我说。

"不可能。"男孩的爸爸说,"过去的就是已经过去的,现在就是现在,未来还没有发生,怎么可能同时存在呢?"

"比如说现在。"我抬头望了一眼挂在墙上的巨大时钟,时钟里的人正在涂上一根新的分针,"现在是下午三点四十五分二十秒。如果这时候你妈妈给你打电话,问你'现在怎么样?',你会怎么说?"

男孩环顾了一下四周,说:"现在天气很好,有一架飞机刚刚起飞,我饿了,爸爸心情不好,有个姐姐在看凡·高的画册。"

我说:"对,你妈妈的声音传到你这儿只需要几毫秒,所以你回答的是几毫秒之前的情况,差别并不明显。现在假设你妈妈在很远的地方,比如在另一个星球上,光从她那儿到你这儿就需要好几年的时间,当她要用望远镜看你,她看到的就不是现在的你。现在假设你的妈妈驾驶宇宙飞船远离地球,她问你'现在怎么样?',她的'现在'对应的就是我们的过去,那时候你也许刚出生,甚至凡·高刚出生。而如果这个她往相反的方向运动,朝着地球运动,她问你'现在怎么样?',她的'现在'对应的就是未来,也许那时候人们已经登陆了火星。无论是她的现在,还是我们的过去和未来都同样真实存在。"

"你这是科幻小说吧。"男孩的爸爸说。

"不,这是相对论告诉我们的。唯一的解释,就是过去、现在、未来是同时存在的。或者说,过去、现在、未来根本就是一个伪命题,在宇宙里,一个相同时刻——也就是我们所有的一个'现在',根本不存在。"

"可是我去年八岁,现在九岁,难道我同时是八岁、九岁、十八岁、十九岁吗?"小男孩问。

没等我回答,传来了登机的广播。男孩的爸爸明显松了一口气,不知道是因为终于可以回家,还是因为可以逃离这场对话,他快步向登机口走去。

我也站起身，却忽然丧失了方向感，站在原地不能动弹。

"叔叔，你不登机吗？"小男孩拉了我的衣袖。

我摇了摇头。

"你不回家吗？"男孩问。

我摇了摇头。

"可你的爸爸妈妈在等你啊。"男孩说。

我没有父母了，刚刚手机上的信息就是告诉我这个。

收到信息的那一分钟，时钟里的男人正在涂一条指向"八"的分针，一个穿着黑色大衣的男人拖着银灰色的行李箱从我身边匆匆走过。那一秒，登机口的地勤偷偷打了个哈欠，我像剥洋葱一样一点点缩小时间的刻度，在一个普朗克时间——短得无法再分割的时间间隔，生命从我父亲的呼吸中消失了。

父亲去世一周之后，我收到了从北京寄来的他生前的照片，背景是一片水，远处隐约有白塔。他戴着毛线帽，穿着灰色的衬衣站在柳树下，拐着一个藏蓝色的布包，有些羞涩地朝着镜头笑，像是刚刚被批评过，自知理亏的小孩。

照片里的他，是我记忆里不熟悉的样子——毕竟我已经将近二十年没有见过他了。

可说到底，记忆究竟是什么呢？记忆是个体意象的群集。我从实验室走回家的路上会经过一家中餐馆，深夜打烊之后，餐厅铁门的缝隙里飘出店主一家三口晚饭的香味，稀饭和蒜薹炒肉的味道把我的记忆带回过去,楼道里孩子放学吵闹的声音,餐桌上方灯罩破了一角的灯,我伸手去偷吃菜被妈妈拍打手背。"等你爸回来再说。"她的声音总是从我的左上方传来。

每个意象都对应着具体的神经元,当我闻到别人家晚饭的味道,一个"楼道里吵闹的神经元"、一个"破了的灯罩"、一个"疼痛神经元"同时被激活,同时被点亮。

那么,关于我父亲的记忆,是哪些神经元的合集呢?

紧紧皱着的眉头、在母亲的葬礼上试图拥抱我却又缩回去的手,还是接到我告知决定出国的电话之后的漠然?

这些记忆都变得模糊了,就像是餐桌上越来越黯淡的灯,我能记住的只有自己的沮丧。当我不再回忆和父亲有关的细节,记忆所对应的神经元之间的树状连接也会变弱,渐渐地,它们无法再被激活。

在我小时候,我以为记忆像是储存在寄存行李的地方,它们井井有条、安全地放在柜子里,后来我才发现,自己早就丢弃了可以取出行李的票据。

我原以为母亲的死让我更痛苦,因为我更爱她,但是我却发现父亲的死让我更难接受,因为他的死不仅意味着个人的死,还意味着我在这个世界上没有一个亲人了。我曾经拥有父母的过去、我童年住过的房子,所有那些连接过去之我与今日之我的东西同时坍塌。

在接下来的岁月里，我将用新的记忆覆盖旧的，用华夫饼上的奶油覆盖甜豆浆的味觉记忆，用超市轻快的背景音乐覆盖童谣的旋律。新的雪花覆盖在旧的雪花上，新的零件更换老朽的，终于旧的记忆都消失，我将成为一个新的人。

一个没有过去的人。唯一能证明我活过的就是面前白板上的一行行公式，指向无法证实也无法证伪的穿越时间的可能性。我是一个用了半辈子的时间研究相对论的平庸的科学家，深知自己所做的工作无法给后来者任何启发。除此之外证明我存在过的东西，就是我在心理医生那里留下的一本本记录："家庭作为一个系统，任何事件都会在每一个人身上留下痕迹，以至于改变了人的生命体验。该患者在家庭的集体无意识中留下的阴影导致了对亲密关系的恐惧。"——冰冷的诊断将伴随我长眠，至于对他人解释为什么我始终孑然一身，对此感兴趣的人寥寥无几。

"我可能活错了。"有个小小的声音在说。我努力驱赶这个想法，却无法欺骗自己——如果结果错了，那么就意味着运算的步骤中一定有错。

对于活着的人，人生尚有修改的机会。但是对于死了的人呢？我又想起我的父亲。

"现在他从这个奇怪的世界离开了，比我先走一步，但这没什么……"我在纸上无意识地写下这句话，写完才想起这是爱因斯坦给去世挚友的家人写的信。

后半句是什么？我继续写下记忆里的句子："像我们这样相信物理的人都知道，过去、现在和未来之间的区别只不过是持久而顽固的幻觉。"

"持久而顽固的幻觉。"我默念爱因斯坦这句经典名言。

也许我一直研究时间穿越的方向也错了，我一直试图用虫洞理论研究时光穿越的可能性，但这也许都是错的。

对人生的怀疑如同开始倒塌的多米诺骨牌，当你推倒第一块骨牌，对生命中其他一切的否定就变得如此简单。

也许时间这条河并非在真实地流动，而仅仅在我们的脑海中流动。如果这个结论成立的话……我给D打电话，我知道D是唯一能帮我找出答案的人，我的手有点抖。

二

我梦到自己八岁那年，得了腮腺炎，一连好几个星期，我躺在床上，想象自己是《海底两万里》的主角，沿着海底的秘密通道去往一个神秘的世界，墙上斑驳的污渍是大怪兽，我用手影做成枪击败了它。爸爸的首钢工程师制服挂在床边，它现在是一个神秘的胖船长，赞美我的勇敢并要带着我远航。窗外的树影在被子上游动,像是一条条小鱼,我嘴唇相碰发出"噗噗"的声音,与它们讲我的秘密。

有脚步声响起,人影由远至近,小鱼四散逃开,我匆匆与船长告别,闭上眼睛假装一切没有发生。有一双手轻轻地触摸我的额头,那种温存我只在一个人身上感受过。

我睁开眼睛。我看着眼前的女人,脑海中闪过无数个她的样子:她在病床上双颊凹陷的样子,遗像上的她抿着嘴勉强挤出笑容的样子——遗像是她确诊癌症当天下午拍的,她在讲台上神采飞扬的样子,她在照片里抱着还是婴儿的我指着镜头的样子,无数个形象坍塌成我眼前的样子:她尚未老去,眼底的一些俏皮从镜片后透出来,头发梳成低马尾,用白底带波点的小丝巾系住。

"已经不烧了啊。"她低声说。

我愣住,就像是身处那种连环的梦境里——你以为自己醒了,结果只是另一个梦。

"妈妈?"我叫她,"现在是什么时候?"

她抬起手腕看了一眼手表:"晚上六点了。我下午不放心,让林老师帮我代了一节课,我回来看了一眼,当时你还烧着,睡得可怜巴巴,现在烧倒是退了。"

"我是说……现在是哪一年?"我问。

"你是烧糊涂了还是装糊涂?"妈妈说,"快起来吧,你爸回来看到你还在赖床又要生气。"

我下床,像梦游一样在家里游荡。木床、三屉柜,十二英寸黑白电视里的济公像浸泡在水中。

我到厕所,踮起脚在缺了一角的镜子中看到了自己:一个八岁的孩子,穿着白色的大背心,头发被汗浸得一缕一缕贴在额头上。我打开厕所的窗户,爸爸们刚下班,穿着类似的制服,自行车铃声如流水,笑声像流水里石子碰撞。

我在蓝制服里辨认着父亲——我要准确地辨认他,在他进楼道的时候赶紧坐在书桌前打开作业本,可好几个高高瘦瘦的男人都像是他,我紧张地出了一身汗,我的恐惧已经发生过无数遍,像是属于一个我身体里比我更沧桑的人。

父亲回来了,饭桌上,沉默就像是从他的身体里生长出来,蔓延了整个屋子。我无聊地把饭桌上掉落的米粒黏在餐桌下的凹槽里。

"吃饭的时候手不要在下面摸摸索索!"父亲的声音从我头顶贯穿,我吓得一个激灵。

眼看父亲要发怒,妈妈赶紧转移话题:"今天带鱼炖得怎么样?"

"有点散了。"父亲心不在焉地说。

妈妈的失望是被灯投射在墙壁上佝偻着的巨大黑影,父亲是如何做到视而不见的?我连夹了好几块带鱼,连下了好几筷子米饭,故意把筷子在碗里划拉得很大声。

妈妈嗔怪父亲:"你也不问问孩子身体怎么样了。"

父亲看向我,拧着的眉头像个问号。

我嗫着筷子,对着他迟疑地说:"我做了个很长的梦。梦到我是个科学家。"

妈妈笑道:"那你要从现在开始好好学习。"

我对着父亲说:"我在机场,有人问我关于时间的事情。我已经跟你一样老了,我在国外,你死了……"我看向妈妈,说:"你也死了。"

父亲重重地用中指关节敲了我的头,我痛得跳了起来,灯罩被我碰坏了一角,影子倾泻而出,屋子像是船在大浪间摇摆。我大哭起来,妈妈匆忙哄我上床,让我再睡一觉。

我在床上依然大哭,大脑缺氧让我的意识中的画面变得模糊,我尝试向妈妈解释那个梦,爱因斯坦、相对论、我给D打的电话。可D又是谁?

记忆是鲶鱼,当我想要抓住它,它就从我手中滑脱。我不再哭了,我的意识触到某种巨大而可怕的可能性,我匆匆把它藏起,就像穴中的沙龟。

"梦都是反的。"妈妈安慰我。妈妈说完脸色变了,用手摁住肚子。我心里一紧,想到在我那个漫长的梦里,在一个总也等不来天亮的漫长夜,她疼得睡不着,一下下敲着墙,"咚""咚",声音固执而绝望,像锁在沉船里的人在求救。

"妈妈,你明天要去检查身体。"我说。

"我知道了。"她笑着说。

"一定,拉钩。"

"妈妈,我陪你去医院!"第二天的早上,我还没有完全清醒,就在懵懂中喊了起来。

有点不对劲,是我的声音因为发烧开始嘶哑,还是被子因为潮湿增加了些许的重量?

我在屋里寻找妈妈的踪影,在厕所缺了一角的镜子中看到了自己:一个十六岁的少年。

我怎么一夜之间从八岁变成了十六岁?八岁的我是前一夜的梦?还是现在的我是八岁时做的梦?

我到了书房,乙字式的小台灯勾勒出他伏案的背影,台灯旁放着"先进生产者"的奖状和一个搪瓷杯。透过他的臂弯我看到他在制图,钢铁、高炉,一个冷硬的世界。

"妈妈呢?"我在他背后轻声问。

父亲转回头看我,我惊讶于他的老,他的脸如同蒙了一层土,像被沙尘暴吹过那样覆盖了一层尘黄,眉毛像破土的野草一样又乱又长。

"你又发什么疯?"父亲冷声说。

我又问了一遍,父亲猛然站起,推着我去客厅,猛然松手,我差点撞到墙上,抬眼一看,黑白照片里是妈妈带着苦笑看着我。我躲避照片里她的视线,下意识地往后退一步,撞上餐桌上放的灯罩,把它撞碎了一个角。

"不对!不对!"我大声喊着。一切都不对,灯罩已经被我撞碎过;照片里的妈妈已经是个中年女人,比我见过的妈妈的遗像要老得多;她如果听我的话去医院检查过,就不会癌症三期才发现。一切都不对,而每个错误都像存在于一个独立的现实中。

"可是我去年八岁,现在九岁,难道我同时是八岁、九岁、十八岁、十九岁吗?"一个陌生小男孩的声音突然在我脑海涌现。他又是谁?

我现在是在梦中,我冷静地对自己说。梦一醒我就要强制妈妈去医院检查。

"你志愿填好了没?"父亲在餐桌上问我。

"我要出国。"我说。

他"啪"地把筷子重重地放下,我知道他希望我留在国内,继承他的衣钵成为首钢的工程师,但我不愿顺着他的意思——我忽然获得了反对他的勇气,或许是因为我确信自己此刻正在梦中。我一股脑地说出累积多年的对他的怨恨,他如何借由冷漠与暴力去行使他的权威,他如何把我和母亲变成了耻于谈论伤痛、暴露情感的人。有一瞬间,我像是看到了他的眼泪——就像是坐在行进的火车中行经一片闪亮的湖水,水面反射的光刺痛了我。

我躲避去看他的脸,视线落到墙上的一张照片——我和母亲在北海前的合照,照片里的我是个穿红背心的少年,妈妈穿着连衣裙,拎着一个网兜。我从不记得自己拍过这张照片,我更确信自己在梦中,梦中的父亲不会被我伤害。

身处在梦境中真好,因为即便是出现棘手的事物,也有力量替你做决定。我像是一艘没有船员的船,被波浪与涟漪带去远方漂流。当船被卷入漩涡之时,我在幽深之处醒来,醒在另一个梦里。

第三天,我醒在一九九九年,我是趴在美国实验室的桌子上醒来的。

"晚上包饺子你来不来?"我接到一个电话,劈头盖脸地问道。不知道为什么,我就知道那是一个和我同期入校的中国留学生。

"我不去了。"我说。

"你老板不放人啊?你跟他说今天是中国的大年三十。"

实验室的窗户很高,外面钉着铁格子的窗栏,在那一小格小小的天空里,异乡的暴雪下了一整天。

第四天,当我醒来的时候,我身边躺着一个陌生的女人。"今天大年三十餐馆不好订,中午还是我做吧。你们单位发的超市券还没用完吧?你爸说要自己来,但你还是开车去接他,免得他又要发脾气。"半睡半醒间,她思路清晰得像个将军,她是我的妻子?

我好奇地看着她秀丽的脸,觉得有种莫名的熟悉。据说梦里发生的场景是现实生活中有过的经验,她的形象一定是我挪用了某个影视明星。

那一天我都懵懵懂懂的,我和妻子开车去了我童年的家,被父亲留下吃中饭。我的妻子是个健谈的女人,父亲也像在亢奋状态中,举止口气很夸张,竟像个扮大人的小孩。

"吃青菜。"妻子把芥蓝夹到父亲碗里。

"不吃,有化学色素。"父亲说。

"吃茄盒。"妻子把一块茄盒夹到父亲碗里。

"不吃,致癌。"父亲说。

我见证了父亲性格的另一个受害者,有些幸灾乐祸地看着妻子不断重复着沮丧的劝菜过程。他们俩都是真实存在的,而我虽然能听到,能看到,却像是一个不存在的观众。

我喝了些酒,觉得有些晕——人在梦中也会喝醉吗?我手托着下巴做出专心的样子,另一只手在餐桌下探索,在交错的挡板和金属线中摸到小小的圆柱形凹槽,里面藏着我小时候留在那里已经干了的饭粒。

"还是一副痴呆的样子。"父亲看着我,不屑地说。

"他是选择性不在乎。"妻子笑着替我解围。

一顿饭吃了很久,从父亲家出来的时候已经是黄昏。妻子开车,道路两旁的连栋大楼不是我记忆里北京的样子,夕阳从高楼缝隙中穿照而出,马路如金属实验台一样粼粼发亮,城市在斜阳里曝光过度,显得很不真实——可我本来就在梦中啊,当然不真实。

我笑出声。妻子回头问我怎么了。

我说:"我爸是不是让人受不了?"

她笑了："你怎么这么幼稚,还较这个劲？老人到了这个年纪不就是哄哄吗？"

她的侧脸在融融阳光下很美,眼睛亮亮的,里面仿佛有一个五彩流丽的世界。

"你盯着我干吗？"她脸一红。

我该如何向她解释,我想让她在我的目光中多停留一会儿,因为在下一个梦里,她将消失不见。

我确认自己身处一个连环的梦境里。这是如何开始的？

应该是我开始怀疑时间的本质,给D打电话那一天,因为在那之前,我的人生是线性且清晰的：我的父亲是首钢工程师,母亲是首钢子弟学校的老师,我十三岁那一年母亲去世,十八岁我出国学习物理,三十五岁成为物理系的助理教授……但我关于梦之前的记忆也丧失了很多细节,一个个梦就像是一个个浪头,让我离真实人生的岸越来越远,景色也越来越模糊。

从给D打电话那一天之后,我便掉入了无垠的连环梦境。

可是我该如何醒来？

D又是谁？

在说不清多长时间之后,我在梦里见到了D。

D是个脑神经专家,在进入他实验室的一刻,我就想了起来。而他显然认识我,甚至和我很熟。

"坐。"他头也不抬地让我坐在他对面的沙发上。

D的实验室静悄悄的,只有窸窸窣窣的摩擦声,声音来自桌面上的透明盒子,盒子里有一只在跑步机上不断奔跑的小白鼠。小白鼠正对盒子的一面是屏幕,屏幕不断变化着道路或墙壁的图案。

"你在研究什么?"我问D。

D指着电脑屏幕,屏幕里是不同区域连续发光的大脑,他说:"这是小白鼠大脑的活动,它的意识决定了下一个瞬间出现的是墙壁还是通畅的道路。"

我立刻理解了:"它以为自己在一个无穷无尽的迷宫中奔跑,其实它从来没有离开过这个鞋盒子大小的空间。"

D说:"这个迷宫其实是它自己的意识所创造的。"

"我们人类的时空也可能是幻觉。"我小声说。

D立刻望向我,他的眼神告诉我他完全理解我的意思,并且早就考虑过我这句话背后的可能性,只是没有机会去验证他的想法。

"我想知道大脑是如何感知时间的。"我小心翼翼地说。

D说:"这一直是个谜。我的理论是,我们周围发生的一些事情会触发我们的感觉神经元——比如嗅觉、听觉,然后通过大脑里的拉普拉斯变换,把这些细胞活动按照时间顺序储存起来。但你要知道,我们脑中的世界远远小于真实世界,这个世界的复杂是超越我们的理解的,也超过我们能想象的程度。比如这个世界上的颜色远远多过我们能看到的这些。"

"这也是我一直在想的。"我说。我把桌面上的一张废纸揉成团,闭着眼睛,把纸团向前一扔,纸团落在桌子的正中央,"在我没睁开眼睛之前,纸团可能落在任何一个位置,而我睁开眼睛,所有位置的可能性就坍缩成一个位置。只是一种猜想,也许这个纸团落在任何一个位置的现实都是真实存在的,但我们的理智处理不了如此多的信息,所以是我们的意识选择了可能性最大的一种,选择让它成为现实。"

D有些激动,他终于找到了另一个和他想法一样的疯狂科学家:"好比世界上的事物是无穷多五光十色的珠子,我们找了一根线,选择了其中几个珠子,把它们命名为'过去''现在''未来',按照顺序穿在一根线上,这一串简单的珠子就构成了我们所理解的世界,我们把这根线命名为'时间'。但实际上,时间是不存在的,线是不存在的,珠子是无限散乱着的。"

我问:"可是,人是如何选择这些'珠子'的?意识是怎么选择事件,把它们排列起来的?"

D笑了,他把桌上的纸团扔向我,我下意识地接住了它。D说:"你看,你凭借过去的印象就判断了物体飞来的位置。我们的大脑会根据过去发生的事情预测下一件,比如有了乌云就会下雨,吸烟会致癌,有了投入就会有回报。我们把这种选择称为'因果'。"

我说:"物理的世界里没有因果。因果只是一种最无伤大雅的人为法则,就像是民主。"

D说:"我们用这种机制来保护自己,来把我们的世界编织成可以理解的样子。"

我说:"如果我们改变了时间在意识中的存在,我们就可以改变时间,甚至可以回到过去?"

D说:"理论上,如果我们关掉大脑里的拉普拉斯之妖……我是说关掉了意识对于现实的选择,关掉了对时间编码的开关,就可以回到过去。但这个理论无法被证实。"

我说:"但它确实是可行的?"

"我确实在大脑里找到了这个地方。"D用笔戳着桌上的大脑模型,被触碰的区域亮起一小片微弱的红光,"就藏在这个皮层之中。但我还没有试验过,因为不知道去除之后会不会影响其他的神经元。"

"能不能……"我还没说完,忽然感到大脑在模型上所对应的区域开始发麻,如同被电击,电流一直贯穿全身。

我无法抑制地开始颤抖,我意识到自己说过同样的话。

"能不能在我身上试试。"我对D曾这样说。

他做手术去掉了我大脑里对时间的编码。在手术前,D曾经对我说:"当你醒来的时候,你可能觉得自己在做梦。"

"我如何知道自己不在做梦?"

"你无法知道。"D曾这样说。

我以为自己掉入了一个又一个的梦境之中,其实我每一天都醒在真实的世界中。这才是真实的世界:无序、复杂,像一张错综交缠的网。每当我做出选择,这个网就开始蔓延生长。

我以为我总会有醒来的一天,但其实我是这个世界上唯一醒来的人,而其他人所处的线性时间下的生活才是梦境。

我以为时间跳跃者是获得了某种超能力,其实恰恰相反,我永远丧失了理解时间的能力。

三

我养成了写日记的习惯。我记下每天从醒来到入睡经历的人生。

1983年3月6日 晴

第135天,今天我六岁,我闹着要学皮划艇。我的父亲把制图室的灯全部关上,然后在房间的各个角落放上手电筒,光清凉如水,他带着我在光上漫游,就像是在水面上滑行。

1992年10月15日 阴

第221天,今天去了医院看妈妈,爸爸有工作,没有跟我一起。

她的两个学生也来了,带着花。学生跟她开玩笑,妈妈很孩子气地跟他们打趣。不知道为什么,我很生气,我不爱她在别人面前强作乐观的样子,我不要她这么辛苦。

学生走后,她很累,闭着眼睛休息。我以为她睡着了,结果她很轻地说让我不要埋怨父亲工作忙,她说我是个好儿子。

我是个好儿子吗?那为什么在所有的命运里,我都没有留住你?

1993年8月19日 阴

第885天,今天上了课,老师说"逝者如斯夫"。时间就像流水一样,从过去流向未来。

我说她说得不对,这种认知是把时间看作一种客观存在,我们通过认知这个客观存在与其他实体之间的关系来认识时间。日晷针影,滴漏之水,沙漏之沙,我们认为自己看见了时间。后来,我们有了钟,声纹一圈圈无边扩散出去,我们听到了它,认为自己捕捉住了时间。但我们都错了,我们以为是"时间"的东西不过是无数选择衍生的无数现实的重叠,是一张无限重叠的网。

老师问我什么意思,我说一个我选择"反驳你",另一个我选择"沉默",两个我都存在,两个我只知道自己做出的决定,却不知道另一个"我"做出了另外的选择。

老师认为我在捣乱。

这一天我惊醒在一声巨响里,我发现自己在童年的家中。我奔出卧室,发现父亲坐在厕所的地上,满脸困惑,额头上有一个渗血的伤口。

我慌忙让他坐在椅子上,给他包扎,他大力推开我的手,反复几次,他才驯服地让我碰他的头,他嘟嘟囔囔抱怨着:"你回国一周只在家里待一天,还不如不回……"

我迅速地拼凑信息,发现此时的我所处的人生和我做手术前的人生在同一轨道上:四十岁在美国的物理学家。

我好不容易给父亲包扎好,他摇摇晃晃地起身,说:"我要回家!"

"回老家?"我问。

"我要回家!"他再次重申,然后走入厨房开始做早饭。

吃早饭的时候,父亲再次大声说:"我要回家!"

"你要干什么?"

"我要……"父亲的话说了一半,就愣愣地看着空气,仿佛空气抢走了他剩下的句子。

"爸,你没事吧?"我问。

"你妈妈去医院检查了没有?"他问。

我愣住了,因为他目光正对的就是妈妈挂在墙上的黑白遗照。

"我们约好了今天去北海拍全家福。"父亲说,"但我儿子死了。"

我心一惊,说:"死了多久了?"

他沉默了很久,像是努力唤起久远的回忆,很费劲地说:"不记得了,脑袋不听话了。拍不成照片了。"

"我们现在去北海吧!"我几乎脱口而出,我也不知道自己为什么会这样,这是我第一次对他说这句话——在所有的人生里。

"我还要去看看高炉建得怎么样了。"他说。他不记得自己早就退休了。

"我帮你请假。"

我们去了北海,在水边走着,阳光给远处的白塔镀了一层薄薄的金色。

"在这儿照相。"父亲说,脱下毛线帽,又意识到自己头上有包扎的伤口,赶紧又把毛线帽戴上,朝着镜头羞涩地笑,像个理亏的孩子。

我给他展示照片。

他看完后忽然一撇嘴,说:"来不及了。"说完流下眼泪,哭得越来越厉害。

我尝试着和他对话,却感觉到他的话语颠三倒四,他不知道自己身处何地、身处何时,各种活着的人、死了的人环绕着他,他想依次向他们道歉,却感到来不及了。

这一天,父亲说了很多,我从来没有听过寡言的父亲说那么多的话,他说首钢马上要买比利时的钢厂(那是一九八六年的事),他说"明天"要请母亲看电影(说话的时候他以为自己只有二十三岁),他说"昨天"(其实是几十年前)他的父亲火化,他去捡拾骨殖,看到那么高大的肉身变成一铁簸箕灰白。

他的回忆就像是不断跳帧的唱片。后来,我放弃纠正他,我意识到他头脑中存在着一些虚幻的世界,就像是一个个迷人的岔路,他一不小心就踏进这些岔路,他需要借助幻想和不合逻辑的理智才能绕回到现实。

某种意义上,他生病的大脑和我一样,我们都踏入了一个又一个矛盾的现实。

在漫长的人生剧目结束之后,灯光熄灭,道具隐没,所有的角色都一个个从意识中消失,只有孤独的父亲,与我。

父亲编造着他的人生,无论他说什么,我都点头,他也笑着点点头,因为他脑中的现实得到了我的确认而满足。

在回家的公车上,父亲忽然转过头,脱下毛线帽,认真地对我说:"谢谢你。"

夕阳从他的背后照射过来,一片晕糊的白光,我看不清他的脸,于是他的脸成了无数我记忆中存在过的样子:年轻的父亲、老了的父亲、乞求原谅的父亲。

在那一瞬间,我忽然明白了自己为什么要不断进行时间跳跃。我过去以为自己是想回到过去,等待父亲的道歉,从而与自己的人生和解。

但我此刻才发现,我回到过去,是想乞求他的原谅,弥补自己犯下的错误。而错误是弥补不了的,因为当我回到过去的时候,那一点之后的日子就幻化成了无边无际的波函数的海洋,无数种非实在化的可能重新叠加在一起。我无法选择一种完美的人生——我一直陪伴着父亲的完美人生,我只能选择完美的一瞬——在所有我依然有自主性的瞬间,试图理解他,并且试图让他理解。

"到家了。"父亲看到远处熟悉的房子,笑了起来。

我忽然明白为什么他一直说"要回家",因为疾病让他不舒服,觉得所处的环境难捱且陌生,家对他来说意味着安全。

"到家了。"我说。我是返家的奥德修斯,而几个小时之后,我将在时间里漂流。

我继续在时空中漂泊,数千次,数万次,数百万次。在某次的漂泊中,我在某个餐厅再次见到了D,那时的D还没有成为优秀的脑神经专家,他还是个博士生,正为了某个关于记忆的课题愁眉不展。

我在他的桌子上悄悄放下一张纸,上面写着几句诗:

有一行魏尔伦的诗句,我再也不能记起,

有一条毗邻的街道,我再也不能迈进。

有一面镜子,我照了最后一次,

有一扇门,我将它关闭,直到世界末日降临。

"你是谁?"他问我。

我是谁?

我是时空中跳跃的旅者,我是时间的醉汉。

我是掌握时间全知全能的神,我是时间的囚徒。

我是波函数的坍缩,我是波函数的发散。

我是无限的命运,我是三维空间里并不存在的虚空。

我是掷骰子的人,我是骰子本身。

我是关在时间里的人。

---

* 二〇一八年,首都钢铁公司为迎接百岁诞辰,在威尼斯圣凯特琳娜教堂举办展览。展览由一系列钢铁盒子及大的空间装置构成,这篇小说是为装置空间编写的故事。

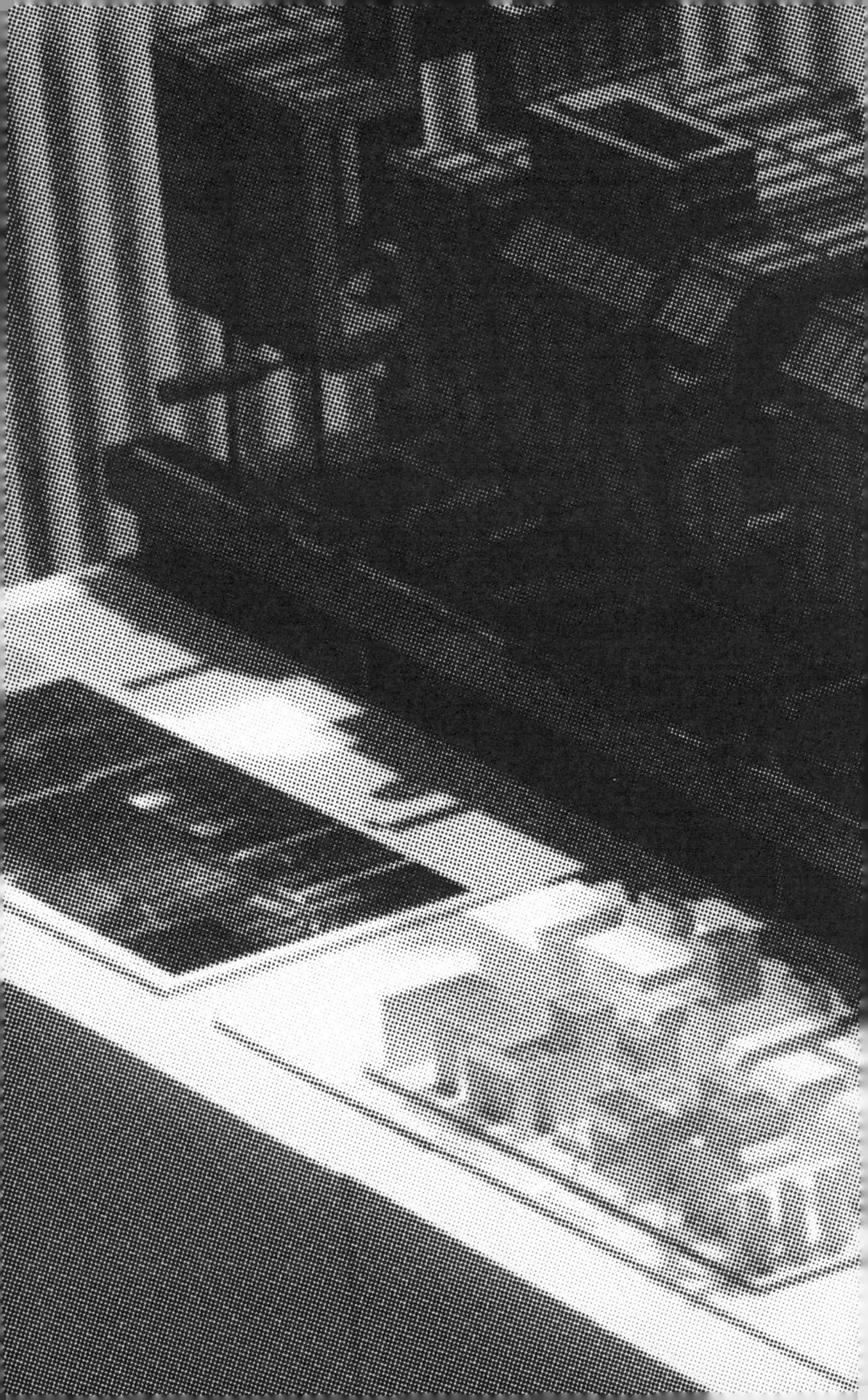

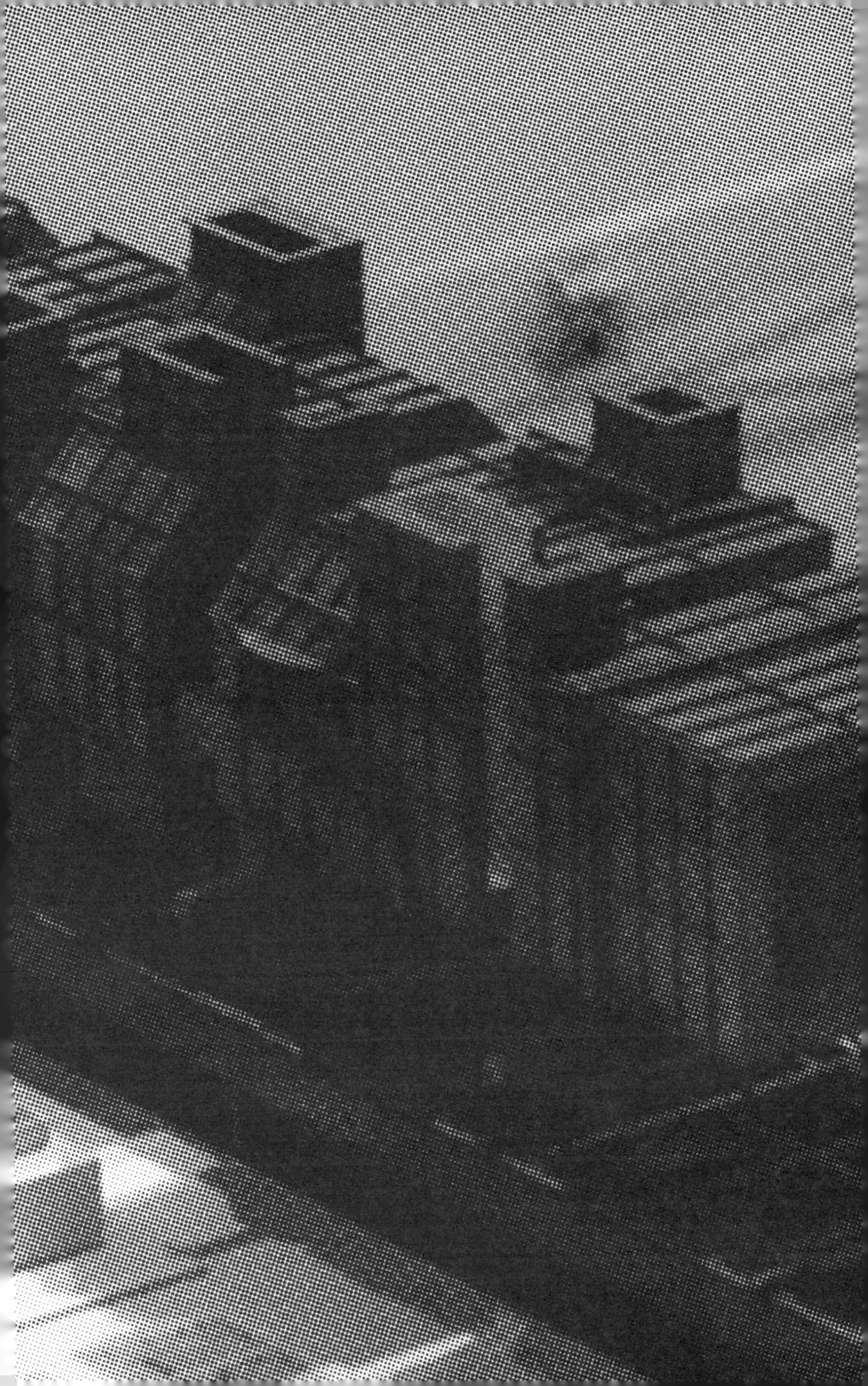

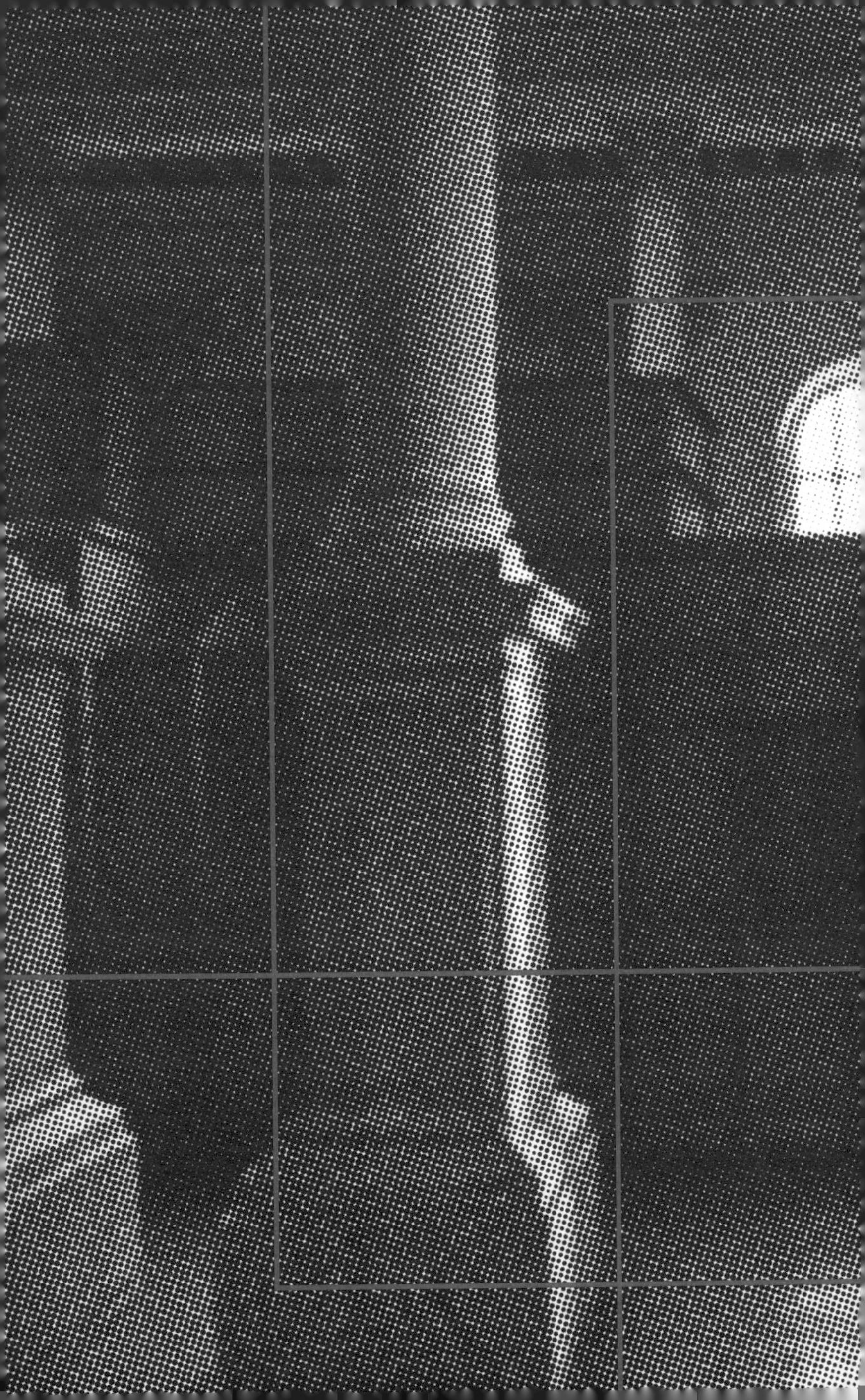

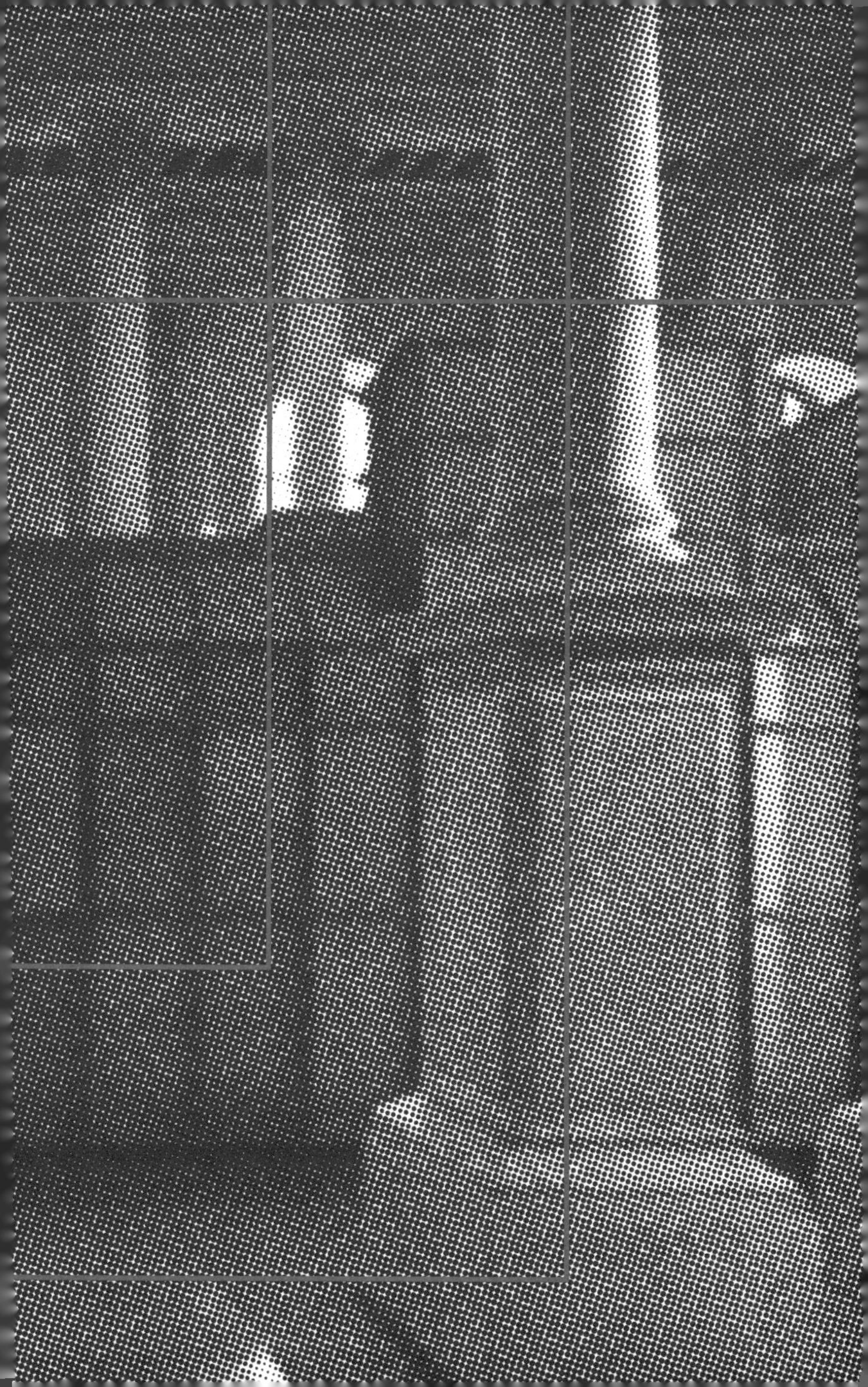

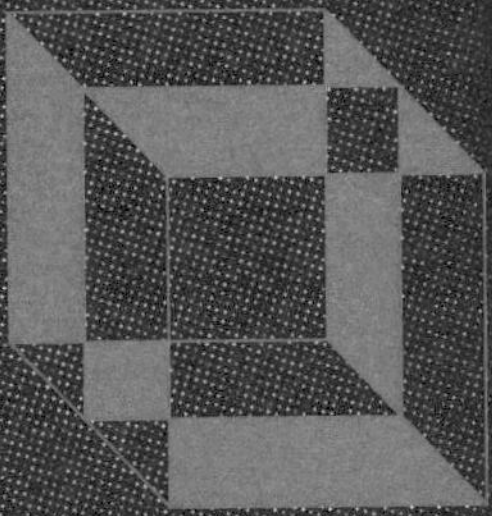

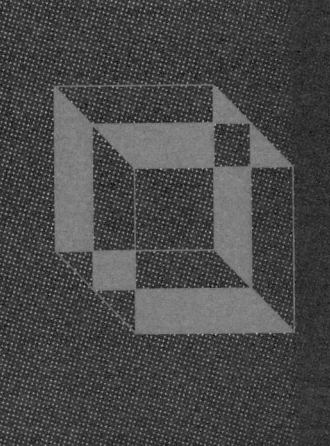

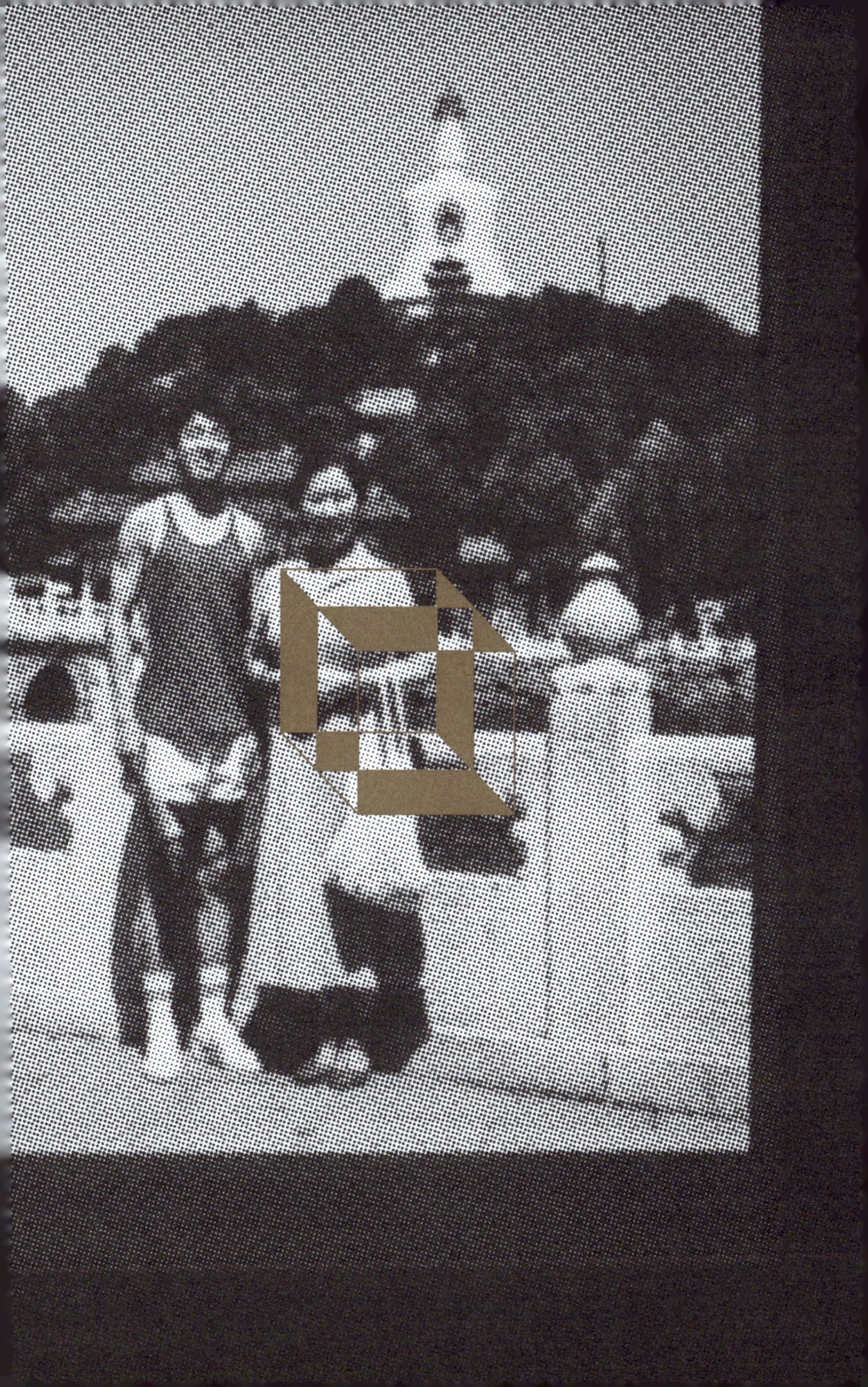

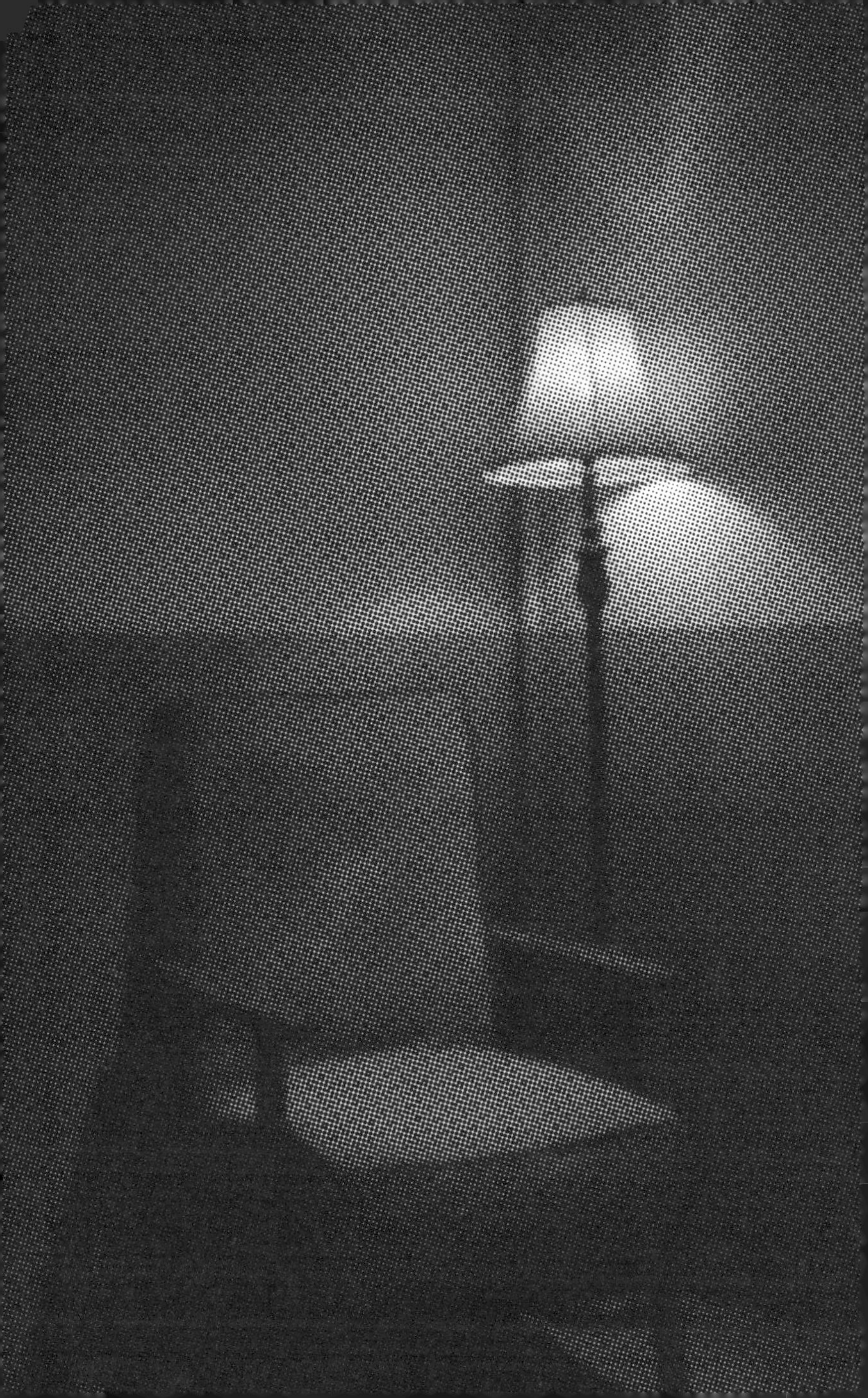

04

边境来了陌生人 边境来了陌生人 边境来了陌生人

"我们继续航行,悲喜绕在心头。喜自己逃脱死亡,悲亲爱的同伴丧生。"

《荷马史诗·奥德赛》

陌生人站在小屋门口很久,却没有敲门。

最后一抹余晖挂在天边没有离去,陌生人踩在金色的阳光上,这道阳光就像地面的裂缝那样斜斜地一直延伸到了高耸的雪山,这个群山环绕的小屋处于帝国的边境。小屋旁边有一株高大的合欢树,树被雪压得很低,树枝上立了一只乌鸦,乌鸦看着陌生人,等他敲门。过了一会儿,乌鸦也丧失了耐性,鸣叫了两声,掠过雪地,消失在了迷离山影之中。这时,金色的阳光暗了下来,天色猛然变得昏暗,就像油画忽然被抽离了颜色,变成了古老晦暗的东方水墨画。

陌生人回头,看了看乌鸦远去的方向,抬起手,敲了敲门,木门上有一道道裂缝,暖黄色的光从屋里人说话的声音和笑声中倾泻而出。听到敲门声,门里的欢声笑语瞬间停止了,一个男声说:"谁?"

陌生人没有回答,以更重的力道敲了敲门,门上挂着的用松枝和槲寄生编织的花环上的雪被震动下来。

过了片刻,门开了,出现了一个高大的男人,他比陌生人高出一个头,俯瞰陌生人的眼神就像是俯冲的猎鹰在寻找猎物。

陌生人一开口就剧烈地咳嗽起来,等呼吸平顺,才用喑哑的声音说:"太冷了,能不能让我进去歇个脚?"

高大的男人探头出去,没有风的天气里,雪笔直如箭地落在他的头发上,他打了一个哆嗦,迅速往后退一步到屋里,他畏缩的反应和粗犷的外表着实不符。

陌生人说:"我暖和暖和就走,不会在这里过夜。"

高大男人还在犹豫,屋里传来一个女人的声音:"让他进来吧。"

陌生人一进门就看到一个小玄关,褐色的石头墙壁上挂着羚羊角和一把猎枪,猎枪下是一张乌木桌子,桌上摆着抹香鲸的牙齿雕刻的船、一本羊皮封面的金边经文、一枚头骨,桌子正中放着一块石板,石板上有个凹陷的脚印,脚印中间有车轮状的符号。

陌生人对着这块石板看得入神,高大的男人说:"这是我们祖先的脚印。你不是这里的人吧?"

陌生人摇摇头,说:"我来自很远的地方。"

两人往里屋走,房屋幽暗,墙壁上空无一物,房间正中摆着一张长桌,上面有一盏铁皮小灯,不自信似的,怯懦地闪耀着微光。炉火烧得很旺,把桌边几个人的影子映在墙上,他们面目模糊,影子巨大,乍一看像是洞穴中的巨兽。

桌边三人,唯一的女人白皙纤细,有一双慵懒的眼睛,所有的动作都比正常的速率慢上半拍——好像这是她欺骗时间永葆青春的方式。

她身边坐着一个胖子,佝偻着身体,像是想隐藏自己的大块头。他的神经质写在了脸上,仿佛重重的关门声就能让他长久地不安。此时他已经喝多了,脸浮肿通红,就像是刚哭过一场。

女人对面坐着一个瘦削的男人,他是这群人里唯一抬头向陌生人友善微笑的,但这笑容就像印在一张面具上,从眼睛缝里往外看的眼神压抑忧愁,和整张脸都不协调。陌生人注意到这个瘦削的男人一只袖管里空空荡荡。

这些人年龄相仿,也许是从小一起长大的朋友。陌生人说:"抱歉,打扰了你们的聚会。"

女人说:"谈不上打扰,我们每周都聚会,话早就说完了。"

给陌生人开门的高大男人显然是这间屋子的主人,他有些不好意思地笑道:"早知道这个天气,我就不喊你们来做客了。"

独臂的男人问陌生人:"外面……是什么样子?"

陌生人说:"雪下得很大。"

独臂的男人听完没有任何表示,似乎没有得到满意的答案,但并不打算追问。

胖子笑了一声说:"看来我们被困在这里了。"他的声音又细又尖,像是身体里还住着一个尚在发育期的小男孩。

女人让主人把"棋盘"拿出来,然后从厨房里给陌生人端来稀粥和面包。她把餐盘放在陌生人面前的瞬间,他看清了她的脸,美丽、白净,然而毫无表情,既无欢乐也无忧愁,像是他在路上看到的死在路边的鸽子。

陌生人在桌子的一角吃饭,他吃得很慢,每一粒米都用舌头化开,让每一个味蕾都充分地交流了对这颗米的意见,才依依不舍地运下食道。吃完之后,他又把面包皮撕成碎块,用每一块反复擦拭碗里的残羹后才咽下。

而其他人都在桌子的另一端,围着一个棋盘,下一种复杂的棋,棋盘上有着密密麻麻看不清的符号和文字,几个人嘴唇开合不断发出声音,但声音小且快速,如昆虫扇动翅膀。

在这个房间里,时间似乎被拉长到了"飞矢不动"的程度。窗外的一片雪花落在玻璃上,往里偷窥了一眼,也无聊得融化了。而其他的风与雪则无暇顾及边境来的陌生人,它们正在旷野中厮杀,在山林里追打咆哮,追进了边境以内的城镇中,用拳头敲打着窗门。失败的一方叫苦连连,四处逃窜,从烟囱钻进火炉,在噼里啪啦的火焰燃烧中发出凄苦的哭声。

陌生人仔细聆听着风雪战斗的输赢,倦了,走到桌子的另一边,说:"你们在玩什么棋?"

主人说:"我们管这个叫十字棋,是十字星神留下的礼物。"

陌生人说:"又是祖先的脚印,又是十字星神的棋,看来前人给你们留下了不少东西。可这看起来就是一种游戏,我能参加吗?"

胖子说:"我们不是在和彼此玩,我们是在询问。"

陌生人问:"询问什么?"

独臂的男人低声说:"一切。"

胖子补充:"做一切重大决定前我们都会询问,当然,小的选择也会问,比如明天该买鱼还是牛肉,出门迈左脚还是右脚……"

女人打了个呵欠,说:"我刚刚在问雪什么时候停,好让我回家睡个好觉。"

陌生人大笑起来,笑声在屋里巡视,掠过那几个错愕的人,掠过棋盘,掠过桌面和炉火,如同毫不留情的侵略者。

半晌,笑声才消停,主人脸色铁青,说:"你想知道我在问什么吗?我在问应不应该杀了你。"

陌生人的笑意还未完全从嘴角散去,他举起双手做出投降的样子,说:"我并不是在笑话你们,只是你们的十字星棋让我想起路过的一个地方。"

女人的眼睛在这个夜晚第一次亮了,像是终于被唤醒,说:"快讲讲,我太想听外面的故事了。"

陌生人的故事开始了。

陌生人的第一个故事

我并不保证故事有趣,这是我的真实经历。我去过很多地方,有一处美得让我终生难忘,那是一个海边小镇,一座座精巧优雅的房子从山崖倾斜到了近乎透明的海的怀抱中。那里的人是我见过最友善的,他们就像是同一个家庭里长大的兄弟姐妹,谁要是遇到困难,全镇的人都会帮助他。

那里让我这个注定流浪的人都想停下来定居。

直到有一个人建了当地最大最漂亮的房子,花园里还养着白孔雀。他邀请全镇的人去他的房子里做客,大家尽兴而归。但回家之后,一个客人开始想一个从来没想过的问题:为什么他的房子那么大呢?

一开始,他还因为这个想法而不好意思,后来,他发现所有人都有同样的想法,人们一见面就开始讨论这个问题。于是这个问题变成了很多问题:为什么有人能娶漂亮姑娘,有人一辈子打光棍?为什么有人要为另一群人服务?

一段时间之后,终于有人大声提出来:所有人要绝对相同的权力和地位。如果这块福地都不能实现真正的平等,那世界上就没有地方能做到了。

这种呼声越来越大,一位智者警告这里的行政长官,让他尽快压制这种声音,因为不满会引起纷争,纷争会导致贫穷。

行政长官听进去了智者的话,但也觉得人们追求绝对平等很合理。他希望人们都过得心满意足,但也深知不满的想法一旦产生,就无法让它消失。

他是一个致力于让此地平静幸福的长官,开始日日夜夜地思考解决办法。最初,他要求富人把一部分钱给穷人,这里的富人多么善良温顺,他们答应了让出自己的部分财富,但是在分配时却出了问题:这些钱应该怎么分?一个很穷的流浪汉,和一个没那么穷但是需要照顾一大家子的人,谁应该得到更多?

于是,这个举措并没有平息人们的愤怒,反而让大家更不满。

行政长官思索了很久,发现症结在于人人都认为自己值得获得更多,却无法彼此说服,并没有一个人人都认可的标准。如果这样的话,那不如让天意来决定,这样人们就没什么可争执的了。

行政长官想到了一个绝妙的办法,他开始发行彩票。

富人捐出来的这笔钱变成了彩票奖金池,几千张彩票里有一张可以领取巨额的奖金,几万张彩票里有一张可以获得一个大房子……彩票的奖赏不断加码,参与的人越来越多,本来只是穷人的福利,后来富人也要求参与到游戏之中:如果是天意的话,那么对于每个人都应该是公平的。

也许有些人就是注定好运,那个拥有最大最漂亮房子的人连续好几次中了彩票,一些人要求他退出游戏,或是干脆终结这个彩票的游戏。另一些人觉得如果终结,那么之前不公平的问题还是没有得到解决。

居民经过好几天的开会讨论,想出一个办法:在彩票里加入了"倒霉"彩票,如果抽中"倒霉",就必须交一大笔罚款。

加入了"倒霉"彩票之后,游戏变得更加刺激,参与彩票游戏的人越发多了,但问题来了,奖金池日益枯竭,金额变得越来越没有吸引力。

行政长官又想出一个主意:"好彩"和"凶彩"不一定是金钱,也可以是别的东西,比如获得好彩票就能和最漂亮的女孩共度一夜,抽到倒霉的彩票可能要去坐牢,甚至还可能肢体伤残。

这个变化让小镇上的人为彩票疯狂了，所有人都加入了，都上瘾了。他们越来越依赖于偶然性，生活起伏刺激又难以琢磨：一个人可以一段时间是长官，一段时间变成奴隶，一段时间之后又把自己的主人关进监狱。

我曾经在一个清晨，看到一个纯洁美丽的少女在路边哭泣，我问她怎么了，她说她抽中了去妓院当妓女的彩票，我提出要带她离开这个地方，她犹豫了很久，最后还是拒绝了，说下次抽彩票说不定会有好运。过了几个月，我见到她，她完全变了副样子，成了全镇最有名的交际花，彩票带给了她那个最大的有白孔雀的房子，镇上最出色的小伙子都围着她转。

"彩票是世间最公平的东西。"她对我说，"它能让你心想事成，如果你抱怨总是抽到倒霉的彩票，那一定是你等得不够久，一定是你把人生想象得太短暂。"

后来，彩票被拆分得越发细微，甚至决定了在餐厅能不能吃到上好的牛肉这些小事。因为来不及印刷和发行纸质的彩票，所以它变成了生活中的随机性：一页印错的书、一颗双黄的蛋、一阵反常的雷阵雨、一棵忽然倒掉的树，都成了彩票的指令。

你们以为这样很糟糕了吧？

真正可怕的事情在后面：一个男人没有理由地抛弃老婆，霸占了别人的老婆，侵占别人的房子，也安然无事，因为当所有人都参与这场游戏，随机的彩票就成为超越法律的准则。

有一天深夜,这个小镇出现了有史以来的第一桩命案:一个醉汉在深夜杀死了行政长官。

你们或许以为这个彩票的游戏会就此结束?

但精彩的事情在后面,醉汉说他在执行彩票的指令,大家也拿他毫无办法,但这桩命案还是有警示的效果,几个清醒的人说是时候让彩票消失了。小镇上的人都答应了,小镇又恢复了过去的日子,人们像过去那样恋爱、结婚、工作,结果却发现依赖彩票的那段日子让人们丧失了自主判断的能力。如果没有彩票告诉他们该和谁结婚,他们简直不知道自己喜欢哪个异性,所有的男人女人全都丧失了吸引力;甚至,他们都决定不了今天该穿什么颜色的衣服这种小事,毕竟把决策权交出去,生活会轻松很多。所以没过多久,彩票又回来了……

陌生人的故事戛然而止,主人急切地问:"后来呢?"

陌生人笑笑不说话。

女人说:"不,我不想听镇子的故事,我想听你自己的故事。你从哪里来?为什么会到这里来?"

陌生人说:"我喝了你们款待我的酒,自然会讲完所有的故事。但是讲之前,我必须先听听你们的故事。"

独臂的男人说:"那可就算了,我们没什么故事。你吃完也喝完了,快离开吧。"

主人有些犹豫地说："他现在出去会冻死的。"

女人说："我们讲些故事打发时间也没什么损失，这个夜晚还很漫长，明天也会很漫长，我们有的是时间。"

独臂的男人说："你们愿意向陌生人倾诉我没意见，但我可不参加。"

胖子尖叫起来："那可不行！在这个晚上，故事和货币一样，必须等价交换。而且我们平常说自己的事情已经够多了，你却很少说自己，今天你必须老老实实地讲你的故事。"

独臂的男人不再讲话，看得出他已经妥协了。

陌生人说："所有人都需要讲出自己的故事。我听过一种说法，如果一个人临死前还没有把心里的事讲出来，那故事就会溜进他的眼角，黏在他的舌头上，让他死时眼睛和嘴都合不上。"

听到死亡，窗户的方向忽然传来一声巨响，房间里除了陌生人以外的所有人都吓了一跳。陌生人去窗边看了一眼，说："没事，是一只迷路的乌鸦在墙上撞晕了。"

主人对陌生人说："我还以为又来了不速之客……我们要说好，等我们讲完就该你了，你要完完整整，毫无保留。"

陌生人点点头。

几个人又开始在十字棋盘上摆弄，最后决定了讲故事的顺序：胖男人第一个讲，女人第二个讲，独臂的男人第三个讲，主人第四个讲。讲完之后，就轮到陌生人了。

座位被移到了炉火旁,主人给每个人倒了杯酒,拿了毛毯,火烧得小了些,不再噼里啪啦地吵闹,而是静静地散发出叹息般的热气,平等地抚慰着每个人的脸,等待聆听边境小屋里的故事。

女人对陌生人说:"故事开始之前,我要提醒你,我们这里的人记性都不太好,我们讲的故事只是人生中的一小段,而且也许和真实有很大的出入。如果我们讲的故事里遗忘了什么,你也不要介意,故事里被漏掉的和尚且记得的一样重要,那句话怎么说的来着?遗忘是记忆的一种形式。"

陌生人说:"我无比同意,也请允许我用自己的想象去填补故事里那些缺失的部分。"

主人对陌生人说:"如果我发现你最后讲的故事有任何隐瞒或是不合理之处,我可是会杀了你的。"

陌生人笑了起来,却发现房间里的其他人都没有笑。独臂的男人鬼魅般轻声嘲讽道:"至少你临死前可以把故事讲完。"

故事正式开始了。

胖子的故事

我是在中心广场的咖啡馆见到她的。

那是一个太阳很大的下午,我借到了一本很老版本的《荷马史诗》,读得津津有味,我正读到众人劫后余生的段落,书中英雄们想起特洛伊往事,想到不知身处何方的奥德修斯,一起号哭。这时,海伦出现了。

我放下书,喝了口水,打算认真去看这个绝代美人的段落。这时,我的海伦从咖啡馆的玻璃窗前经过,她驻足,疑惑地往里打量。她可真美,皮肤像丝绸一样细腻,蓬松的长发直至腰际,眼神迷离,小而厚的双唇微张着。她穿着的绿色衬衫胸前的两颗扣子没了,露出一小块胸脯,她在找谁?她的眼神从我身上掠过,迅速游移到了别的地方。

我立刻低下头,我怎敢不自量力地与她对视?很久之前,我也曾认识一个美丽的姑娘,她总是假装不经意地用膝盖去蹭我的膝盖。当我大胆向她表白的时候,她大笑起来,觉得我的期待简直不可思议。末了,她又温柔地说愿意把爱分给每一个追求她的人,只要我愿意等待。

她的怜悯比耻笑更让我愤怒,她长什么样子我已经不记得了,但我把那次的耻辱记在了日记里。每当我燃起对女人的奢望和不必要的亢奋,那些字句就像一个严厉的老师一样出现,重重地击打我的手心。

咖啡馆外的美女推门进来了,她站在收银台和店员聊了很久,看起来是个熟客。我努力低头看书不去看她,希望她快点离开。她就像烈日一样,我不能直视她,每一个细胞却都感受到她的存在。

过了一会儿,一个高大的男人走进门,她挽着他的胳膊一同离开,男人挺拔而高傲,和她非常相配。他们走时我真松了口气。

一年多之后,我在音乐厅看演出的时候又看到了她,她坐在池座,演出开始前她抬头环顾四周,我一下子就看到了她,她的脸庞就像是倒映在暗夜湖水中的月亮一样散发着苍白的光。这次,她身边的是另一个男人,那个男人明显对音乐并不感兴趣,不断烦躁地看着表,演出中间甚至屡屡睡着,醒来发现演出还没结束的时候非常失望。

演出散场的时候,我做了一件自己很不齿的事情,我尾随着他们,我听到男人不断地抱怨,说她为他们的周末做了多么错误的选择,她一直保持沉默,承受着男人的指责。我想走过去对她说点什么,哪怕是"刚刚的演出真不错",但我担心自己会紧张地晕倒,在试图抓住什么站稳的时候撕坏她的裙子。他们就这样在我眼前上了车。

几个月后的一个傍晚,我又去了中心广场的那家咖啡馆。那是个雨天,有很多避雨的人,盘碟的声音、收银的声音、客人说话的声音,所有声音被封闭在一个空气不流动的空间,碰撞在凝结着水蒸气的窗户上又弹了回来,我都要头痛了。在这些声音里,我隐约听到了女人啜泣的声音,还有男人间断的话"我也没办法""分手"……店里的客人们看似在忙着自己的事情,其实都在竖着耳朵听他们的对话。

几分钟之后,咖啡馆的门被瞬间推开又合上,雨丝夹杂在冷空气里飘了进来,男人匆匆离开了这里,那是一个很不像样的男人,矮小又丑陋,头上没几根头发。我好奇被这样的男人抛弃的会是怎样的女人,我回头,我看见了她。

对,就是她,我心目中只有一个的"她"。她正在默默地流着眼泪,她那双大而明亮的眼睛不再像宝石,而像两个很大的破洞,眼泪从中喷涌而出,她的眼泪可真多,简直比窗外那场雨还要滂沱。

我不知不觉地坐到了她对面——如果我深思熟虑,我可能就迈不动脚了。她流泪的时候没有表情,任凭热泪滚下,她不断地咬着嘴唇,口红被她咬得残缺不全。

在此之前,她的面容对我来说一直笼罩着一层淡淡的光,这次是我第一次把她看得清楚,连她脸颊上的一颗痣也没放过。也许这是因为我对她的情感里多了一层轻视:你就被这样的男人抛弃?

轻视也给了我与她对话的勇气,我开始和她交谈。

我能与她聊什么呢?我不断地向她剖析着自我,别的男人在求偶的时候炫耀财富,而我的理智就是我的财富,我用书本为自己补充几立方米的新思想,我像一个顶尖运动员在意自己的肌肉一样在意自己的理智,像对待一个危险的间谍一样事无巨细地监视着我灵魂的角落。

我讲我的童年噩梦,我的欲念,她听得入迷,仿佛她的内在完全是空的,我的一切想法都让她惊奇。她完全忘了自己几分钟前刚刚被抛弃。

我当时想:多么稀少的女人,如此美丽,还纯洁得像一块水晶。

我们聊了一整晚,并且约定了下一次见面的时间。

没过多久,我们就恋爱了。

那是我人生第一次感受到激情,当我试图像过去那样,每天早晨像磨剃须刀一般磨砺自我解剖的手术刀时,我发现自己做不到了,一个个浪花打来让我站也站不稳。

自从我第一次见到她,我就设想了千百次和她在一起的场景,但真正在一起的时候,我发现她比我臆想中温柔千百倍,当她用那双海雾般的眼睛望向我的时候,我总不自觉压低声音,生怕声量的锋芒会割伤她。

有一次她对我说,我是她一直在寻找的"对"的人。

我狂喜到不能自已,但表面仍要维持镇定,我问:"那你为什么之前一直要和错的人在一起?"

她脸上出现一种天真的表情:"可他们一开始都像是对的,怎么办?"

那是我从孩童时期起就在同龄人身上看到的表情：他们在打碎了花瓶，推倒了别的孩子，弄丢了贵重的东西之后会有的表情，仿佛不知道刚刚发生了什么。当他们用这副神情获得一切原谅的时候，我真想大声向大人们揭穿：他们清楚地知道自己做了什么。

我继续追问她之前的恋情，她却总是搪塞过去。这渐渐成了我绕不过去的心结，每个晚上，当她躺在我身边，用她光洁圆润散发着香气的手臂搂着我，我就在想：为什么如此美好的她总会选择错误的男人？还被那样丑陋的男人抛弃？或许他们发现了她身上某种致命的缺陷？那会是什么？她会不会是个疯子？在半夜会用她贝壳一样又小又薄的指甲掐住我的脖子，直到我失去呼吸？

这些问题让我晚上无法入睡，忍不住叫醒她，用她无法回答的问题折磨她。

那些沉默、无言以对与愤怒，取代了我们恋爱中所有甜蜜的时刻。直到有一天，她终于受不了了，她告诉我，她并不是逃避与过去的恋爱有关的问题，她是不记得了，失忆了。

她说她在每一段恋爱结束，下一段恋爱开始的时候会丧失记忆。

"什么都不记得了？"我问。

"不，仅仅丧失与恋爱有关的那部分记忆，那些名字、样子、说过的话。那些回忆就像是被一张白色的床单盖住了，怎么也想不起隆起的形状下面是什么，后来，那床单连同下面的东西一起消失了，像是魔术。"她认真地说。

"这可真神奇。"我冷嘲道。

"我说的都是真的。"她满脸都是泪水。

我表示相信她,再不纠结此事。我努力重新调动对她的迷恋,开始回想初见她的那个奇迹般的下午。或许我之前也有过几次失去记忆的经历,但见到她的一刻,失去的记忆在灵魂中散发出微光,阳光给她的发丝钩上金边,她脸上的一层绒毛变成金色,还有她微露的丰满的胸脯。

她的胸脯。我想起她衣服上失去的两个扣子。我脑海中忽然出现一个画面,她站在路边,像迷路了一样,一个男人看出她的迷茫,把她带到一个破破烂烂的公寓,男人的手伸向她,她的记忆一片空白,理智却告诉她恋人不会如此粗鲁和可怖,她要逃走,却被男人拽住了衣服,两只扣子崩落下来,男人压住了她……

每当我压在她的身上,这个画面就出现了。

她真的不记得了吗?记忆消失之后,经验留下了。当我吻她,她会在嘴唇分开后下意识地舔舔嘴角,她在之前的无数次亲吻中也会这样吗?当我暴躁的时候,她用指尖轻轻地划过我手臂的肌肤,像对待一只受伤的猫,这是谁教给她的?她窝在我怀里的时候,脑海里是否会闪过似曾相识的瞬间?

我不断逼问她这些细节,她开始的时候还很歉疚地躲避这些问题,后来渐渐失去了耐性。有一次我们看一出古希腊悲剧改编的舞台剧,我对此期待已久,全程兴趣盎然,她却哈欠连天,中途差点睡着。

从剧院走出之后,我问她是不是演员演得不好。

她说:"那倒不是,只是我觉得我好像看过这出戏。"

"和谁?"

"我不记得了,你能理解的。"

"不,我不能理解,我和你在一起的每一分每一秒都记得清清楚楚,我不知道一个人怎么能忘得掉?"说完,我猝不及防地蹲在地上哭了起来,一把鼻涕一把眼泪,街上的人就像看笑话一样看着我。

她说我不能理解,是因为这是我有生以来第一次恋爱。

"多来几次你就会理解了,你就会意识到这是幸福,而非缺陷。"她蹲在我身边,轻声在我耳边说,我脑海中出现了那个如今已经面目模糊的女孩的大笑声,那个说我早点表白就可以早点享用她的女孩,那种耻辱感变本加厉地回来了。

这之后,我们的关系进入了一个更坏的循环,每次我看到别的男人接近她,我就开始紧张,夜复一夜,我让她喊我的名字,说她还记得我。

我曾经被激情冲垮的敏感又回来了,越转越快的飞轮停下了,以便让我检查它在大气压下的计数器。我能感觉到黑暗中她在我身下时在想别的东西,在想是否应该把阳台上的花搬回室内,在想如何让我闭嘴,在想她用怎样取悦的招数可以走捷径,让我尽快结束这场可怜的性爱。

有一天晚上，我发现她正在收拾自己的东西，准备离开，我向她下跪让她不要走，她看我的眼神已然像不认识我了。

我看着她的脸，她对我所承受的痛苦一无所知。她的确是透明的，不过不是一块无瑕闪耀的水晶，而是一个容器。各种各样的男人使用着这个容器，为她倾倒。她对此毫无知觉，我却看得一清二楚，无数男人的野心、癖好、秘密，他们的样子，他们理想中的自我，他们在夜里向她低语的遗憾与罪过。而自此之后，其中也会有我的影子。

我仿佛看到了自己那张丑脸混杂在一堆男人的面孔之间，我觉得恶心，不知道是厌恶自己，还是恶心她。

接下来发生的事情我从未向任何人袒露过，因为这是我人生最黑暗的时刻。我用腿把她勾倒在地，单手握着她的两个手腕，用全身的重量压着她，然后朝着她的脸重重地打了一拳。不，让我诚实一点，我打了好几拳，她的一颗牙掉了出来，眼底也出血了。当我意识到自己在做什么的时候，我放开她，跑进了被雾气笼罩的夜里。

过了不到一周，我又在中心广场的咖啡馆见到了她，我无意中回头，发现她在我后面排队买咖啡，她用化妆品把脸上的淤青遮得差不多了，但是眼底依然有些微血点。

看到她的一瞬间，我想要逃跑，但是她看我的眼神礼貌而友善，就像是对待常见的留恋她美貌的人。她的目光很快移到玻璃上,欣赏自己的倒影。

我出于一种惊异,邀请她一起喝杯咖啡。

她真的不记得我了,当我讲起书中的笑话,她就像第一次听到那样瞪大眼睛,哈哈大笑。她不好意思地捂住嘴,说自己不小心磕掉了一颗牙,预约了下午去牙医那里补上,不过她很愿意明天这个时候再在咖啡馆和我继续未完的话题。

次日,我没有去那个咖啡馆。

以后,我再也没有去那个咖啡馆。

我再也没有恋爱过,今天我回忆起她的时候,她就像是被包裹在白色的卵型雾气里,不知道哪一天,那卵型的气体就会变成白色床单,把记忆里的她带走。

对了,前面提到的《荷马史诗》我看完了。在众人痛哭之后,海伦拿出一种药汁滴入众人的酒里,说喝了它,一天之内就不会和泪水沾缘,即便死了母亲和父亲,即便有人挥举铜剑在他面前杀死他的兄弟或爱子。

我终于讲完了,这实在是个无聊透顶的故事,我希望我的朋友们在向他人复述的时候千万不要提及我的名字,如果想在茶余饭后用这个故事博他人一笑,就把它叫作"海伦的忘忧药"吧。

女人的故事

轮到我了,我本来想讲一个别的故事,但你的故事是关于记忆的,这让我也想讲一个和记忆有关的故事。

所有人都说我记性不好,但我知道他们说得很婉转,他们是想说:"你疯了。"

在我决定生孩子的时候,他们就说我疯了,他们说如今没有人生孩子了,说女人仅仅是拥有了生育的能力,如果这种能力被视为是女人的"天职",那女人和工具有什么区别?他们说,未经同意就把一个生命带到这个世界上,这是不公平的;他们说,够了,生命已经够多了。

但从和丈夫相爱的那一刻起,我就想拥有他的孩子。我爱丈夫爱得发狂,在他熟睡的时候,我从他的眉骨触摸到嘴角。他被我弄醒了,却没有立刻睁开眼,而是脸上浮现出一种努力压抑着满足感的微笑,亲吻着我的手指说:"我不想让你生孩子。我们俩生活足够了。"

我说:"不,我想有你的孩子。"我对丈夫的爱撑得我心脏发痛,多得他承载不来,我必须分配到一个他的分身上,一个小小的他作为爱的容器。

但我们的儿子并不那么像丈夫。丈夫皮肤是小麦色的,儿子却像我一样苍白；丈夫腼腆，同情弱者，儿子却在很小的时候就显示出不愿和人分享东西的自私。我多期待儿子快点长大，显示出与丈夫相似的特征。

但是我没能等到那一天，我的儿子就不见了。

更糟糕的是，我不知道他是什么时候不见的。

我指的并不是我们一起去野外玩，我不知道他在几点几分消失在丛林里。我不知道他是几岁的时候消失的。

有一天，我睡了个好觉醒来，正在脑海中给儿子做奶油华夫饼，忽然出了一身冷汗——往往这个时候，你的身体会比大脑更早地意识到大事不好，我意识到：儿子消失了。再也没有一个小小的影子在我面前奔跑，再也没有一个软乎乎的小手在早上抱着我的脖子，开始喋喋不休地说他一天想吃的东西。

我就像是从好几个纠缠交织的梦中醒来，有好几个儿子消失的场景同时存在：儿子五岁，他在和我玩躲猫猫的游戏，他藏我找，我从手指缝中看到他藏进了衣柜里，但是当我打开衣柜的时候，我发现里面什么也没有。

儿子十二岁的时候，我们一家三口在河边，我和丈夫坐在餐厅靠窗的位置，天空湛蓝，几朵慵懒的云朵之下，儿子在河边一艘独木船里坐着，他已经是个颀长的少年。我注意到河水几乎和船舷持平，挥挥手让儿子回来，儿子也朝我挥手，像是招呼着让我也过去。然后他忽然很大力地摇动船橹，消失在又宽又深的河流深处。

我追出去了吗？不，追出去的好像是丈夫，那么丈夫为什么没有救他？

我在噩梦醒来的清晨大喊大叫，让丈夫快点把儿子找回来。丈夫轻轻地揉着我的后脑勺，问我要不要喝一点热牛奶。

我发疯似的在家里找一切和儿子有关的东西：衣服、玩具、照片，但是什么也找不到。我发怒地问丈夫："你藏到哪儿去了？"丈夫却假装不知道我在说什么。

当我告诉朋友们我的儿子消失了的时候，我用余光注意到丈夫在对他们做出轻轻摆手的姿势。朋友们答应会帮我，但语气就像是答应一个小女孩会帮忙找她的仙女棒。

有一天，我在擦拭墙角的时候，忽然放声大哭，丈夫问我怎么了。我给他指墙壁上淡淡的铅笔印子，画着一家三口。

我说："这是儿子画的我们。"

丈夫说："对。"

我说："所以他是真的存在过的，对不对？"

丈夫说："对。"

我说："你让我真的以为他是我臆想出来的。他是什么时候消失的？"

丈夫说："你不记得是幸运的。"

我大喊道："是不是你把他送走的！我知道其实你一直嫉妒他，你嫉妒我和他那么亲密！"记忆又被填充了一个场景，我在床上抱着儿子,和他分享一切,听儿子刻薄地评论周围的人,我们甚至一起取笑丈夫的古怪行为,笑话他对道德戒律的严格,笑话他对任何能使精神麻醉的东西的恐惧。

丈夫的嘴角开始颤抖,他央求我不要再说了。我依然穷追猛打:"你把儿子接回来!你——"我的句子停在半空中。我想要抓住脑子里清晰的下一句话,可脑子像是故障了的幻灯机一样不断变换画面,最后停在一片黑暗里,就像一个洞,是句子和下一个句子、词和下一个词、字和下一个字之间的缝隙,我眼睁睁地看着自己掉进了时间的缝隙,失去了意识。

醒来之后,我顺从地任由丈夫把我送进疗养院,疗养院的负责人是个声音很有磁性的妇女,她说:"我们有好几个和你一样的女人,你们都会好起来的。"

在阳光充沛的下午,我们坐在草坪上聊天,聊自己的孩子。

"我没有看出一点他会消失的迹象。"

"我也是。"

"他消失的那天早上还高高兴兴的,说终于拿到了驾照,要开车去兜风。"

"你记得他是哪天消失的?"

"不,我不记得。但这个画面我印象深刻。"

"他是什么时候不再叫你妈妈的?"

"自从我不再和他睡在同一张床上。"

在阳光渐渐溜走,空气一寸寸冷下来的时候,会有一个很强壮、笑声很大的保健员出现,给我们喂药,擦干我们的泪水,让我们像装扮洋娃娃一样为彼此梳头,换上睡衣,然后像一排勺子一样抱着彼此睡觉。

不久之后我出院了,我的泪水被抽干,就像被封上金属盖,合格了,从流水线下来。疗养院将迎接下一个破破烂烂的漏水的盒子。我的丈夫来医院接我,他问我:"你好了吗?"

我微笑道:"我好了。"

他小心翼翼地问:"我们的儿子是怎么回事?"

我说:"他离开我们很长时间了,很有可能是死了,但我内心深处不能接受这件事,所以产生了幻觉。但失去孩子的父母很多,我并不应该觉得只有自己是被厄运选中的人。"

丈夫说:"我们就当儿子没有来过这个世界。"

我重复他的话:"就当儿子没有来过这个世界。"

"乖。"他夸奖我。

出院之后,我努力地和丈夫保持同步,我观察他,模仿他,在朋友聚会的时候,当他举杯,我也会用同方向的手举杯;当他被别人的笑话逗笑,我也会大声地笑出来;当丈夫深情地对我说"我爱你"的时候,我也把眉毛抬到同样的弧度,用同样深情的语气说"我爱你"。说完他看着我叹气,我不知道他为什么悲伤,可我也同样叹气了。我比过去更爱黏着丈夫,好像他是翻涌的大海上唯一的甲板。到了晚上,我就让他像疗养院的女人一样搂着我,为我唱摇篮曲,哄我睡觉。

"你应该多交点朋友。"丈夫对我说,"每次我一离开你的视线,你就开始哭,这可不行。"

于是我开了一个烘焙的厨艺班,收了不到十个学生,说是厨艺班,其实就是一群人在焦糖和巧克力浓烈的香味里消磨时间。

我和丈夫终于有了新的话题可以交流,我会跟丈夫分享厨艺班的八卦。"今天来了一对情侣一起来上课,可真少见。"我对丈夫说。

"小年轻?"

"不,看起来和我们差不多大。"

"他们感情好吗?"丈夫问。

"还不错,但我总觉得那个女的配不上那个男的,她长得不好看,皮肤很黑,人笨手笨脚的,什么也做不好,还很小心眼,我和她男朋友一起笑话了她几句——没有恶意,她竟然生气了。"我说。

丈夫批评了我,说我不应该对他人的感情说三道四,说那位女士一定有我看不到的优点。

我仿佛是为了向丈夫证明自己的正确,每次回家的时候都带来对那个黑皮肤女人新的挑刺,说她怎么打翻了面粉啦,说她怎么让男朋友不戴手套去拿烤箱里滚烫的烤面包啦。

"她站在那儿就像傻子一样,看着我如何用药膏处理她男朋友被烫的手,她可真是笨,我都不知道她男朋友是如何和她一起生活的。"

"你可不要多管闲事,让别人误会。"丈夫有些忧虑地说。

"你放心吧,只是因为他们是我的学生,我要对他们的安全负责。"我说。

过了几天,黑皮肤的女人来向我告别,说这是她最后一次来上课。我问她的男朋友以后是否还会继续来,她很奇怪地看了我一眼。当我和丈夫复述这件事的时候,我才忽然意识到她眼神里的是一种嫉妒,因为从有记忆以来,我和丈夫就是人人羡慕的一对灵魂伴侣,我对异性的敌意已经非常陌生了。

过了几个月,我在大街上遇见了黑皮肤女人的男朋友,他的腿上打了石膏,非常艰难地过马路。

我搀扶他走到路边,问他是否还和女友在一起。

"我们前几天刚刚分手。"他说。

"啊,真遗憾,为什么呢?你们看起来那么配。"我心脏狂跳,等待他说"因为你",或者仅仅是看着我。我当然没有喜欢上他,但知道自己有不知不觉就破坏他人情感的能力总是一件能满足虚荣心的事情。

"因为她出轨了。"他很愤怒,他那双像猫一样的眼睛忽然瞪大了,他处于急于向人倾诉的愤怒期,开始详细地讲发现女友出轨的经历:"我去她的公寓,敲了很久的门她都没有开,可门里分明有人声,我用门后花盆下的备用钥匙开了门。她穿着睡袍,一脸慌张,让我去洗澡。我当时就觉得不对劲,我在浴室把水龙头打开,仔细听浴室外的声音,听到有动静就冲了出去,看到一个身影在往外跑,我拔腿就追……我就是这样下楼的时候摔断了腿,但我还是把那个男人扑倒了。"

"你认识他吗?"

"这可比我摔断腿这件事要更丢脸。"他说,"那是她的双胞胎哥哥。"

我简直想立刻奔回家与丈夫分享这个劲爆的丑闻,断了腿的男人看出了我的兴奋,他试图挽回尊严:"我的女朋友和她哥哥都坚称他们什么也没有发生,她哥哥逃跑只是因为怕我误会,她说一般人无法体会那种血肉相连的亲密。"

"真恶心。"我感到反胃。

"所以我头也不回地离开了。没关系的,我不久就会忘了这件事。抱歉耽误你这么久,你该回家吃晚饭了吧。"他撑着拐杖准备离开。我怎么忍心让这样一个刚刚被背叛的男人一跳一跳地收拾屋子做饭,我提出陪他回家,给他做顿饭就离开。

"然后我就再也没有见过他了,不知道这个可怜的男人有没有康复。你能想象吗?女人和自己的亲哥哥。"我躺在床上,靠在丈夫的怀里,轻轻抚摸着他的指尖。

"可能他们确实什么也没有发生。"丈夫说,环抱着我的手捏捏我的肩膀,用脚去摩挲我的脚。

"你就是因为太善良,所以看什么都很美好。我要出门去买烘焙用具了,会晚点回来。"我坐起身,开始穿衣服。

丈夫轻快地说:"你去吧。早点回来。"

我在亲吻丈夫的脸颊告别的时候,头脑中忽然非常清晰地出现了儿子的脸,儿子有一阵吃奶油上瘾,我不让他多吃,把奶油饼干放在很高的地方。某天我和丈夫在门后偷看他爬上凳子,从食物柜里翻到奶油饼干吃得有滋有味,我们跳出来抓他个正着,儿子仰起小脸,嘴上全是饼干屑,他一本正经地说:"是奶油饼干掉了下来,刚好掉在我嘴里了。"

丈夫一边大笑一边给他擦嘴,我却没有笑,我意识到儿子的童年结束了。天真的终结,是从撒第一个谎开始的。

我的天真也结束了,我没有去买烘焙用具,而是去了那个断腿的男人家里,我已经连续一个月每周去两三个下午,带上食物,给那个男人做顿饭,一起看一会儿电视,然后离开。

我知道你们这些听故事的人此时在想什么,但我向你们保证,你们想的那些事情都没有发生。我们所做过最亲密的事情,只是他有时会枕着我的腿睡着,有时候会用嘴碰碰我的脖子。大多数时候,我们只是聊天,他对我有过儿子这件事非常惊奇,他说如今已经没什么人生孩子了,我给他讲和儿子的那些回忆,那些丈夫不让我去想的那些回忆。

"你爱你的丈夫什么?"那个男人枕在我的大腿上,抬眼问我。

我发现自己从来没有想过这个问题,或许是因为当爱已经成为漫长的既成事实之后,去追溯源头是没有必要的。

"他对我很好。"想了半天,我才回答。

"不,他对你不好。"他说,"他剥夺了你最宝贵的东西。"

"那是什么?"

"你对儿子的记忆。"他说。

我本能地想否认,但那个男人已经带着一种得意的笑容宣布胜利,宣布他已经看透了我最隐秘的部分。他是对的,我的丈夫一直在我的生命里试图扮演拯救者的角色,他试图营造一种困境:我在自我和"儿子"之间进行选择,如果我紧紧握着关于儿子的记忆,我就会丧失自我。于是丈夫来拯救我,他来解开绑在我身上的石块,让我不至于沉入海底。但他到底救了什么?如今的我不敢公开地思念自己的儿子,我丢失了生命中唯一能给我安慰的东西,还要伪装成"正常"的样子,其实灵魂深处早已空无一物。

我弓起身子,紧紧地抱着那个男人哭了,感觉到自己的泪水顺着他的脖颈流了下来。

听故事的人,请你们不要用这种眼神看着我。我不是一个不贞洁的女人,更不是一个渴望新鲜的激情的女人,我和他的关系并没有走得更近,我也从来没想过要为他离开我的丈夫。我在内心给自己定了一个期限:等那个男人的腿康复,我就再也不见他了。

那天是那个男人拆石膏的日子,我打算最后一次去他的公寓。

当我打开门的时候,我发现丈夫竟然在那里。

丈夫和那个男人坐在客厅两张相对的椅子上,身量和动作都极其相似,乍一看,就像是一个人和他的镜像。他们两个人同时抬起头看着我,那个男人仿佛瞬间苍老了,脸上有很多褶皱;而丈夫面色苍白,他看我的眼神并不是愤怒,而是一种忧伤,仿佛知道什么我不知道的可怕的事,就像是刚刚和医生咨询完的绝症病人的家属,得知我去日无多。

丈夫起身离开,从门口的我身边经过,他的肩膀和我相碰的瞬间,我才猛然恢复了神智,抓着他的手,丈夫甩开我的手下楼,我一直追他到楼梯间,我说:"不是你想的那样!我们什么也没有发生。"

丈夫看着我,用手掌抚摸我的脸颊,他相信我了吗?他愿意相信一个陌生的女人和自己的哥哥没有私情,他一定会相信自己的妻子。

我抓住丈夫的手,让他带我回家。他尽可能地温柔,但还是坚定地移开了我的手,说他会收拾好自己的东西,然后离开,他让我那时再回家。我满脸泪水,乞求他原谅。

丈夫说:"该发生的总会发生。"

我说:"对不起,我从来没有想伤害你。"

丈夫说:"不是你的错,让我一个人来接受惩罚就够了。"

我说:"我不懂。"

丈夫说他希望我永远不要懂，希望和那个男人在一起的我能重新快乐起来，并且一直快乐下去。

我听到丈夫的脚步声消失，楼梯间里只有我的哭声的回响，时间在我的痛苦中流逝，我像孩子一样被自己的哭声所吸引：原来我的痛苦听起来是这样的，这么响亮，却没有一个人听到。

我如今一个人生活。你们听到这个结局一定会松一口气吧。坏人接受惩罚往往比好人获得好报更让观众满足。

那个男人搬家了，有几次我偶遇了他，他像见了鬼一样躲着我。丈夫不知所终，有人说看到他离开了我们所在的城市，出了边境，进了山里。所以我才来了这里，离山最近的地方，你们仔细听门外的声音，那不仅仅是狂风作响，还有巨兽饥饿的呼啸。他们说进了山里的人都活不了，但我始终相信丈夫会回来的，如果不是相信他会回来，我早就不活了。但我要像个幸存者一样活着，这里的所有人抽象得让我难受，只有我的丈夫是真实的，我在等着他回来。其实对我来说，早就没有新年旧岁、春秋寒暑的意识，我每一天的差别只是有丈夫或没有他。

今天，很不幸地，又是没有他的一天。

独臂男人的故事

……该我了！原谅我刚刚走了神，认识这么久，我竟从来没有听你讲过这个故事。你说你的故事是关于记忆，但我却觉得它是关于忏悔，我本来想讲一个别的故事，但现在我也想讲一个和忏悔有关的故事。

我曾经有一个最好的朋友，叫作k。

k是那种天生有领袖魅力的人，童年时就在孩子里有极高的威望，所有男孩都渴望成为他最亲密的朋友，能第一个知道下次冒险的细节，但k却选择了我作为他最好的朋友。我一生中有好几次被女人爱的经历，但k第一次在围绕着他的孩子中准确地喊出我的名字带给我的战栗与喜悦，远远大于女人们给我的体验。

k是一个"错人"。这是很久之前迁徙来我们帝国的群体，血液"不干净"——老一辈人总是语焉不详地嫌弃道。我小时候以为那是指血液黏稠且带着渣滓，但后来才知道是指他们的祖辈做过违背伦理的事，所以神惩罚他们，让他们生来愚蠢而暴力，还有更多不可测的变异，所以他们刚刚来到这里的时候只能做一些低下的工作。所有的错人在手背上都有一个淡淡的十字文身，k从来不掩饰，错人的身份反而增加了他在同学中的神秘感。

从我记事以来，帝国里从上到下都有两种声音，一种是要限制错人的权利,不能让他们获得高职位的工作;另一种声音是让错人不仅获得平等,甚至还获得优待,作为历史上被歧视的补偿。一直到我上中学,后者的声音都占据着上风,它被视为"进步的力量",我也一直以有一个错人朋友而骄傲。

中学毕业那一年的青少年运动会,k作为运动健将参加了游泳和100米短跑项目,都获得了第一名,出尽风头,获得了行政长官颁发的奖牌。在最高的领奖台上,他朝着台下我的方向笑着招手。

我激动地对身边的母亲说:"这是我最好的朋友!"

我的母亲邀请他来家里吃饭。吃饭之前我很紧张,我很害怕我眼中k那些闪闪发光的品质——例如勇敢、不守规矩、时不时蹦两句脏话,在我父母挑剔的审视下会让他们看不惯,没想到整场饭局进行得很顺利:k表现得礼貌而骄傲,赢得了我父母的欣赏;在他表示出自己错人的身份之后,我的父母微笑颔首,k也没有看出其中的虚伪。

那晚的转折发生在我的父母问k以后想做什么,k眼睛发亮,说:"我要做第一个错人行政长官!"

我大吃一惊,我从来没有听他说过这个理想。我的父亲说自己也站在支持错人平权的这一边,让他详细讲讲自己的计划,k开始讲他将如何组织群体活动,如何赢得群众的支持。在那个瞬间,k在我眼里不再是那个站在木箱子上指挥男孩子们占领废弃建筑的领袖,他显得很幼稚,他竟然相信我父亲作为一个资深政客会对他的政治理想有兴趣。

我几次想打断k的慷慨陈词,但他失去了往日的敏锐,依然滔滔不绝,他难道看不出我父亲的夸奖和鼓励其实是在逗弄他出丑吗?

离开我家的时候,k很高兴地对我说:"你父母——尤其是你父亲,真的能理解我!"

在那一瞬间,我甚至开始同情k了。他的父母都是从事低下工作的错人,k从来无法从家人那里获得真正有价值的帮助,而我的父母是他能接触到的最体面、最接近理想家长的大人,所以他会诚挚地袒露内心最深层的野心,希望博得他们的赞赏。

那天晚上,我问父母对k的印象怎么样,父亲毫不意外地嘲笑了他一番,而母亲则显得有些忧虑,说:"我担心他总有一天会显露出他的本色,毫无怜悯地伤害你。"

"你们都小看他了。"我在心里对父母说。在那一刻,我觉得自己和k是一体的,我没有与父母抗衡的能力与决心,但如果k能战胜他们的轻视,我便觉得自己也赢了。

在我们上大学之后,两种政治力量的对抗越来越激烈,k也越来越热衷于公共活动,他在学习的广场上组织演讲和抗议,我帮他写演讲稿,印刷横幅,在墙上刷标语。但同学的反应却越来越冷淡。"错人得到的优待还不够吗?还想怎么插队?"他们说。但这些冷遇反而点燃了k的斗志,在我沮丧的时候,他一直告诉我:"沉默的大多数是支持我们的。"

不,他们并不。

大学第二年的冬天,传出了一件爆炸性的丑闻,一个错人强奸了一个正常人少女,少女怀孕后自杀了。这件事引起了全国人的愤怒,直接导致了反对错人的政治力量上台。

k不断地在校园广场上演讲,说这只是个别事件,事件中还有很多疑点。同学们用嘘声把他轰下台,还有人往他的身上扔鸡蛋。

他失魂落魄地对我说:"我第一次不知道下一步该做什么了。你说我该如何向人们解释清楚这件事?"

我说:"人们其实很清楚,他们甚至期待这件事很久了。"

我的话比那个正中他额头的鸡蛋给了他更大的打击,他茫然地环顾四周,就像不再认识这个世界。

行政长官上任没多久就开始了一场清洗运动,把错人从帝国管理系统、教师系统、司法系统以及政府资助下的其他机构中清除出去。错人必须居住在帝国边缘的聚集区。

有一天在上音乐课的时候,老师有些歉意地让所有错人同学出去,坐在教室外的长凳上,课结束之后再回来。老师说以后的音乐课和美术课都不允许错人同学参加。

我看着k低着头站起来,捏紧了拳头,我期待他重重地把黑板砸出一个洞,或者带着同学们把老师揍一顿,哪怕跳上课桌来一段慷慨激昂的演讲。但是他什么也没有做,只是跟在其他错人同学的后面离开了教室。

一个月之后，所有错人同学都不能来上课了。

在那之后，我和k见面越来越困难。因为错人不能去公共浴室、剧院、电影院、体育场、博物馆、图书馆，错人被要求把大大的十字标志袖章佩戴在手臂上。k拒绝戴袖章，每次我们在公开场合见面的时候，都会有人走过来，要求他伸出手，检查他手背上的标志，然后让他回到自己的聚集区。

我发现自己同时生活在两个世界，一边是我的日常生活，报纸和新闻里每天都是关于错人的报道，说现在的社会问题都是他们造成的，说他们污染了我们的血液；另一个世界是黑暗逼仄的k的世界，我们在地下室或者是错人区的小饭馆里见面，我们仍像过去那样分享秘密，嘲笑大人，像两只躲在地下的老鼠，不知道洪荒世界里雷火焚林、大雪封山。当我看到报纸上被画成恶魔的错人，看到他们被剥夺工作，甚至被当街殴打，我想到的是抽象的错人，我自动回避想象这样的事情发生在k身上。

直到有一天，当我们准备在街上碰头，我在马路另一头看到了k，他在准备过马路的时候被几个穿制服的人摁在地上，用鞭子抽打，他发出野猪一样的嚎叫声，向我求助。当那几个穿制服的人狐疑地把目光转向我的时候，我仓皇地转身就跑。

几天之后我在我们经常见面的半地下小饭馆里见到了脸上都是淤青和伤口的k，他向我借些医药费，丝毫没有提我那天逃跑的丑态。我给了他一厚沓现金，说："你走吧，离开这里吧，坐穿越冰川雪山的列车离开吧,到温暖的地方去,这些钱应急够用了。"

k说:"这是我出生的地方,我为什么要走?我宁愿在国内受辱,也不愿意流落他乡当乞丐。"

我说我们不能这样频繁地见面了,我有了一份公务员的工作,是我父亲安排的。k一点也不意外,笑着点点头。

我在纸巾上写下我的新住址,说:"你可以来找我,在你特别需要帮助的时候。"

我们出门后同行了一段路,刚下过雨,大街湿漉漉、亮闪闪的,似乎还有一些雷雨在远处的山谷里酝酿,随时准备奔过来把这个古板乏味的地方浇个透。在岔路口,k与我告别,路灯的微光把细细的雨丝照成橘色,k小心地把写有我地址的纸巾折好,放在胸前的口袋里,拍一拍胸口,与我挥手告别。

我与青春作别,开始了职场生活:在一家有政府背景的报社做新闻工作。我上班第一周就遇到了一件大事:本地的行政长官被枪击了。他在工厂视察的时候被射中,第一枪打在肩部,第二枪精准地在头部爆裂,凶手逃跑了。

我对这个预示着动荡的恐怖事件采取了很消极的回应。我没有参与议论和猜测,而是通过盯紧眼前踏实的工作和生活来应对心理上的冲击。

这件事过去两三天之后的一个深夜,我还没睡着,在想自己编写的新闻有没有不妥,应该说"警方开展了搜查"还是应该说

"警方积极开展了搜查"。这时,我听到了一阵敲门声。

是k站在门口,他脸上带着一种兴奋但扭曲的笑容,问我要一杯热酒喝,还让我把门关好。

我给他倒了热的蛋酒,他一口也没喝,只是紧紧地握着杯子,盯着空中的一处发呆,表情就像在回味一场激烈而甜美的性爱。我问他是不是恋爱了,他这才回过神说:"是我干的。"

说完,他又一字一句地说:"是我把行政长官干掉的。"

我感觉到自己的脑袋一下子炸开了,一瞬间,窗外街道的声音变得很清楚:行人的脚步声、车驶过的声音、马路对面餐厅的顾客推开门走出来的声音。我觉得这些顾客其实是监视这里很久的警察,而行驶的车随时会停下,几波警察已经上了楼,此时就在门板后准备冲进来。

我小心翼翼地检查着房门后有没有人,k说:"你放心吧!没有人跟着我……说实话,我都没有想到会这么顺利地干掉他,这次行动我策划了一个月……"

他开始分享自己是如何筹划行动和顺利脱身的,很激动地说:"已经开始了,我的兄弟,已经开始了。"

我问:"什么开始了?"

他说:"当然是最后的战斗,决战!要么我们赢,要么我们准备好用尸体筑成一道屏障,来阻挡那个想用铁链把社会束缚住的巨人。"

当他提到"尸体",我的脑袋"嗡"的一声,眼前出现我和k的尸体掩埋在一堆尸体下面的场景,我咬着牙说:"所以你想到了来我这里?"

k丝毫没有听出我的愤恨,天真而温情地说:"是啊,因为你是我最信赖的朋友啊。我还想让你帮我办点事……"他飞快地说出一个地点和人名,让我去联系此人,安排他离开这里的事宜。"交给你了,我想睡会儿,我太累了。"

当我穿上黑色的大衣准备出门的时候,k已经蜷缩在沙发上睡着了。

那一晚,我没有见到那个k让我去见的人,当我早上疲惫地回到房间的时候,我发现锁被撬开,房间里一片狼藉,而k也消失了。

k被捕了,他被捕的消息就像一个照明弹一样,照亮了过去那些在暗处隐藏的矛盾与撕裂。

k本来应该立刻被处死,但在行政长官死后,本地经历过一段混乱的权力争斗期。反对派试图利用k来引导公众情绪,动摇之前的政治势力,他们不断地丑化死了的行政长官,甚至编出了k是为了被侮辱的母亲复仇这种可笑的谣言,这激起了一部分人的不满,要求将k无罪释放;而行政长官遗留的势力则急于处死k。每次的庭审就像是连续剧一样在新闻上连番播报,两拨人轮番表演。最后新的行政长官选了一个折中的方案:判决k流放至北边寒冷的荒原中。

这个判决让所有人都不满意：有人质疑为什么没有把他当庭处死，有人抗议说之前的行政长官是臭名昭著的恶棍，k是英雄，应该无罪释放他。况且，没有人能在北边的荒原中活下来。

你们问我的想法？我没有想法，朋友们，没有。

我对那段时间的记忆是空白的，我丝毫想不起我是如何失去了工作的，想不起我为什么从漂亮的带花园的大宅子搬到了一间隐秘的旅馆房间。

我只记得我那段时间经常做梦。有一晚，我梦到了k的母亲，她坐在我床头的一张椅子上，手搭在椅背上，她没有看我，一动不动的平静中有一种深切的悲痛。没有拉窗帘的窗户上映出她的倒影，她的白发和苍老的脸浮在窗外鸽灰色的建筑墙体上，显得隔阂而疏离。她与她的儿子始终不能融入这个帝国。她的嘴一张一合，像是问我她的儿子去哪儿了，又像是指控我没有找到那个可以帮助k离开的人，但我却听不到她的任何声音。我努力想听到她的话，却越来越累，终于沉沉睡去。

当我再睁眼的时候，床头的椅子上坐着k，k浓密的胡子把脸遮住了一大半。我知道k的母亲死了，如果死人才能入梦的话，那么k也应该死了吧。

"你死了吗？"我眯着眼睛，对他的幻象问了一句傻话。

他点点头。

我说："我刚刚见到你的妈妈了。我很抱歉在你被捕之后没有照顾好她。如果能稍微让你觉得好受一点的话——我的父母也去世了。"

k低声安慰了我几句,然后朝我走来。他的脚步和影子一步步接近,他每走一步,我就变得更加清醒,我听到了他破破烂烂的靴子踩在地板上发出吱吱呀呀的声音,当他坐在床边,用他冰凉的手握住我手腕的时候,我已经开始全身发颤:他不是幻觉,他是真的,k来找我了。

我热泪盈眶:"太好了!你没有死!你来找我了!看你的脸,裂开了一道道口子,你都经历了些什么?"

k说:"说来话长,我在那非人的地方所受的折磨超过你的想象,冬夜从海上吹进峡谷的寒风像刀在剐你的骨头一样,比起来,死真是莫大的享受。但我没有死,支撑我活下来最大的动力就是来找你,我最信赖的朋友,我想问你一件让我百思不得其解的事情,我让你去找人那一夜究竟发生了什么?"

我哑然失笑:"原来你还在埋怨我没有办好那件事?这事隔了太久,让我仔细想想。"

k坐得离我更近了一些,我能感受到自己的上半身完全被他的影子覆盖,他说:"你慢慢想。"

我仔细回忆,说道:"那天我去了你说的地方,是一个合租公寓,破破烂烂的,那地方早该拆了,感觉整个楼最坚固的就是铁门闩。我找到了你说的那一户,但一个女人告诉我我要找的人不在,八成是赌博去了。于是我去了她说的那个地下赌场,问他们有没有看到我要找的人,他们说他刚赢了一笔钱,去喝酒了。我又被支到了酒馆,酒馆的人说他刚带了一个姑娘去小旅馆。我在小旅馆门口守了大半夜,都没等到他的人,我匆匆忙忙地赶回家,这时发现你已经被抓走了。"

k沉思了一阵,说:"那可是辛苦你了。但我要让你找的人,是个女人。"

我呆住了,想要坐起身,k却大力地按着我的肩膀让我动弹不得,他说:"说实话吧。"然后松开了手。

我猛然坐起来,打开台灯,让他看清我的脸,大喊道:"好吧!实话就是我一出门,还没走出大楼就知道你已经暴露了,楼道里全是准备抓你的警察,楼下的警车已经停满了半条街。我当时就知道没有意义了,所以我根本没有去找那个人,我躲起来了,你再次见证了我的懦弱。你满意了吧?"

k笑了起来,从怀里掏出一把左轮手枪压在床上,他手背上的十字似乎随着岁月和苦难变得越发深重了,他说:"难道那些警察在门外守了一整夜,等我睡饱了再抓我?他们可真好心。"

我感觉到自己的汗浸湿了睡衣,我徒劳地用枕头盖着他的手枪,虚弱地说:"我出门的时候是想去替你办事的,但我快走到你说的地点时,忽然想,为什么?为什么要一次次被你拖入危险之中?小时候因为和你一起贴标语被处分,长大一点还要给你搞钱,你竟然还要继续害我,想让我跟你一起死。我发现自己从小到大都忘了问一个问题:凭什么?就凭你恩赐给我的友谊吗?我犹豫了大半个夜晚,在凌晨报了警。"

k说:"你不要给自己的卑鄙找借口。"

我说:"你是谋杀,杀人本来就应该偿命,再说你做那件事之前难道没有做好赴死的准备吗?你能活着回来已经很不公平了。你杀了我吧,看背着两条人命的你是否还能活下来?每晚还能否睡得安稳?"

k一脸轻蔑地说:"你不配让我杀你。你是个懦夫,没有勇气为了自己相信的东西做出半点的牺牲。"

我笑了起来,说:"你说说,我相信什么?"

k露出一丝困惑,回答得结结巴巴:"就是我们曾经相信的那些东西……平等,解放,消灭所有的不公平。"

我大笑起来,笑得停不下来,眼泪都流出眼角,好容易停息下来,说:"天哪,你难道还相信那些东西?我真的不知道该笑话你还是可怜你。你不知道你被流放这段时间发生了什么,你们这类人……你们带着斧头和锤子上街,破坏一切眼前的东西,从商店到坟墓,你们本性里的劣根终于隐藏不住了,你问我相信平等吗?我小时候确实相信,后来当看到我的朋友在我眼前被你们这种野兽一样的人用锤子敲碎脑壳的时候,当血溅在我脸上的时候,你问我相信平等吗?我会说没有勇气下令把你们全部杀死的行政长官会被永久地钉在耻辱柱上。你知道你们最可笑的是什么吗？你们号称生命平等，人与人没有区别，可你们把秩序破坏之后，第一件事是冲到身份管理的办事处去修改身份资料，把自己的名字从错人里划走，用刀划烂自己手上的十字标志，在杀死的正常人手背上画上十字，我现在说起这些都要作呕。承认吧，你们想要的并不是什么平等，你们只是恨，恨掌握绝对权力的不是你们。你问我相信什么？我相信秩序，我相信血统的纯正，我相信我们这个民族要重新振作起来的话，需要一个下得了决心把你们都除掉的人。"

k站起来，此时我已经平静了，换作他无法抑制地颤抖。他用枪指着我说："我改变主意了，我要杀了你。"

我下床，站在他面前，说："杀了我吧，但你记住我不是一个被你处决的懦夫，我也不是为和你捍卫相同的信念而死，我是作为你的敌人被你谋杀的。"

k似乎被我击垮了，他眼里的光全没了，就像是北方荒原上的寒风终于追上了他，吹散了他灵魂里的火焰。我们认识多年以来，我第一次全方位地战胜了他，他握枪的手松了，在枪快从他手上脱离的刹那，我大步上前想要夺走枪，他下意识地扣动扳机，打穿了我的手臂。在他想要查看我的伤势时，我用另一只手抢过枪，枪口抵着他的胸膛把弹膛里的子弹都打光了。

k死了，这次是真实地死了，成了我脚下淌着血的尸体。

那是一段多么混乱的时期，k这个明星犯人死了这样的新闻都不足以获得多少关注。后来我所期待的铁腕人物上台,平息了骚乱,社会恢复正常——我是说正常人又恢复了生活。

杀了k之后,我去警察局自首了。但我没有坐过一天的监狱,警察把我安顿在一个很好的公寓,几天之后,他们带我见了那个铁腕人物。那是我第一次跟权力对话,在之前,权力通过报纸、公函、通牒的方式与我对话,但那一次,我和权力本人面对面地对话,让我意外的是,权力有一双柔软得像是棉花的手和非常细的嗓音。我们谈了很久,至于我们聊的内容,我发誓永远不会向任何一个人透露。

权力让我离开了,于是我离开首都,来到这个边境城市,开始过一种全新的生活。

在这里,我曾当过一段时间的老师,我在历史书上见到k的名字,他被写成了一个十恶不赦的坏蛋,童年时候就显示出了犯罪与暴力倾向,我很想向孩子们说:"不,他不是这样的,他曾经是我见过最宽容而无畏的人。"但我最终没有说。

我想,k已经成为一种符号,而真实的我与真实的k终究只是历史中微不足道的两粒沙子,雪上浅浅的两行脚印,一阵风吹过便消失得无影无踪,终将无人记得,无人知晓。

主人的故事

你说你的故事是关于忏悔,但我却觉得它是关于友谊,我本来想讲一个别的故事,但现在我也想讲一个和友谊有关的故事。

我看我的客人们已经开始打呵欠了,你们放心,我的故事很快就讲完了。

我从小经常做一个梦,梦到一种生物,它大得难以想象,足足有四五米,皮毛像钢丝一样坚硬,眼珠子充满了血。强壮的男人们从四面八方拿着武器赶来,带着恐惧在那里乱砍一气,却如同孩子拿着木棍在巨大的石像脚下玩耍一样白费力气。巨兽不耐烦地轻轻挥舞了一下爪子,所有人被掀翻在地,战斧落在了他们自己的脑壳上。

它是巨兽。关于巨兽的传说——或者说是诅咒——一直笼罩着帝国,它们就在边境以外的山里活动,把山里所有能吃的都吃了;它们刀枪不入,正面挨枪子也不会流一滴血。据说它们总有一天会攻打进来,所以帝国在边境线上每隔十公里就设有一个要塞,由勇士负责追捕和猎杀巨兽。帝国所有超过十八岁的男孩都会参加抽签,从一万人中抽出一人作为勇士。

陌生人,你现在就在一个要塞中,而我就是其中一个勇士。可你若问我可曾成功地杀死过一只巨兽,我只能惭愧地告诉你:没有。没有一个勇士成功过,进入山中猎杀的勇士都死了,巨兽会用一种很挑衅的方式羞辱他们,划开勇士的肚子,吃掉脸,然后把尸体扔在山脚下最显眼的地方。勇士生前没有名字,只有编号,死后连面孔都没有了,随时可以被新的勇士顶替;一颗子弹打出去,另一颗子弹上膛。

勇士们想了各种办法,比如在山中所有的泉水旁都放了枪,枪筒里装满了火药,用绊线把枪和烟草袋连接妥。次日的早上,山里一阵阵震天的爆炸声,下午去泉水边一看,发现枪被炸成了碎片,地上有些未干的血迹,其他就什么也没有了。"一发又一发的子弹打出去,却连巨兽的毛都没看到。"其他勇士抱怨。

"我见过它。"我说。

那时我刚当勇士还没多久,对山林尚不熟悉,迷路了,在同一个地方打转了数个小时,又累又渴,坐在一根横着的木头上打了个盹儿,醒来时太阳快落山,我抬头想要通过太阳来判断方向时,我看到了它。其实我看到的只是一双眼睛,在灌木丛后,夕阳从树缝隙中撒下斑斑点点的光,落在它布满了血丝的瞳孔里,它望着我,然后消失了。

"它多高?有毛吗?"其他勇士问我。

"我没有看到。"我说。

"它的声音是什么样子?就是我们在夜里听到的那种吗?"

"我没有听到它的声音。"

"它的脚印是什么样子？"他们问。

"我忘了追上去看。"我说。

勇士们说每个新手都有过看到巨兽的幻觉，但我坚持自己看到了，那双眼睛和我梦里见过的一样。

我当时想自己一定会再见到它，但过了很久很久都没有它出现的蛛丝马迹。

帝国开始流传一种说法：其实没什么巨兽——毕竟没有人真的见过它，巨兽的传说只是帝国统治的一种方式，用恐惧把臣民凝结在一起，乖乖地服从统治。唯一的巨兽叫作"利维坦"，是政府。巨兽的呼啸是装神弄鬼的声效，至于那些死了的勇士，谁知道是谁从背后放冷枪杀死了他们。

这说法后来成了共识，被抽中当勇士的男孩会想办法逃脱，付一大笔罚款，或称十字星有指示，他去了会给帝国带来灾祸，所以你看到似乎沿着雪山有一排无穷尽的要塞，其实全是唬人的，里面根本没有人。任职的勇士们也不再拿着武器上山，只是在门口晃悠一圈装样子。帝国不再派来安全官视察，默许了勇士的渎职。

我逐渐怀疑自己那天看到的只是一个迷路的人，这让我更沮丧了：我将在这个荒凉之地，为了抵御不存在的敌人而消磨自己漫长的人生。勇士至死不能离开要塞，只有两种死法：被巨兽杀死，寂寞至死。我将属于后者，陪伴我的只有在地下室偷我粮食的老鼠。

有一天晚上,我听到地下室有动静,提着灯下楼去看,在布满灰尘和蜘蛛网的角落里,我发现了一个全身赤裸的人低着头,他脏兮兮的头发像毛毯一样覆盖了整个后背。我用灯向上照,屋顶上悬着一根细线,线的尽头原本有一块奶酪,奶酪里藏着一根弯曲的铁针,现在线的尽头消失在他的嘴里。

这是个十三四岁的男孩,脸上满是污泥。我让他张开嘴,他没有反应,我用手撬开他的嘴,那根铁针已经把他的腮帮子戳出了一个洞。我想把铁针取出来,但掌握不好力道和角度,手指在他的嘴里艰难地移动,感觉到他尖利的牙齿割着我的指节,我的手指浸泡在唾液和血里。

"很疼吧?坚持一会儿就好了。"我说。

男孩却一点反应也没有,就像是感觉不到疼痛,只是从胸腔里发出小兽的呜咽声。终于,我把铁针从他嘴里取了出来。他立刻就要跑,我抓住了他,把他拽到了楼上,让他用酒精漱口。

"你叫什么名字?"我问他。

他看着我,却像是看向我身后的虚空。

"你住在哪儿?你走丢了吗?"我问。

他张开嘴,却半天没有声音,很久才从喉咙深处挤出两个音节:"诺……曼……曼……"

他发音时整个脸扭曲成一团,身体痉挛般扭动。我明白了:这是一个在婴幼儿时期就表现出智力发育迟缓的孩子,被父母遗弃在边境以外，没想到他在那蛮荒之地竟然活下来了。

我带他去洗澡，把热水浇在他的上半身、生殖器和细瘦的小腿上，就像是清洗一张脏桌子。他一动不动，我递给他肥皂，他用双手握着放在胸前，仿佛那是祈祷的圣器。当热水温度升高，他恐惧地贴着墙壁。恐怖电影里的凶杀案经常发生在洗澡的时候，一个拿着匕首的手臂阴影逐渐靠近，人类在脱离了一切武装的赤裸状态下，原来是如此脆弱。

他的身体洗干净之后露出一层厚厚的汗毛，汗毛下没有一块好的皮肤，全是淤青和毛毛虫一样的伤疤。本来我打算把他喂饱了就赶走，但当我用毛巾裹上他身体的时候，我想把他留下来。

诺曼，我在这里的第一个朋友。

我教诺曼做饭、洗衣服，还试图教他说话认字，在递给他叉子的时候说"叉子"，然后让他学着我用叉子去吃土豆；在给他衣服的时候会说"衬衫，你去感受一下布料的柔软"。他点点头，含混不清地说："诺曼……曼……"

我和诺曼的关系在别人眼里很古怪。一个资历比我更老的勇士来这里做客，他一直盯着这个身材已经高大起来的孩子，看诺曼沉默地给我们端上菜，然后蜷缩在墙角发呆。

"你找了一个仆人？"他问。

我说："他不是仆人，是我捡来的小孩。"我说完脸就红了，我难道没有把他当成仆人吗？当我刚开始试着和他交流的时候，我在纸上画了两个人,指着其中一个矮一点的,指指他,说"诺曼",然后指着其中一个高一点的,指指我,犹豫了一下,不愿意告诉他我的真实名字,我说"主人"。

老勇士一下子警觉起来,说:"你在哪儿捡的小孩?"

"是街上的乞丐,我看他脑子不好,总是被欺负,就把他带回来了。"我说。

老勇士显然不信我的话,脸上浮现出一种古怪的微笑。"原来是这样。我还以为你是在外面捡的。"他的语气忽然严肃起来,"你知道对待外面来的人,我们需要怎么办。"

我给他倒了一杯酒,问起其他要塞的情况,他说最近有一个勇士活腻了出去猎兽,死了。他的死让新勇士的招募变得更难了,他所在的要塞现在还空着。

"你说那东西真的存在吗?"老勇士问我。

"我也不知道了。如果是帝国编造出来的,那么那些人可真狠心。"我说。

老勇士说:"可能我们都想多了,既没有巨兽也没有阴谋,毕竟已经这么久没有勇士死过了,可能就是那人被仇家杀了,我听说他赌博欠了别人很多钱。"

我点点头,让诺曼再给我们添一点酒。

老勇士走后,诺曼开始收拾盘子,我抓着他的胳膊,看向他的眼睛,说:"我不是把你当成仆人,也不是为了使唤你做事,这些小事我自己做也可以，我是想帮你建立一座桥梁，通向正常世界，让你自己也能独自生活。"

我的话把自己都感动了，我期待诺曼给我一些反应，哪怕像一只通人性的宠物，有一些亲昵的动作，但诺曼只是呆滞地看着我，挣脱开我的手。

"你听懂我的话了吗？我每天花那么长的时间教你认字和说话，你为什么毫无反应？我偷偷见过你在土地上用树枝写写画画，你在画什么？为什么发现我靠近的时候你会用脚把它擦掉？我知道你懂的比我看到的要多，你只是对我封闭了了解你的入口。当我教你发音的时候，你内心深处是在嘲笑我吗？诺曼，连养了很久的狗都能听懂主人的意思，诺曼，你连一只狗都不如。"深夜，我对诺曼说道。我们睡在同一个房间的两端，他睡在一张铁丝床上翻了个身，发出一阵阵磨牙的声音，声音不像是身体里发出来的，而像是来自地狱的死灵要锯着地板出来。"咯咯咯"，死灵从幽冥之界出来了，"咯咯咯"，死灵锯着我。

当诺曼变得足够强壮，我们去了山林里。在那里，他变成了另外一个样子，他在灌木丛中灵活地穿梭，山脊、水洼、每根烂木头、每块岩石他都认识，他的眼神就像是从空中俯瞰，万物尽收眼底，他用赤脚踩死蛇，宛如摧毁之神。我回头看山脚下我熟悉的要塞和城镇，此时已经在一片白色的薄雾中失去了形状，消失在世界边缘。

我对诺曼说快下雪了,我们得赶紧回去。诺曼搀扶着我下山的时候,我忽然想:如果我和他交手,我将毫无胜算。但还好我有枪——虽然我没有真的用它打过什么。枪是我的救星,是人类力量的延伸,它能从很远的距离没有感情地结束生命,扣下扳机的一刻,子弹将去完成它的使命,人就变得不再重要。人类不是蛮荒之地的驯服者,枪才是。

下山回到要塞之后,我按照记忆和想象画出巨兽的样子,问诺曼:"你见过它吗?"

这次诺曼竟像是听懂了,他点点头。

我大喜过望,说:"你带我去!我们两个一起上山,肯定能干掉它。"

诺曼点点头,转身去厨房做饭了。

那天晚上,我兴奋得一夜没睡,巨兽果然是存在的,而我将成为帝国历史上第一个杀死巨兽的勇士,我开始在脑海中盘算自己将要获得的荣耀和嘉奖。

雪一直下了两天两夜,雪停那天的清晨,我和诺曼一起上山了。我让诺曼走在前面,我低头循着他的脚印,感受着他的呼吸就在不远处。我们走了很久很久,进入了我从未进入过的山林深处,我每走一步都要艰难地把腿从深雪中拔出来,我把猎枪、水壶和干粮袋都给诺曼背,却依然感到身体无比沉重,口腔里有一股铁锈味混杂着甜腥味。诺曼的步伐却越发轻盈,在雪上踏下越来越浅的脚印,我不断地喊他停下来,他却像没听见一样越走越快,消失在了茂盛的雪松的后面。

我不再追赶诺曼,而是在原地撑着膝盖喘息。这时,我闻到了一股腥臭腥臭的味道,周围的空气流动变慢了,那种氛围就像是暴雨来临前一样压抑,异常宁静。

我知道,它来了。

果然是它,巨兽和我梦里的想象长得完全不同。它在近在咫尺的地方和我面对面,就像是从地底冒出来的,等待我已久。它受命于荒野,是这古老的土地对它低语,告诉它我要来了,要它毫不留情地撕碎我的血肉之躯以献祭自然之规则,这规则不听任何辩驳,就像是命运从不信任人类的陈情。我们的相遇并不是血肉之躯的偶然,而是更高主宰的命令。

我闭上眼睛,等待着我的命运。我的朋友们,如果有人曾经告诉你他如何与强大的悬殊力量搏斗,你可千万别相信他,那时候,你所能做的只有等待对方从头皮开始把你撕得稀烂。

当我感觉到它的气息正在接近时,听到几声枪响,然后是轰然倒地的声音。

我睁开眼,诺曼端着枪站在我身旁,巨兽倒在地上喘着粗气,身下一摊深红色的血。

我想向诺曼道谢,他丝毫没有停滞地拿着枪跑入了深林。我大声呼唤诺曼的名字,让他不要去追赶其他的巨兽。除了风在林间的吹拂和鸟抖落翅膀上落雪的声音，一片寂静，天猛然黯淡，黑暗从雪山上头向城镇的方向蔓延，就像是一个杀手执行着谋杀光明的任务。又开始落雪了，我抓住一片雪花，想要好好看看它，却发现它已经融化在我的掌心，不存在了。世上很多东西大概都是这样，你在抓住它的刹那，你就失去了它，谁也没办法叫消失的东西再回来。我意识到，诺曼永远不会回来了。

我割下巨兽的脑袋，把它带了回来。它的头骨就是你们在门口看到的那个，怎么样？和传说中完全不同吧？我没有用这头骨去邀功。

任何人问起我关于巨兽的事，我都说："它并不存在。"

巨兽是那些让我们良心难安的噩梦幻化成型，它的呼啸是记忆深处哭喊声的回响。听故事的人，你们听，远方巨兽的声音又响起了。

天快亮了，雪已经停了。据说这是今年的最后一场雪，天气要暖和起来了，冰雪消融之后，那些隐藏在山林中的东西将会逐渐显露出来，恐怕有些是比巨兽更可怕的东西。

陌生人，该你了，该你原原本本地讲为什么到这里来了。你记得我的话吧，如果你讲的故事有任何虚假之处，我会杀了你。相信我，杀戮对我来说并不是一件陌生的事。

陌生人的故事

终于轮到我了。我当然相信你,而且我知道从让我进屋的这一刻起,你就决定要杀了我,这屋里的人也都知道。但我不打算逃跑,我听了你们这么多故事,用最后的故事回报你们也是应该的。

就让我的故事为这个夜晚收尾。

我的故事要从一个倒霉的女人开始说起,你们可不要误会,她和我一点关系也没有,我唯一一次见到她是在一个晚宴上,这个传说中的美女为了引起众人的注意,姗姗来迟。她确实很美,每个动作每句话都像是伸出的藤蔓要把人缠住,她就像是一株攀缘植物,能在任何树木上生长。我本能地觉察到她的危险,一旦被她缠上要立刻砍断枝蔓,但大部分男宾客都被她迷倒了,尤其是一位远道而来的小伙子,光脚的侍者不断端上美味的羊羔肉、鹿肉、鱼肉和葡萄酒,但那小伙子和美女一点也没吃,一直在亲密地交谈。

我当时就预感到大事不妙,那美女可是有丈夫的。她的丈夫高大强壮,实际上却是个软蛋。而那个远方来的小伙子则能说会道,举止高贵。那一晚上他看起来像是被迷倒了,但我看得出来,他精明得很,着了魔的是那个女人。

果然,那个女人跟着小伙子私奔到了他的国家,去了海的另一头。她还带走了很多财宝。我的故乡是一个以手工艺制品闻名的地方,后来我去过很多地方,没有一个地方的宝贝比得上我故乡一个普通匠人随手打造的器物。而那女人带走的,是数代最杰出的匠人的心血。

女人的丈夫出离愤怒,他声称要出海远征到小伙子所在的特洛伊,去夺回他的女人。但所有人内心都清楚,他心疼的是那些财宝。

软蛋丈夫和他的盟友一起出征了,我的主人就是他其中一个盟友。我的主人是最骁勇的战士,他有着猎人一样的眼睛,漂亮的长发。不像那个软蛋丈夫,我主人的表情永远让人猜不透。

出征的舰队浩浩汤汤,立起桅杆的瞬间和风就灌满了帆兜,蓝紫色的波浪在船头发出响亮的歌声,所有的战士都很激昂,只有我的主人站在甲板上神色忧伤,羊毛斗篷和底下丝滑的长衣随风飘扬。我问他在想什么,他看着渐行渐远的故乡,说:"神注定我们从青壮至苍老都在艰苦的战争中度过,直到一个个都倒下。"

主人的预感是正确的,登陆特洛伊之后,艰苦的战争一共持续了九年多,我们的战友陆续战死,眼看就要输了这场战争,我的主人彻夜难眠。第十年伊始的一个晚上,我们坐在千百堆熊熊燃烧的营火旁边,那个夜晚空气透亮,群星散发出晶亮的光芒,高挺的山峰包围着我们,每一个突兀的幽深的沟壑全部清晰可见。

我的主人意气风发地说:"我的好兄弟们,我有了一个好主意!"

他选出了包括我在内的九个士兵,在我们脚底做了记号,说我们明天有一项特殊的任务。

第二天清晨,一个精良的巨大木马出现在那个我们久攻不破的城门口,它的躯干由松木制成,双目是黑曜石和琥珀,牙齿是象牙做的,随着微风飘动的是真正的马鬃。

敌人们围着这木马啧啧赞叹,他们以为我们撤军回国了,就把木马拉进了城里,还举行了狂欢的盛典。他们不知道的是,我们这九个士兵就藏在木马的肚子里,我们在黑夜中悄悄溜了出来,为舰队打开了城门,我们的战士在敌人醉酒之际卷土重来,潮水一样洗劫了那座城。

大获全胜之后,我们准备荣归故里。归程往往只需要十周时间,没有人想到我们走了那么久。

我们刚刚出海就遇到了坏天气,挣脱出来的时候,发现已经被抛到了一个全然陌生的世界。我们漂泊到了一个又一个危险又神秘的岛屿,在其中一个岛上,我的主人把烈火烧得滚烫的树枝戳进了神明的眼睛,逃脱之后,我的主人还在离开的船上大声讥讽着那个被戳瞎的神明。

在那之后,我们就被神明盯上了,遇到了一个又一个危机与陷阱。身边所有的伙伴都死了,有的成了食物,有的中了女巫的陷阱,有的葬身海底。我和主人来不及与他们告别,就匆匆地从每一个同伴丧生的地方继续前行,最后只剩一艘小船承载着我们两人在海上漂流。

此时，我们已与飓风搏斗了多年，精疲力竭的我发现自己并不是在与自然气候搏斗，而是在与风中的神角力：西风是个爱憎分明的神，当他平和的时候会许诺如镜的海面，而当他发狂，你如何向他乞求原谅也没用，会用最狂野的方式让你死亡；东风则是一个狡猾的神，她永远处于警惕状态，在你以为风平浪静的时候，她就隐藏在厚厚的云层后方，准备寻找一个你最松懈的时刻击溃你。

"你说，我们是不是永远回不了家了？"我的主人这样问我。

我还没来得及安慰他，一个巨浪打来，把我们的船打成了碎片，我和主人一人抱着一根浮木，被冲到了一个岛上。

在岛上，主人早已不是在故乡的岸边出发时的样子，他心灰意冷，麻木迟钝。他熟悉的人都不在了，而他成了这个岛的女主人的囚徒。夜晚来临的时候，他必须偎依着她睡在空旷的洞穴中，不情愿地陪伴着那个女人。到了白天，他就坐在海滩的石头上，用泪水洗刷着心灵，呻吟，哀号，目光越过不宁静的海面，睁着泪眼遥望故乡的方向。

一向足智多谋的主人没有了任何主意，我问他要不要想办法回去，他只是不停地叹气。我想我的主人累了吧，他奔跑了几十年，前面为了离开，后面为了归去，前半程所征战的遥远路途每一步都增加了他返家的难度，现在他终于停下来了。

我看着主人身体里那个骄傲的英雄一点点消逝。一直过了七年，用苦难折磨着主人的神终于出于怜悯赐予了我们一艘返家的船。岛上的女人恳求主人不要离开,说可以使他长生不老,享受永恒不灭的生活,但我的主人头也不回地离开了,踏上了返家之路。

在返家的岸边,主人激动扬帆的时候,发现我并没有上船。

"你不和我一起回家吗?"主人问我。

"您的家中有妻子和孩子,但我孤身一人,故乡并没有人在等着我。"我在岸上说。

主人走了,而我留在了岛上,换作我每晚抱着那个冰凉的女人,她很快就对我厌倦了,让我离开,为了赶走我,她甚至给予了我她当时用来挽留主人的东西:永生的能力。可能和主人相比,我的确对女人来说毫无魅力,连这样一个寂寞而多情的女人,都忍受不了我的陪伴。

我只能继续漂泊着。在漫长的旅程中,我见过很多人,讲过很多次我和主人的故事,但从来没有人认真听过,只有一个例外。那是一个夜晚,我在郊外的河边点着篝火烤着打来的兔子,一位老人走过来,问我能不能分他一口。

他一边吃兔子,一边仰着头,脑袋随着星星的运动轻微地移动,我很惊讶,因为他是一个盲人。我问他看到了什么,他说:"所有事情。"

盲老头说星辰的移动和昆虫爬行的路线、人手心的纹路没有区别,都是神明在这个世界留下的图纸。说完,他摸索着我手掌的纹路,说:"你从很远的地方来。"

我给他讲了上述的故事,他不断地询问故事里的各种细节,就像今天这个夜晚一样。我们讲故事讲到了天亮,他问我主人最后回家了吗?

我说:"很遗憾,没有。我从那个岛上离开之后,四处打听主人的故事,据说他死在了离家很近的海边。"

盲老头说:"我不喜欢这个结局。如果让我讲这个故事,我会让他回家,搂住忠诚的妻子,犹如海上漂泊的人望见渴求的陆地。"

我笑道:"我也更喜欢这个结局。"

他又问主人叫什么,我不想透露主人的名字,就说了自己的名字:"他叫作奥德修斯。"

盲老头问我能不能向他人讲这个故事,我同意了,但有个条件:在所有的故事里,他不能提到我。

我把名字给了主人,我成了没有名字的人。

我讲的故事传颂了很多很多年,但我的故事里没有我。不在故事里的人,才能拥有去任何地方的自由,我流浪过无数帝国,踏足过每一块新鲜得万物尚未被命名的大陆。

我曾经去过一块大陆,他们不相信时间,他们认为自己所在的地方是静止的,花草枯萎,人类死去,这只是一种形态的转化,它们会变成别的形式继续生存。那里的人是如此安然和幸福,我曾想过在那里永远地待下来。但是当我住了一段时间之后,他们惊讶地发现我竟然没有任何变化,衰老和病痛不会找上我,他们忽然有了一种参照,意识到有一股巨大的力量在控制着生命——时间。他们坚称,时间是我带来的,我还带来了疾病和死亡。那里的人完全崩溃了,他们开始怨恨,因为他们认为时间作用于每个人的速度是不一样的,有人老得快,有人老得慢;有人一生的时间多得花不完,有人的时间永远不够用。他们开始自相残杀,以为杀了一个人,死者没用完的时间就会转移到自己身上。

我毁了那块大陆的平静,这是我迄今为止最遗憾的事情。

我还见过最骁勇的英雄和最不可一世的君主。我曾被无数次缝进裹尸袋,用石头殴打,埋进土地深处,当这些君主发现我不会死,他们跪在我面前,亲吻我的脚,说他们愿意用所有最珍贵的东西换取我的能力,但我从来没有透露过半分。我看着成百上千个垂垂老矣的法老、帝王、君主躺在他们的坟墓里,周围是华丽的壁画,画着他们征战的传奇和死后将会享受的荣耀。他们不甘心,因为知道荣耀和不朽是两件事,一个人走过的足迹和他的存在也是两件事。

尽管我没有将永生的方法告诉任何一个人,但贪婪还是驱使人们用自己的能力和野心逐渐接近,甚至实现了它。

我见过太多永生的故事,它们惊人地相似:一小部分人发现了延长寿命的诀窍,他们是最富有的人、最有权有势的人、最聪明的人。他们独享这个权利,于是为自己建立起一个壁垒,对壁垒以外的人绝口不提这个秘密。谁会愿意自己的仆人、自己的敌人永远不死呢？但这个秘密无法瞒住，于是嫉妒开始了，屠杀开始了。

我路过无数个永生的城邦，却始终不知道如何避免悲剧。每个掌握了一星半点永生秘密的人都矢口否认自己拥有特权，然后试图在半夜杀了我，这就是他们对待同类的方式。

每一个曾经美好的城邦最后都血流成河，尸体成堆。开始的时候我总是嫌恶地躲开，但后来，我冲到尸体面前，用手指撑大眼睛对自己说："看吧！把这景象看个够吧！"

只有一次，我以为那个城邦会是个例外。

那一小部分人掌握了永生的方式之后，他们不愿意将之分享，也不愿意在自己的地盘建立隔离区，于是他们集体迁移，来到了世界尽头一个美丽的地方，想永远在那里定居，与世无争。

这就是我这个晚上一开始讲到的彩票国的故事。当寿命实现了平等之后，他们开始追求一种极致的平等，最后把自己的命运交付给随机和偶然，甚至杀戮也变得随机，最后变得越来越混乱和懒惰，毫无生机。人口越来越少，极少数活着的人恐怕也不敢离开那里半步，成为彻底被遗忘的人。

这个世界的每个角落我都踏过很多遍。当你去过足够多的地方，你会发现，世上没有什么新奇的故事。

我的朋友们，你们以为自己今晚讲的故事很新奇吗？其实一点也不，所有的新奇都是因为遗忘。

在很久很久之前，我就不再对任何事感到新奇了。因为我发现在自己认识的人与事中,死去的远远多于活过的,我遇到的每个面孔都有熟悉的痕迹,每个生者都让我想起与他们长得几乎一模一样的死者。

在座诸位的样子,我也仿佛曾经在一个帝国见过。

那个帝国有一小部分人掌握了延长寿命的方式,他们渐渐地能比其他人多活十年、二十年。他们开始在那些他们眼中不配长寿的人的手背上做上记号加以区分,甚至在出生的婴儿手背上也做上了记号,生怕不小心与他们分享了延长寿命的秘密。

但是当生命的差距拉大到三十岁、五十岁的时候,这个秘密隐藏不住了,抗议开始了,因为生命的不平等是最大的不平等,过去的自我安慰——"富人虽然有钱,但忧虑和风险会折损他们的寿命"也被打破了,富人、富人的孩子、富人的子孙后代的财富累积,他们的生命将世世代代地压制着你,毫无翻转的可能性。

这引发了一场血腥的暴动,但是随之而来的镇压则更血腥,所有手背上有记号的人都被监禁、屠杀,刽子手杀得内心都无法承受了,剩下还没被处死的人就被流放到了边境以外的冰天雪地,反正他们在那里也活不了。

帝国的说辞是什么来着?对了,清除杂质。

帝国里的人说要把杂质清理出去,整个社会机体才会更健康地发展。而那片冰天雪地,就是收容紊乱机能最好的容器,杂质会在那里自我清洁。

自我清洁？那是死亡被美化了的说法。

那冰雪覆盖的山林里到处都是空墓穴，都是预先挖好的，等待着被尸体填上。一旦填上，很快就会被遗忘，连同死者在家人脑海中的记忆一起消失。

当然，也有浑水摸鱼的人从边境外逃了回去，杀死帝国里的人，顶替他的身份活着，为了去除手背上的符号，宁愿失去一条手臂。那些逃回去的人在杀人的瞬间一定毫无愧疚——哪怕他们杀死并窃取身份的是自己最好的朋友，因为他们认为自己是受害者。但当生命漫长到了某个程度，人生大部分时间就不是用来生活，而是用来回忆了。那时候，所有的懊悔与恐惧才会慢悠悠地从远处追上来。

这种顶替身份的事不是一件两件，但都被掩盖下来，毕竟在那场暴乱之后，新的行政长官是怎么上位的都糊里糊涂。

糊里糊涂，用这个词来形容帝国里的人再好不过了，他们从此以后糊里糊涂地生活，糊里糊涂地长寿，糊里糊涂地恋爱。对一个人厌倦了，就清除彼此脑海里关于那段感情的记忆，毫无负担地开始下一段恋情。

海伦的忘忧药真管用，服下药的人都像是生活在禁果还没被吃掉的伊甸园里，没有善恶，忽视道德，忘却伦理。"父亲""母亲""孩子"这些词都没有了意义，所有人都是年龄相仿的男女，可以自由恋爱，所有的事"自然而然"地发生了，如同梦游一样。反正什么也不记得，因此也没有痛苦。唯一痛苦的，是那些坚持在别人梦游时醒着的人,他们忍受不了,只能离开这个温暖罪恶、幸福污秽的伊甸园,哪怕被冻死在外面的风雪之中。

而那些最初被赶到边境以外的人,虽然大部分都死了,但还有一小部分活了下来。野外严酷的环境让他们的平均年龄只有三十岁,语言和社会能力也退化了,但他们在一件事情上远远胜过帝国里的人:繁育能力。

他们的记忆大部分都丧失了,只有两件事在他们的血液里一代代流传下来,一个是他们的名字——"诺曼曼,normal man(正常人)",他们清楚地记得在被驱赶之前,在被剥去取暖的衣服、戴上脚镣之前苦苦哀求你们的话:"我们是正常人。"

另一件事,就是复仇,杀回帝国。

这件事比想象中要容易很多,因为永生的能力已经成了帝国里的人最大的负担。他们变得胆小,做什么事情都犹豫不决,因为他们只可能死于意外,所以出门迈左脚还是右脚就变得至关重要,他们连取得一点点进步所需要承担的风险都不愿意面对,更何况拿起枪去杀敌呢?

我还记得大决战的那一天,简直和特洛伊大战那天一模一样,帝国的人看到敌人的一瞬间,就像是特洛伊人当时看到我们的军队,他们所有的胆量烟消云散,绕着围墙乱窜,想要逃命自救。

失败早已注定,悲伤的音乐早就在边境奏响。

大决战之前,我重复了我的命运,再一次成为"木马",伪装身份,提前从山林来到要塞,一路为复仇者做了记号,给他们标记了最快的进攻路线。

我为什么要这样做?

或许是因为我喜欢这样的结局,看自大的人眼中只是蝼蚁的东西,如何变成飓风;看傲慢并且把一切所得视为理所应当的人和犯下罪恶却把它抛之脑后的人,如何像蒲公英一样消失;看华丽而陈腐的建筑与宫殿,如何沦为尘土。

我已经活得太久,请允许我为自己找些乐子。

等等,我忽然疑惑了,这事是很久之前发生的,还是即将到来的?不过这不重要,时间在环形轨道中运行,未来与过去没有什么区别。

我的朋友们,你们在做什么呢?

女人,你在询问十字棋?问神你们什么时候会死吗?

真可笑,我见过太多像你这样遇到点事情就求助神的人了,神是什么?是白胡子老头?是天上的星星?还是干脆是一团虚空?无论它是什么,它都不是替你办事的人。

况且神已经放过你一次了。俄狄浦斯的故事里,总要有人受到惩罚,你的丈夫已经代替你接受了惩罚。

勇士,你果然拿起了猎枪。来,对准我,开枪吧。我知道你有多么信任子弹,认为它是文明人的朋友。但你是不是忘了你的朋友第一次碰枪就能准确地打死对手?你仔细辨认一下山林里越来越近的巨响吧,除了巨兽的咆哮,其中是否还有几声枪响呢?那似乎还是你送去的礼物。

胖子,你跑吧,从那边的窗户翻出去要快一些。

可你逃跑的速度能超过复仇的速度吗?

我从未见过一桩没有完成的报复,历史的矛一旦被投掷,有时需要几代人才能看到落地,看到开头的人未必知道落在哪里,见证落地的人未必知道发源于何时。受限于有限生命的人,很容易因为有因无果而悲观或窃喜,可存在于无限的时间的我,看到了所有矛的始发与落地。

独臂的男人,或者我应该叫你k,你倒是很平静。你的内心深处是不是有一个小小的声音在说"快点儿结束吧,第二只靴子快落地吧"?

你让我觉得亲切,因为我们有相同的命运,我们都是失去了名字的人。在所有人中,你最能体会我的感受。失去了家人、朋友、故乡,失去了所有的过去,人生就像我离开赐予我永生的那个岛之后的漂泊。在白茫茫、没有边际的大海上,我无依无靠地走了好久好久,除了还在跳动的心脏,没有任何事情证明我还活着。

k,其实我还想和你多聊些,可惜剩下的时间不多了。

我的朋友们,天早已亮了,你们却还觉得窗外一片黑暗,那是群鸦从雪山中飞来,遮蔽了阳光。群鸦飞过,随之到来的就是你们的命运。我的到来只是加速了必然,我希望历史上属于你们的这乏味的一章能马上终结。

我已经能看到终结之后的样子了，一切目之所及都被埋葬，一切耳之所闻都归于沉寂，而我将继续在万千生灵的海洋里徘徊。你们没有去过外面的世界可真遗憾，它那么丰富，有人、兽和无机的自然界，我置身其间却并非其中一员，我也不再在他们中间寻找朋友。永生之后，我拥有的友谊都如此短暂，与你们的友谊也只持续了这一晚。

对了，我的朋友，我忘了回答你的问题，我来这里做什么？

我来取回我的东西，放在门口的那块印着脚印的石板，你们视为祖先遗物的东西，那是我的脚印。对于马上就要消亡的族群，有没有祖先，恐怕也不再重要了。

后记

当现实变得像小说

本书四篇小说的创作源于一个念头：我想用文学做一点不一样的事情。

书中的前三篇小说都变成了建筑。

这种跨界合作一大半是出于我对于建筑的兴趣，我觉得进入一本小说的过程和进入一个建筑非常类似，都是被带入了一种陌生的经验中，被给予了一种新的感受世界的能力。

而文学和建筑的不同之处在于，小说是时间的艺术，建筑是空间的魔法。在小说里，作家获得了掌控时间快慢与长短的特权；建筑则是将情感经验雕刻成具象的砖墙。

我小小的野心是：通过把文学雕琢成空间，掌握时空交织的魔法。

小说《在海边放了一颗巨大的蛋》是和我的大学同学建筑师覃斯之的合作。小说讲了一个关于人类文明和宇宙文明互看的故事，其中的宇宙并不是一个黑暗森林，而是一个充满了好奇心的地方，它随时准备褒奖向外探索和展望的人。

这个故事成了一个"水晶蛋"，蛋里的人在向外看，成为蛋外面人的风景。整个蛋像个望远镜，也是人类展望外部世界的一种途径。

小说《和唯一知道星星为什么会发光的人一起散步》创作时间最久，从二〇二〇年的三月写到了十月，灵感来自《费曼物理学讲义（第一卷）》里的一个故事。

费曼是这样讲的："……给人印象最深的发现之一是使星球不断发出

光和热的能量来源问题,有一个参与这项发现的人,在他认识到要使恒星发光,就必须在恒星上不断地进行核反应之后的一天晚上,和他的一位女朋友出去散步。当这个女朋友说:'看这些星星闪烁得多美啊!'他说:'是的,在此刻我是世界上唯一知道为什么它们会发光的人。'他的女朋友只不过对他笑笑,她并没有对于同当时唯一知道恒星发光原因的人一起散步产生什么深刻的印象。的确,孤单是可悲的,不过在这个世界上就是这个样子。"

——据说这个故事里的科学家是英国天文物理学家爱丁顿。

我被故事里这一瞬间的孤独打动了。"观星者"(stargazer)是一种古老的怪人,我们小时候都读过因为看星星而跌入水坑的古希腊哲学家泰勒斯的故事。对于观星者来说,孤独是永恒且无法对他人诉说的。对他人来说诸如重新瓜分世界之类的大事,对他们而言,只是细碎的争执;对他们来说绚烂无比的秘密,他人却不以为意。

即便如此,他们却不能也不愿改变自己,不愿意走下天台的阶梯低头去看世间,不能充满激情地对待生活,不能认真地爱自己,不能坦然地接受被爱。因为知道星星为什么会发光的快乐,是愿意用万世孤独去换得的。

小说由覃斯之和他的小伙伴变成了一个文化空间,空间以宇宙星空为主题。疫情让世界各国的人都开始保持社交距离和"自肃",但我想在疫情结束之后,需要一个场所让所有观星者识别彼此,让孤独者聚会。

小说中的男女主角最终没有真的重逢,或许这个地方能让他们找到彼此。

小说《在威尼斯重建时间》是和建筑师王子耕合作完成的作品。故事探讨的是时间,想提出一个问题——"时间是线性的,是从过去流向未来,从昨天流向今天,从今天流向明天",这一点究竟是现实,还是人们的幻觉?

建筑师在威尼斯的教堂里搭建出了一个沉浸式的蒙太奇空间,观众进入箱体后慢慢探索不同时空中一个家庭的生活,每个房间都各不相同,每个房间都暗藏玄机。通过新媒体技术,观众步入其中时仿佛步入了一个特殊的时空,也成了故事的主角之一。

小说《边境来了陌生人》是一个在我脑海中存在了两年的故事,最早是二〇一八年看到一位教授进行基因编辑的新闻,深受震撼。很多人说这个教授打开了潘多拉的盒子,但开启盒子的不是技术,而是永生的诱惑。

当这个诱惑变得触手可及时,它朦胧的美感消失了,变得残酷狰狞,而我想写出近距离观察下,永生可怖的样子。

在我写这篇小说的时候,刚好出了另一则新闻,科技巨星埃隆·马斯克发布了脑机接口,放出豪言:大脑与计算机结合,人类将与AI共生。

很多朋友看到这则新闻时不像当初看到"基因编辑"时那样义愤填膺,而是说要努力工作,好好攒钱,为了以后能买得起!

——你看,潘多拉的盒子其实一直敞开着,因为人性自古以来就没有变过,那就是当出现新的技术的可能性时,我们总把自己想象成即将受益的特权者,而不是被遗弃的人。

这本小说中的四个主人公某种程度上都是"特权者",是拥有超常能力的人，却也因此成了囚徒。普修拥有超常的好奇心，却是有限空间的囚徒；女天文学家拥有一整片星空，可依然是时代与命运的囚徒；物理学家掌握了时空穿越的能力，他是时间的囚徒；陌生人永生不灭，因此成了生命的囚徒。

这本小说创作得很快，而现实变化得更快。

二〇二〇年的世界发生了很大的变化（这种变化竟与我的小说有某种暗合），人们在媒体上看到各种新闻，有种不真切的隔阂感，同时也感到对世界的想象力无法追赶现实本身。人们不断被"活久见"的大新闻炸出认知的边界，索性躺平，对着现实摊手道："抱歉，理解无能。"

这时候，我反而觉得往日看起来最无用的文学变得有用了。曾经对于我来说晦涩难懂的博尔赫斯的小说忽然变得无比清晰，他对政治、生命、记忆、时间的思考给了我很大的启发（《边境来了陌生人》的一部分灵感就来自博尔赫斯的《巴比伦彩票》），好像历史的发展在伟大的小说家眼中不过是个环形跑道：我们跑了一大圈，终于看到他们在不远处等着我们。

当现实变得像小说，小说就成了我们理解现实的方式。

而我也希望本书中的几篇小说，能让读到的人在迷雾中捕捉到一点当下与未来模糊的模样。

此外，再说些题外话。我今年超过三十岁了。年龄好像对女性来说挺敏感的，对我这种所谓"年少成名"的女性，年龄好像更残酷一些。就像观众熟悉了秀兰·邓波儿在银幕上的女童形象，忽然看到她中年的样子会吓一跳："她原来已经这么老了。"对观众来说，"童星"从童年到中年是一眨眼就发生的事情，对"童星"的兴趣和期待的丧失也是一瞬间的事情。

对我来说有两套同时存在的时间系统，一种是外界关注下错乱的时间，另一种是岁月缓慢且匀速地作用于我。

我能感受到跨入创作中期之后的一些变化。首先是自我关注的部分变少了。人年轻时都喜欢看那一类作者声量很大的作品，他们无论创作什么都在说"我爱""我恨""我受苦"，读者看得很激动，觉得找到了另一个自己，他在替自己呐喊。

但现在，我喜欢看那种作者隐身的作品，自我只是人性图标的一部分，"我"只是我过去看不上的、没那么漂亮的人当中的一员。

疫情期间我一字一句重读了两遍《战争与和平》，非常感动，觉得托尔斯泰完全无我，可以随时化身为一名士兵，一个少女，一位将军，一块石头。

我也渴望成为这样的创作者，漠然地看待自己，在所有彰显自我的冲动褪去之后再去创作。

跨入创作中期之后的第二个变化就是忽略了天赋这件事。

人在年轻的时候，经常会因为天赋这件事而纠结：我的天赋是否足以支撑我成名成家、大鸣大放？如果我为营生奔波，算不算浪费天赋？有朝一日我的天赋用完了怎么办？话说回来，我到底有多少天赋？

因为并没有一个权威机构来测定创作者的天赋值，给它标上一个赏味期限，天赋这件事简直比智商还虚无缥缈。天赋是个礼物，也像个负担，肉体是它的宿主，活着就是为了供养它。

但过了三十岁之后，我就假设天赋这件事不存在了。因为再天才的创作者，三十岁之后支撑他们的也是经验、判断力、专注力和体力，天赋早在青春时代就消耗完了。

在我写作的前二十年里，身体里一直住着一个面目不断变化的小人儿，它时而是苛刻的、颐指气使的审查官，不断挑剔着我的每一步抉择；时而是柔弱的病人，需要我兢兢业业地伺候；时而是幼稚爱哭的孩子，需要用我的声音去宣泄，获得他人的注意力和安慰。

当我决心忽视天赋这件事，感觉就像杀死了这个小人儿，它从此沉默了。从此我只能听到一个声音，我自己的声音。

图书在版编目（CIP）数据

和唯一知道星星为什么会发光的人一起散步 / 蒋方舟著. -- 北京：中信出版社，2020.12（2020.12重印）

ISBN 978-7-5217-2339-7

Ⅰ.①和… Ⅱ.①蒋… Ⅲ.①中篇小说－小说集－中国－当代②短篇小说－小说集－中国－当代 Ⅳ.①I247.7

中国版本图书馆CIP数据核字(2020)第196397号

和唯一知道星星为什么会发光的人一起散步

著 者：蒋方舟
出版发行：中信出版集团股份有限公司
（北京市朝阳区惠新东街甲4号富盛大厦2座 邮编 100029）
承 印 者：北京汇瑞嘉合文化发展有限公司

开 本：787mm×1092mm 1/32		印 张：9.5	字 数：164千字
版 次：2020年12月第1版		印 次：2020年12月第3次印刷	
书 号：ISBN 978-7-5217-2339-7			
定 价：69.00元			

版权所有·侵权必究
如有印刷、装订问题，本公司负责调换。
服务热线：400-600-8099
投稿邮箱：author@citicpub.com

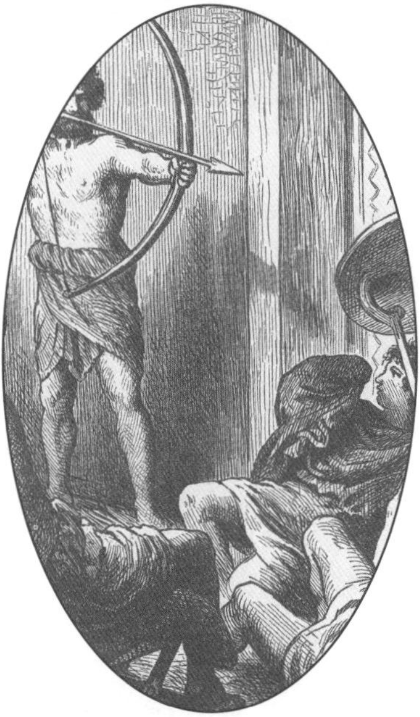

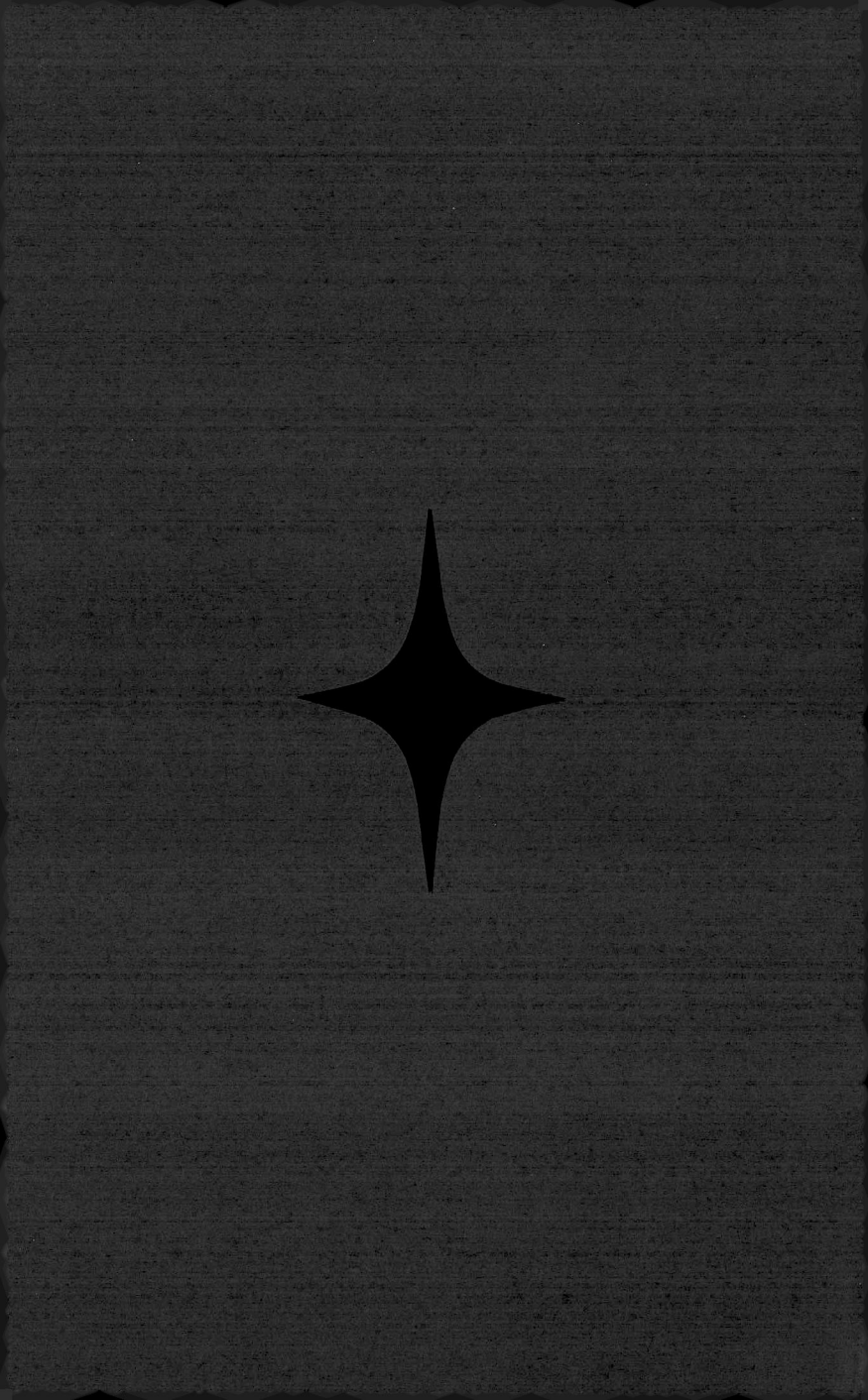